2020

中国散文精选

主　编——王　蒙

分卷主编——王必胜　潘凯雄

辽宁人民出版社

© 王必胜　潘凯雄　2021

图书在版编目（CIP）数据

2020中国散文精选/王必胜，潘凯雄分卷主编．—沈阳：辽宁人民出版社，2021.1
（太阳鸟文学年选/王蒙主编）
ISBN 978-7-205-10001-8

Ⅰ．①2… Ⅱ．①王… ②潘… Ⅲ．①散文集—中国—当代 Ⅳ．①I267

中国版本图书馆CIP数据核字（2020）第221883号

出版发行：辽宁人民出版社
　　　　　地址：沈阳市和平区十一纬路25号　　邮编：110003
　　　　　电话：024-23284321（邮　购）　024-23284324（发行部）
　　　　　传真：024-23284191（发行部）　024-23284304（办公室）
　　　　　http://www.lnpph.com.cn
印　　刷：辽宁新华印务有限公司
幅面尺寸：170mm×240mm
印　　张：13.75
字　　数：212千字
出版时间：2021年1月第1版
印刷时间：2021年1月第1次印刷
责任编辑：赵维宁　高　丹
装帧设计：丁末末
责任校对：吴艳杰
书　　号：ISBN 978-7-205-10001-8

定　　价：58.00元

散文的姿态

王必胜

散文是当下文学中最不好界定的门类，以前的文学三分法——戏剧、小说、诗歌，已然定型，特点和模样较为鲜明，而散文，有点"四不像"。在当下传播手段多样化、高科技化之后，散文更不好定义。有论者认为，散文无所不包，非马非驴，一地鸡毛。虽一家之言，或可见其窘态。

因此，散文写作没了门槛，人人可试身手。但是，从文体的雅致、文字的精到、文气的典雅来辨识认同，散文，是有讲究的。散文是雅文，雅致之文，博雅之文。散文是有姿态的文字，姿态优雅，文字讲究，文本洒脱。

现如今的散文，何寻此品？数量大，是多产了，却不优质。人多，作者广众，却缺少大雅妙文。铺天盖地，几近泛滥，率尔操觚，浅近虚妄，闲扯自恋，夸饰娇气；又多陈年旧事，倚老卖老。或者，游东走西，官宣文字；再有，美其名曰挖掘历史面貌，书写人文风流，其实随意渲染，演绎加工，少了认真诚实，林林总总，凡此都与散文的传统——经典化、神圣性，相去甚远。

如今，写大历史、大事件的长篇散文渐多，遭诟病者也多。怀人恋旧，随意渲染，陈年旧事，夹杂私货。比如，写某名人为自己写了序作过评，哪篇文字得到赞许，云云，博名之心，不加掩饰。一些怀念之作，写故人往事之作，博名利，傍名人，"为了打鬼，借助钟馗"。此类文字，实在令人不屑。这些散文的题材吓人，却少有敬畏和实在心态，杜撰加工，注水式的"我证我"，糊弄视听。其实，散文不是以题材取胜，从细微处、小切口生发，以小见大，文心斑斓者，才见品位。要求散文的大气强势、宏大至伟，是加害了散文。贪大求多，动辄专著，窃以为那不是我们期待的散文样貌。

鲁迅说写作，多真意，去粉饰，少卖弄。散文是真实之文，诚实之作，要葆有良好的敬畏之心。写事纪人，史实真切，即使还原历史，真实性也为其主臬。抄资料、复制式的文字，没有情感温度，与那些添油加醋、没有人证旁证的文字，恰是鲁翁所针砭的，也是当下一些写史纪人散文的症结。

回头看年度的创作，年年花有样，岁岁文不同——

其一，年度的大事要事，家国情怀，民生经济，不能缺席，也有值得回味的佳作。这是文学纪事的史志传统，也是散文的担当。

其二，新时代新生活的召唤，人生的新感受，生活的新变化，各行各业东西南北都有了极大的认同，在文字上及时地反映和书写。比如，生态散文的异军突起。

其三，人性化、个性化的认知得到进一步的扩展，比如，对故土的怀念，对逝去的家园和亲情的书写，对生命的尊重，对生死人伦的诘问、认知等。这类文字，从亲情乡情友情出发，在变化的生活环境和人生的感悟中，渗透了历史情怀的勾连与人文精神的参悟，遂有了别样的情味。或者，从细微之处看世界大千，从人生支点看时代大势，这类作品有着相当数量，老谱新唱，别出机杼，另得风采。

其四，读史读人而形而上思辨的篇什。这是时代前行中，生活变革剧烈，现代人面临的诸多问题的求解。如何进行精神性思考、知性与智慧的书写，是当下文化中国、书香人生的题中应有之义。在阅读中找寻，在寻找中求解，是积极纵深的人生之态。

一年好景君须记，幸会文学盘点时。是为序。

庚子深秋于京华

"疫"中小夜曲

◎何建明

我知道，即使在最残酷的战场，有时我们也能听到美的乐曲。眼前的这场突如其来的疫情，竟然也让我收获了一首浪漫而醉人的小夜曲……

在17年前的那场"非典"战役中，我接受了到前线采访的任务，每天不能回家，蜗居在西四胡同的一间房子里，过了两个来月。当时除了出去采访，也经常要到北京市政府大院去参加抗非指挥部的一些会议，我经常会被进门的温度测试仪挡住：你又37℃多了！如果走带测温的小门框，红灯就亮。一开始工作人员不让过，因为我属发热"危险分子"。后来算是熟人了，他们知道我体温虽超标，却非病毒感染者。

用中医的话说，我这是有内热，其实是身体在某个方面有毛病的信号。我那时年轻，不当回事，且"非典"疫情时我们并没有太多恐惧意识，上面一声令下，我们这些有军人背景的作家便往前冲，最后倒也没啥大问题，没一个人感染……看来新冠病毒传染力度和广度确实比"非典"要大了许多。

"独居"生活两个多月，任务紧张艰苦，又没处吃饭，每天几乎三顿都是方便面。哪知多吃方便面很容易让人发胖，而且是有些收不住的胖，体重直线上升到一百九十多斤……后来连续几年体检时医生总提醒我："你的血糖已经很高了！"可我没有在意，依然不在乎，一直到真的拖成了"戴帽"的糖尿病患者。

这两年，我只能吃完饭就去跑步，靠消耗热量来降低血糖。其实也控制得不好——以前我是个最不爱动的人，但必须迈开双腿了，所以现在每天早晚尽量想法走一走。开始走三千步，后来加到五千，慢慢可以达到一万了。

2020年新冠肺炎疫情暴发之后，全国上下一片"宅"，我的每日"降血糖行动"成为困难。原先可以去酒店的健身房，现在所有的公共场所全部关闭了。皇皇大上海，平时在外走动，你看到的不是鳞次栉比的高楼大厦，就是车水马龙的大街小巷，或者人山人海的车站和商场……但现在，疫情中全民

"宅"的时刻，你会感到身边的一切都变了，眼前大大小小的马路没有了人，连车子都是几分钟才出现一两辆。这种变化，很容易颠覆我们的思绪和情感……

酒店房间小，别说跑步，甚至连多走动都挺别扭。无奈，我只能到楼底下的一片小空地走走。但是，那里有不少野猫，估计是有人投食才维持生存的，平时大概也让它们活得很自在。我刚开始在那片空地上活动，就有五六只猫从各个方向的花丛和小树林里蹿出来，向我狂叫一通，那意思好像是说："你是谁？""谁敢到我们的地盘来？""带好吃的没有？""没有带就赶紧走！""要不下次一定带点吃的来……"

"你们、你们……"我被吓着了！堂堂七尺汉子，竟然被这群野猫吓着了！

我无法再"走"了，它们贪婪的目光让我心惊。"你们等着！你们……"我给自己壮胆，然后拔腿就跑，一口气跑回了楼上的房间。

这算什么事？给一群野猫吓得屁滚尿流的。

连续好几天，我再没到后面的小空地去。正月初十左右，我想，这回野猫们该不会在了吧。再度来到小空地上，开始数着我的"一圈""两圈"的设定步数——走一百步需要一圈半，我要争取恢复到一次走半个小时，三四千步数，这是降血糖的基本运动指标。

"嗷呜——"

"嗷呜——"

"嗷呜……"

天哪，野猫又来了。

只是，此次来的猫与叫声，完全变了，变得有气无力，变得那叫声让我心底酸酸的，因为那叫声像很嘶哑，几乎像啼哭……

再细看，先看到的是一只黑白色的小花猫，后来又发现一只比较大一点的黑猫，再后来又出来一只白猫……还有的跑到哪儿去了呢？前几天我看到五六只野猫呢！另外几只到哪里去了？我一边看，一边想着。想着想着，心就揪了起来——大概它们没能挺过来，饿死了，或者跑到另外的地方去了……我这样安慰自己。再仔细看了看身边这三只猫，又发觉它们应该是"一家"的，那奶牛一样黑白花色的是孩子，大黑猫是父亲，白猫是母亲。从来不怎么喜欢猫的我，对这个"发现"甚为兴奋：瞧它们这一家三口，"小奶牛"娇嗲嗲的，一边叫一边朝我靠近；老黑猫的姿势还有些凶，时刻准备着与我决斗；而白猫则躲在更远一些的地方观察着我的每一个动作甚至表情……它们的分工十分清楚和协调，完全是"一家人"的职能布局。这让我暗暗吃惊。

"嗷呜——""嗷呜——"这是"小奶牛"的叫声，我感觉是在向我示好、示亲，它的"肢体语言"已经充分清楚地表达了它的乞求。"我饿""我饿"……那声音跟一个无助的婴儿的啼叫与哀求无异。

它，完全打动了我，打动了我内心最脆弱又在人类中容易产生的那份真切感情和可怜之心……

"嗷呜——""嗷呜——"它在不断地叫着，而且一边叫，一边向我靠近。我心头越来越"紧"了，脚步也越走越快……就在以为把这只可怜的小猫终于甩掉的一刻，我的脚上突然被绊了一下，下意识地又踢了出去。

"哇——嗷！"哇——嗷！"一阵尖利的嚎叫吓得我全身冷汗顿涌。原来，那只小猫竟然在绕着我脚下跑，然后被我踢了一脚，滚了个个儿……

"对不起！对不起——我不是故意的，不是的……"看着它躺在地上的可怜样，我的眼泪快要出来了，连声向它道歉。

"嗷呜，嗷呜……"它在地上慢慢翻滚着身子，有些摇晃地站立了起来，恢复了"我饿""我饿"的乞求声，那双眼睛仍然目不转睛地看着我。

怎么办呢？显然它是饿极了。我掐手指一算：从上海启动"一级响应"（1月24日）至正月初十，已经十多天时间了，一个人十几天没能正经像样地吃一顿饭，能行吗？我待的这家酒店早已人去楼空，只剩我等三五个"宅留者"，其他的人也不可能路经酒店附近并且带着食物投在这块小空地上，这就是说，这群猫已经饿了相当长时间了！

呵，天灾人祸时，人类的叫苦喊悲震撼山河，可曾知你们身边还有无数弱小生命更加难过，它们或许早已死亡了千千万万……甚至灭绝于一旦。

一向对野猫并不同情甚至有些讨厌它们的我，此刻一阵特别强烈的怜悯之情涌至心头，像看到自己的孩子受到饥饿威胁一般。我弯下身子对"小奶牛"说："我知道你饿了，知道……"

"咪嗷——""咪嗷——"我的天哪！这小家伙此刻竟然对我撒起娇来，不停地凑过身体，在我双脚上蹭来蹭去，那种亲昵劲儿让人心酥、心碎、心软……

"好好，知道了，知道了……"我像哄孩子似的对它说。我越这样说，那小家伙越用身子蹭我腿，蹭得我无可奈何，蹭得我泪水直涌……

"嗷呜——嗷呜!"突然，"小奶牛"冲我几声狂叫，那架势很有些像我欠了它什么似的："知道了你还不给我弄点吃的? 快去吧! 去吧——去吧!"

"好! 好好! 你……你就在这里等着! 等着我，我马上到楼上去拿吃的给你! 不要动啊，别动——我马上来!"下一刻，我飞奔上酒店，把早餐时从自助餐厅里拿的两个鸡蛋——准备晚上吃的"口粮"抓在手里，又顺手抓起一根香肠，赶紧再往楼下跑。

跑到空地上，看到"三口之家"还在，赶紧蹲下身子，给"小奶牛"剥了鸡蛋，放在一块干净的砖上……结果发现它并不吃蛋白，于是又给它掏蛋黄。这回它拼命吃了，两个鸡蛋黄几乎是被它狼吞虎咽地吃进了肚子。

"慢点吃，慢点吃……"怕它吃噎住了，我轻声说道，可根本管不住。

"嗷呜!""嗷呜——"嗯，是你啊! 专注看"小奶牛"吃相的我，突然听到一旁的大黑猫在叫。好吧，再给你爸吃点吧。我顺手把一根香肠一分为二，一半给了"小奶牛"，一半扔给了大黑猫。哪知"小奶牛"蹿起，先抢过我给它爹的半截，又兴高采烈地嚼起它的那半截……

这家伙! 我想笑，可又觉得这孩子太可怜了——它实在是饿极了，连爹妈的面子都不顾。不过让我感动的是：当爹的还真有样，它不去跟孩子争，而是去舔那孩子刚吃完的一点点残羹。而那只远远看着的白猫则站在一旁，根本就不过来跟爷俩争抢——那一刻，让我感到这是一个多么和睦的家庭，那只白猫是一个多么伟大的母亲啊。

天下为母者皆无私，皆有爱。我的泪水再度沾满了面庞……

第二天早餐时我对服务员说："以后每天加四根香肠、八个鸡蛋，我要带走，到时一起结账。"

戴口罩的服务员一笑，说："何先生这几天的胃口大增呀!"我笑笑，没有说话。

从此，我那孤独的"宅"生活里有了一份责任和一件必不可少的事情要做。

酒店后面的那片空地上的三只猫不再是恐怖地"呜嗷""呜嗷"叫了，而是见到我就甜甜地轻声地叫着"咪哟——""咪哟——"。

　　那声音，在我听来，就是一曲"疫"中的浪漫小夜曲，它让我陶醉，让我在寒风中不再孤独。这也是我在"疫"中亲身体会到的最暖心的一件事，是我第一次从另一角度打量、理解人和动物、和自然界的关系——这是一种相互依存的关系。

我的歌声穿过黑夜

轻轻飘向你

一切都是寂静安宁

亲爱的快来这里

看那月光多么皎洁

树梢在耳语

树梢在耳语

没有人来打扰我们

亲爱的别顾虑

你可听见窗外传来

夜莺的歌声

她在用那甜蜜歌声

诉说我的爱情

她能懂得我的心情

爱的苦衷

用那银铃般的声音

感动温柔的心

歌声也会使你感动

来吧亲爱的

快快投入我的怀里

带来幸福爱情

不知何故，此刻，当我再仰望黄浦江边的那些闪着灯光的大楼和居民区时，那里仿佛一同在飘扬着舒伯特的这首《小夜曲》。那悠扬而动人心弦的乐曲，给这个"捂牢"的城市重新点燃了生机与爱的活力……

（原载《文汇报》2020年3月20日）

草木小记

◎梁　衡

都市野味

我住北京已有多年。眼见楼愈高，路愈阔，人愈多，车愈闹，烦不胜烦，便常思小时乡间泥土之乐。

我所在的大院有楼数十座，柏油路纵横其间。早晨的锻炼方式就是绕楼跑步。跑完之后又觉缺点什么。虽路旁有标配的健身器材，然冰冷之物，不想去摸。两侧有银杏树，叶如小扇，楚楚可人；初秋杏果累累，堪比吐鲁番的葡萄。日日过其下，相看不厌，顿生爬树之念，这本是小时常做的功课。于是，晨练之后返家之前，环视四周无人，便纵身一跃，双手抓住低处的树杈，再以脚蹬树，弓腰虫行而上。跑步练腿，爬树练臂。如是者多年。有一日，当我前后扫视，确信无人之时，忽一熟人从墙角转过，惊呼："您还会爬树！"此事遂传回单位，成为顽童之谈。

又大院中遍植花木，有一种名碧桃者，专为看花，春三月，还未吐叶时先绽出鲜红的花朵，艳艳照人。到立秋过后就挂满核桃大小的果子。只是人们都以为它生来就是中看不中吃的，花自开过果自落，谁也不去理会。一日我在树下端详，所有熟透的果子上都有虫吃的痕迹。天下名山佛占尽，世上好果虫吃完。这果子一定好吃！我小心掰开，用舌尖一舔，一股以甜为本兼有些酸，又有一点苦的味道，直透心田。关键还不只是舌尖上的享受，它如一道闪电穿越岁月数十年，撕开了我尘封许久的童年记忆。那时在山上打柴，最大的享受就是采食野果。野果之味，不要那么甜，正好留着这一丝的酸和苦才提神解渴，疲倦之时食之，精神为之一振。我自以为牧童发现了断臂的维纳斯，每于晨练之后，汗未落时，优游于桃林之中，捡漏寻宝。虽是三五棵树，然隐身于枝叶间，若茫茫桃林，仿佛又闻幼时伙伴的呼唤。《浮生六记》的作者写其小时于园中蹲看草间小虫的爬行，感觉如林中巨兽往来，大约就是这个意境。后来，我渐渐摸出规律，桃果初成，绿而硬，不能食，虫不来。到色微黄，特别是边棱处现出一条若有若无的红晕带时，便可吃了，虫子也不期而至。能找到这样一粒微软、酸甜、无虫之果，便是意外的惊喜。人虫相争抢得先机也就是半日之间。我将这个秘密告诉院里的朋友，他们的第一反应是："咦！你还吃野果？"仿佛原来交往的是一个野人。

其实人类从森林中走来，从猿人时期到现在的几十万年里，也就近五六千年不全赖野果为生。作为个体，现在还有不少人有过与野果厮磨的童年，哪能这样健忘呢？忽然想起鲁迅先生的《从百草园到三味书屋》，人人都有一个童年，但未必人人都有一颗童心。

北戴河的松树

一般人印象中的松树是高大挺拔的，英俊伟岸，直向蓝天。那说的是东北兴安岭，在北戴河的海边可不是这样。沿着海湾全是松树，却没有一棵直溜的。

首先是个头不高。所谓直入云霄者，在这里绝对看不到，倒是有不少没入了山坳。这是因为海风一阵一阵地向岸上刮来，就像有一个巨人强按着树的头，用一把无形的梳子，一遍又一遍地给它梳。松树总是半弯着腰，不能直身，任其揉搓。按常规，树冠应该是圆形的，向上和向外的一圈秀出新绿的松针，笼着一层娇嫩的朝气。但这里不行，松树的满头黑发，早被带咸味的海风揉成一团乱麻，又挤扁成了一个锅盖。行人走路常要小心，不要让它扫了眉毛或刮了头顶。

再就是树身不直。每棵树向上长时至少会弯出两个弯，多的就数不清了。这又是风的作用。风忽东忽西，不停地吹；忽左忽右，不停地拧。它就只好来来回回地弯。但这一弯，倒弯出了美感，有了线条和力度。当你看一棵独立的树时，它就是一根龙头拐杖，孤傲不群，苍迈倔强。要是一片林子，树干就左右交织，顾盼相呼，或负气而走，狂马乱奔。遇有斜风细雨，劲枝轻舞，松叶落地，就是一幅乱针绣。

北戴河像庐山一样，是清末民初受洋风濡染，世人有了休假观念才兴起的避暑胜地。所以，海边林中藏有不少旧址。你散步时一不小心，就会有一块石头挡路，上刻某将军楼、某使馆避暑地，但大都有址无房了。就是新中国成立后，这里也发生了不少关乎国运的故事。

一方水土养一方树。这松树生此地，身壮而不高，干硬而不直，叶茂而不秀，杈密而不齐，倒是很合乎它曾身处的历史环境。

芝麻开门，柿子变软

到江西余干县甘泉村座谈。这个村以产柿子闻名。大家围桌而坐，主人以柿子待客，端上一大盘，黄润如玉，绵软诱人。

柿子在北方也是有的。它唯有一点不好，不熟时发涩，熟透时又易落地成泥，因此，常趁硬而摘，以便于运输。但吃时如何变软去涩又是个难题。在北方我的家乡，小时候常用的方法是用温水泡，倒是不涩了，但还硬，成了脆柿子，是另一种口味。笨办法是放在窗台上静静地等，让时间说话，不怕它不软。常记小时走亲戚，大人从窑洞天窗上取下束之高阁、存之很久的柿子，其味之美，永生难忘。

江西余干的办法是，将柿子于未软之时摘下，取长短大小如火柴梗的一段细芝麻秆，于柿蒂旁插入，静置一两天，柿子就自然成熟，如现在桌上的这个样子。我听后大奇，仔细端详，果然有一插入之痕。坐在一旁的乡长说，我们小时的一大农活，就是于柿熟季节，帮大人用芝麻秆插柿子。插时柿子还硬邦邦的，只能干活不能偷吃。等到大人赶集回来，开始抢吃筐底剩的软柿子，那是最高兴的记忆。

一物降一物，万事皆有理。看来芝麻秆与柿子之间肯定有一种什么化学反应。阿拉伯故事芝麻开门，这柿子催熟的难题也是靠芝麻来解开的。

（原载《光明日报》2020年9月11日）

书房一世界

◎冯骥才

书房说

作家之特殊是有一间自己专用的房子，叫作书房。当然，有的作家没有，有的很小。我过去很长时间就没有，书房亦卧房，书桌也餐桌，菜香混墨香，然而很温馨。现在已然有了，并不大，房中堆满书籍文稿，但静静坐在里边，如坐在自己的心里：任由一己自由地思考或天马行空地想象，天下大概只有书房里可以这样随心所欲。

这是作家的一种特权。

书房不在外边，在家中。所以，大部分作家一生的时间注定与自己的家人在一起。然而，作家的写作很少与自己个人的生活相关。因为他的心灵面对着家庭外边的大千世界，扎在充满各种烦恼的芸芸众生与挤满问号的社会里。这温暖的书房便是他踏实的靠背，是他向外射击的战壕。因此，对于作家，唯有在书房里才能真实地面对世界和赤裸裸地面对自己。这里是安放自己心灵的地方，是自己精神的原点，有自己的定力。

由于作家的书房在自己家里，作家的家就有特殊的意味：生活的一半是情感的，书房的一半是精神的。当然，情感升华了也是一种精神，精神至深处又有一种情感。

如果一个作家在这个书房里度过了长长的大半生，这书房就一定和他融为一体。我进入过不少作家的书房，从冰心、孙犁到贾平凹，我相信那里的一切都是作家性格的外化，或者就是作家的化身。作家决不会在自己书房里拘束的，他的性情便自然而然地渲染着书房处处，无不显现着作家的个性、气质、习惯、喜好、兴趣、审美。在那些满屋堆积的图籍、稿纸、文牍、信件、照片和杂物中，当然一定还有许多看不明白的东西，那里却一准隐藏着作家自己心知的故事，或者私密。

　　就像我自己的书房。许多在别人眼里稀奇古怪的东西，再普通不过的东西——只要它们被我放在书房里，一定有特别的缘由。它们可能是一个不能忘却的纪念，或许是人生中一些必须永远留住的收获。

　　作家是看重细节的人，书房里的细节也许正是自己人生的细节。当我认真去面对这些细节时，一定会重新认识生活和认识自己；当我一个一个细节写下去，我才知道人生这么深邃与辽阔！

　　所以我说书房是一个世界，一个一己的世界，又是一个放得下整个世界的世界。

　　世界有无数令人神往的地方，对于作家，最最神之所往之处，还是自己的书房，异常独特的物质空间与纯粹自我的心灵天地。我喜欢每天走进书房那一瞬的感觉，我总会想起哈姆雷特的那句话：

　　即使把我放在火柴盒里，我也是无限空间的主宰者。

心　居

　　文人的书房大都有个名字，一称斋号，我亦然。

　　古来一些文人作品结集时，常以自己书斋的名字为书名。如蒲松龄的聊斋、刘禹锡的陋室、纪昀的阅微草堂、陆游的老学庵、梁启超的饮冰室等等，这例子多了。由于他们作品卓绝，书房之名随之远播，世人皆知。毛泽东的事情不在书斋，自己也很少提及，所以他的菊香书房知之者不多。张大千总把大风堂写在画上，这堂号便威风天下。我去台北大千故居看了看这大风堂，不过一间普通画室，并无异象，远不如他的后花园面山临溪，怪石奇木，意趣盎然。显然由于他的画非凡，才使得他这间普普通通的大风堂，似亦神奇。

　　我的书房虽有名号，最初却没有一间真正独立的书斋，写写画画一直与吃饭睡觉混同斗室一间，亦睡房，亦饭堂，亦画室，亦书斋。那时我虽然给这屋子取了"斋号"，却是假的，故作风雅，不提也罢。

　　后来自己有了真正的书房，渐渐还有了单独的画室，这便有了堂堂正正的斋号。然而，书房的名字与人名不同。人的名字一生很少去变，书房的名字却往往由于人生的阅历而更改。我书房的名字直到本世纪初才被自己真正认定。画室名为醒夜轩，书斋名为心居。

这是由于此时的我，已开始文化抢救，镇日离家在外，各地奔波，身在田野，似与写写画画绝缘。然而，每每回到家中，进入画室，便如野鸟回巢，无限温馨。偶有情致难捺，挥毫画画。然此时此刻，多在夜间，故称自己的画室为"醒夜轩"。

至于去到书房写作，都是因为心言难抑，非写不可。那时我面对的抢救工作十分浩繁与艰辛，压力山大，个人身孤力薄，力从何来？唯有自己。

我相信，人的力量最终还要从自己的身上和心里去寻找。

故而，我要钻进书房，用一支笔在心中苦苦探寻，去拨开迷雾，穿越困惑，找出道路，找出力量，找出使自己不动摇的动力和思想支撑。

书房乃我心居之处，因称心居。

架上的书

我要我的书房"四壁皆书"，故而房中除去门窗，凡墙壁处，皆造架放书。书架由地面直通层顶。我喜欢被书埋起来的感觉。

书是我的另一个世界。世界有的一切在书里，世界没有的一切也在书里。

过往的几十年里，图书与我，搅在一起，读书写书，买书存书，爱书惜书，贯穿了我的一生。我与书缘分太深，虽多经磨难，焚书毁书，最终还是积书成山。我把绝大部分图书搬到学院，建一个图书馆，给学生们看，叫作大树书屋，还有一部分捐到宁波慈城的祖居博物馆。我已弄不清自己到底有多少书了。留在家里和书房里的只是极少一部分，至少也有数千册。应说，能被我"留下"的书，总有道理。比如常用的书，工具书，怕丢的书，还有一组组不能失群的书，比如敦煌图书、地方史籍，还有"劫后余书"和自己喜欢的中文名篇的选本和外文名著的译本。其中一架子书，全是自己作品的各种版本。背靠南墙的书架格距较大，用来放开型较大的图典、画集和线装古本。

文人的书架与图书馆不同，大多分类不清，五花八门，相互掺杂。我对自己不同种类的书，只是大致有个"区划"而已。写作的人都随性，各类图书信手堆放，还有大量的资料、报刊和有用没用的稿子混杂其间。

然而书房不怕乱，只要自己心里清楚，找什么不大费劲就好。

书房正是这样乱糟糟，才觉丰盈。像一个世界那样驳杂，深厚，乃至神秘。

书房里的快乐，除去写作，就是翻书了。只有在翻书时才会有一种富有感。书架上的书并非全看过，有的只有略略翻一下，有的得到之后，顺手放在架上，过后就忘了，有的即便翻过却记不起来。唯其这样，每每翻书都会有新的发现、新的感受，甚至新的惊喜。哎哟，我还有这么一本好书呢！这便从书架抽出来看。

老书如老友，重新邂逅，会有新得。经多世事，再看唐诗，总会从原先忽略的诗句中找到一些动心的感受或触动时弊的启示。

我的书不只在书房。任何房间，到处皆书，图书在我家纷纷扬扬，通行无阻。它们爱在哪儿，就在哪儿；我随手放在哪儿，它们就在哪儿。但只要被我喜欢上的书，最终一定被我收藏到书房里，并安放在一个妥当的地方。如果不喜欢了，便会在哪一天清理出去。逢到此时，便要暗暗嘱告自己：写作不可轻率，小心被后人从书房里清理出来。

劫后余书

我的书架上有一类书很特殊，它们在我心中地位特殊。它们属我个人藏书史的第一代，与我相伴至少五十年。

书有两种年龄，一种是它的出版时间，还有一种是从它进入我的书房算起，这种书应是我青少年的朋友；凡我经过的，它们也全经过。从"文化大革命"毁书到地震埋书，它们和我一起从中幸存下来，也称得上是一种奇迹。

然而如今书房中，这两种年龄的书早已混杂在一起了。唯有一种书可以从书架一眼看到。大多十分老旧，自制的封皮，有的用各色的纸，有的用的是蓝布。这些书在"文化大革命"毁书时，怕被焚烧掉，故意撕毁封皮或拆散，扔在地上，好似废书，过后急忙捡拾起来，重新装订。比方查良铮所译普希金的《欧根·奥涅金》被我自己扯去了封皮，过后则用一个结实的纸夹板，特制一个"精装"，还自绘了封皮，蛮漂亮。至于巴尔扎克的一些小说，采用穿坏的衣服裤子，裁下一些布块，制成看似挺讲究、深蓝色、布面的"冯氏版本"。这些书一直立在我的书架上。由于当年书荒，分外爱惜，这些书都是读又再读，以致书中一些好的句子与段落都会背了。它们在我心里的分量远远超过了书的本身。

这类"劫后余生"者，还有两本尤为我珍重。此乃我青年时与妻子同昭交友时相互第一本赠书。那时我们一起学画，我送她一本朱铸禹编著的《唐前画家人名辞典》，扉页上至今还保留当时写的几个字："昭，熟读它！"这行字留下当时我们对绘画的热爱与勤奋之心。她送我的则是叶尔米洛夫的《契诃夫传》。那时我迷契诃夫，没钱买下这本书，她悄悄买了。她来我家时，趁我没注意，悄悄放在我的桌上，她走后我才发现。她喜欢做一件使你高兴的事时，却不声张，而是放在那里，让你自己发现和惊喜。这本书还留下了她的性格。

有了这些书，我的书房自然与他人不同。

第三张书桌

现在放在我书房的，是我的第三张书桌。

我的散文《书桌》所写的是我第一张书桌。它从我儿时用起，一直用到1976年大地震中被砸得粉身碎骨。我儿时的调皮，少年时的异想天开，初恋的美好，青年时代的创伤和初涉笔耕时的艰辛，都在这三尺多长的小桌上留有痕迹。我那篇散文是对这张已然消逝的小桌的追忆与缅怀。

第二张书桌与我二十世纪八十年代写作密切相关。我伏身其上，至少写了数百万字。它是我"新时期文学时代"精神的车床。我这期间激荡难抑，日日奋笔疾书。我曾说写坏了几支钢笔，都是在这张桌上。这是一张老桌子，民国款式，抽屉上的把手以铜为饰，颇富昔时的风情。只是用得太久，需要开关门的地方都损坏或松动，使用不便。

及至世纪末我迁入新居，买了一张新书桌，典型的老式的美国家具，简约实用，成了我书房的主力。那张老书桌却并未丢弃，放在另一间屋，偶尔也用。我对老东西总有一点依恋。

然而新世纪里，我对那些从文化遗产抢救中获得的大量田野资料的整理，以及繁重的理论准备，全要由第三张书桌承担了。

2016年，我老家宁波慈城的"冯骥才祖居博物馆"建成，需要我捐一些东西。我余去捐了自己珍藏的祖上的遗物、老照片、个人的书画、文房用具、手稿等物之外，决定再捐出自己所使用的书桌，遂搬去桌上与桌内的杂物。当眼看着这相伴多年的书桌，将离我而去，心有所动，遂在抽屉的底板上写下一段文字：

> 此书案于1998年搬入新居所购。自2000年启动中国民间文化遗产抢救工程至今，所有文字皆出于此，小说《俗世奇人2》亦作于此。它与我相伴十五年，情分尤深。我所感所思，它有动乎中。此非无情物，应是我知音。

然而，在搬运书桌那日，来帮忙的一位友人对我说，我原先使用的那张民国的老桌子，似乎更与祖居的时代接近，气质亦更搭配。我想了想，认同他的看法，便在最后一刻，走马换将，把我那个新时期文学的战友——第二张书桌送给老家，将我这个文化抢救的伙伴——第三张书桌留在身边，共享书斋中未知的未来。

潜在的阅读史

凡是几十年的书房，里边一定潜藏着自己本人的阅读史。

我有幸还保存着自己孩提时代阅读的证物——图画书和小人书。人最初都是读图时代。经历那么多曲折，它们缘何还在？比如上海儿童良友社彩色胶印的《黑猫的假期》和《奥林匹克运动会》，还有上海国光书店出版的《珊珊雪马游月球》，都是民国三十八年（1949）出版的书，我当时六七岁。这些儿时的书，却是我一生中看的遍数最多的书，至少几百遍。书中每个形象至今还活蹦乱跳地印在脑袋里。这些书都是当时母亲买给我的。

我还保存一套更老的书，是民国二十五年（1936）上海开明书局印制的《连环图画三国演义》，石印本，一函二十四册，采用元代以来木版插图小说常用的方式——上文下图。后来读阿英的《中国连环画史话》才知道，这竟然是中国连环画史上的第一部书，"连环画"之名就是从这部书才有的。它原本应是家里大人看的，后来归我所有。我后来对《三国演义》文字书的兴趣正是从这部连环画来的。

我成熟得晚，少年时一段时间迷恋武侠小说。天津是武侠小说家郑证因、宫白羽和社会言情小说家刘云若聚集之地，我现在还有一些这类书的藏本。后来转而热爱古典文学，与学画有关。那时学画由临摹古画起步，必然接触到画上边常常题写着的诗文，要弄懂这些诗文就要学习，经人介绍，问道于吴玉如（家琭）先生门下。先生学问渊深又严谨，因从《古文观止》《古文辞类纂》和杜诗开始，这样一本本古典文学便走进了我的书斋生活。

二十岁前，我还没有正式读到一本外国文学书。一个好友张赣生读书多，藏书多。一天他拿给我一本薄薄的外国小说，是屠格涅夫的《初恋》。这本书的译笔清新优美，插图非常好看，译者是萧珊。我那时正在初恋，因对小说的感情特别敏感，很受感动，也深深被这本书浓郁的文学性所感染，一下子就迷上外国文学。跟着，张赣生又借给我一本书是《屠格涅夫中短篇小说集》，其中不但有《初恋》，还有《阿霞》《雅科夫·巴生科夫》等六七个中篇小说。没想到这本书的译者是巴金和萧珊。张赣生告诉我萧珊是巴金的夫人。那时我太年轻，巴金像天边的高峰，屠格涅夫像更远的大山。这样，大量的各国名作就源源不绝地涌入我的书斋。这是二十世纪六十年代初的事。

我有太多的爱好，因而使我的阅读不会陷入某一深谷，同时也使我的藏书和我的书房庞杂又缤纷。我喜欢书架上各类的图书新老混杂。一位文友在我书房里翻书，忽然说了一句："你有许多怪书。"我笑道："我什么怪书都有。"我崇尚经典之外，也常被旁门左道迷住。

为此，我讥笑自己，此生只能去做一个肚子塞着各种"杂学"的作家，一个随性的文人，一个尽可能充分的自己，绝对做不成一个一专到底的地道的专家。

手　稿

桌上放一台电脑，便告别了伏案疾书，从此也没有了书写的快乐。而后，书房还少了一样珍贵的文献——手稿。

手稿是书房的果实，它还无形保存着作家许多信息。

我在波良纳托尔斯泰故居看过一页托翁的手稿。据说他的手稿常常要由妻子索菲亚帮助誊抄，因为他的手稿很乱，字迹潦草，只有索菲亚能够辨认，有时连他自己也认不出来。

从他这页手稿上看，他的字迹不仅难认，而且过于密密麻麻，再加上一遍遍删改和添加，全挤在一起。但这手稿却叫我们认识到这位伟大而严肃的作家思维的缜密与执着。还有一次，去巴黎的郊区访问巴尔扎克的故居博物馆，卞卡尼欧馆长请我到地下室去看作家的手稿。他给我看的是巴尔扎克的名作《高利贷者》。巴尔扎克喜欢用一种大稿纸，中间写字的地方不多，四边是很宽裕的白纸，有点像上世纪人文社那种五百字的大稿纸。这种稿纸便于改稿。据说巴尔扎克改稿没完没了，往往一直改到上机印刷的前一刻。这《高利贷者》的手稿果然如此。稿纸四边全是修改的笔迹，最初写在中间的那些字，到后来差不多全叫他改掉了。馆长告诉我，他们的研究人员发现，这稿子巴尔扎克总共改了二十五遍。由此叫我对他肃然起敬。一个对自己的稿子不依不饶的人，一个"语不惊人死不休"的人，一个对生活刨根问底的人，才会是一位真正的作家。

我现在虽然学会在iPad上"指写"，但改稿还是在纸上。命中注定我是属于最后拥有手稿的一代。几十年里，我一直没有决心，拿出一个月的时间，彻底整理一下自己海量的手稿。只有在各种文稿、材料和书信乱作一团时，才动手把稿子摘出来捆成捆儿，标明大致的时间，堆在一边。我从来不会扔掉手稿。可是，我不少手稿并不在自己手中。在上世纪八九十年代，报纸杂志和出版社不一定把手稿退还给作者，自己也常常忘了去要。还有，那时没有复印机，作家给出版社的稿件，都要通过邮局寄送，这种寄送的方式危险性很大。原稿只有一件，寄失就如同丧命。奥斯特洛夫斯基曾经一部手稿不就在邮寄时丢失了吗？幸好我没有寄失过，只有两次书稿出版后，出版社将原稿寄回时丢了。比如中篇《感谢生活》。

我珍视手稿和各种重要的文献资料，不会丢掉，却没时间整理，它们像一个城市的居民那样，拥挤在我的城市——书房内外与各个角落。但书房是最不怕乱的地方。书房之美包括它的随意与缭乱。

书房不是给人看的，只是为己所用。

我曾用毛笔在笺纸上写道：

非鱼难知水乐，

唯蝶方晓花香，

书房如山文字。

思者方能安享。

北川中学课本

一本残破不堪的书用一张发黄了的纸包着，放在一个陈旧的塑料盆里，已经十多年。我只打开过两次。这纸包上有我写的一行字：

取自北川中学废墟中的学生课本。冯骥才。2008 年 11 月

2008 年 5 月 12 日汶川大地震是震惊世界的大灾难。震后我们奔赴川北灾区，去调查文化损失，布置对惨遭重创的羌文化进行紧急抢救。在受灾最严重之一的北川中学，我看到成堆的废墟如同遭到狂轰滥炸的战场那样惨烈，令人震撼，能想象操场上的篮球架子，滚到一堆小山般粉碎的楼房上边去了吗？据知，这片废墟里还裹挟着上千学生的尸体。一位当地人给了我一本相册，里边全是他亲自拍摄的死难学生的各种景象，惨不忍睹。那天阴云漫天，时有余震，震时山坡滚石，腾起烟土。我发现废墟的砖石瓦砾中，有一些学生的书包、文具、课本，我拾起一本课本，封面和内页皆已砸烂，这孩子呢？

这是人教版八年级的《生物学》课本，我翻开看，书中一些文字下边，画着要提醒自己注意的横线，一些空白处还写着一些字，显然是课堂上对老师讲课重点的记录，表现出孩子听课的认真。我在扉页左下边，看到这孩子的签名"任××"。字迹细小而拘谨，三个字挤在一起。这是个淳朴老实的女孩子吗？她是死是活？不用问了……

我将这课本收了起来，为了记住这孩子，也为了可以永远触摸到此时的沉痛与悲哀。

从灾区归来，我们就开展一系列的以羌文化为中心的文化救灾工作，这一

切都记在我的非虚构作品《漩涡里》了。如今十年过去，当年抢救的一系列成果，如《羌族口头遗产集成》，为羌族孩子编写的《羌族文化学生读本》以及羌文化论文集《羌去何处？》等已都立在书架上。唯有那个从北川中学废墟中捡回来的课本以及那本相册，一直沉甸甸横放在书架的顶端，几次想再看看，却不忍再去打开。这一组书相互关联，对于我有特殊的意义。

读者来信

在我这一代人的书房里，电脑顶替手稿，电话变为手机，相机胶卷换成存储卡，书信变成邮件。虽然从此没了珍贵的信札，心里的一种特殊的负疚却也少了很多。

在书信时代，读者的信是永远还不清的一笔债务。在伤痕文学时期，往往一部小说发表，就会带来几麻袋的读者来信。这些信来自天南地北。从信中密密麻麻的字迹里，能感受到那些遥远又陌生的读者炽烈的情感与真诚的心，他们渴望与你对话，但你无法应对这种终日不绝、海量的来信。我坚持把每一封信看完，将一些觉得应该回复的信摞在桌上，可是真能够回复的却如沧海一粟。我常想人家一定会埋怨我的，但我苦无良策。如何向他们解释我的苦衷，向他们致歉？偏偏那时没有网络。

有一次，一个读者连向我发了三封信，没得到我的回复，再一封信就发火了，怒气冲冲谴责我摆架子。我赶紧给他签了一本书寄去。谁料他又来一封信，这封信他自责错怪了我，明白我的读者绝不仅仅他一个人，并发誓不再来信叨扰我。叫我感到这读者的可爱——他是一个挺率性的人。

我从不埋怨我的读者，反而高兴地认为这是一种文学效应。文学效应像社会效应那样五光十色。没有读者才是可怕的。作家可以孤独，文学不能孤独。文学永远是与读者共存的。

那时，每隔一段时间我就会把书房的书信整理一下。把读者的信捆成捆儿，装进纸箱或麻袋。我搬家的次数太多，书信太多，有的遗落了，还有一次堆放在半露天的阳台上，遭到雨浇却不知道，过后大多毁掉，这使我想起来很懊悔，人间的许多情意，往往就这样如烟一般过去了。然而这些读者的信，却告诉我应该为谁写作——这个我永远不会丢掉。

日 记

日记是我最"勤奋"的写作，每天一篇，很少空缺。

但是我写日记，毫无文采，鲜记感受，只记当日之紧要。我的事情一直是千头万绪，这样记下来，可以为将来查寻一些事件留下线索。我的日记只是我每天的足迹而已。

我写过一句话："生活就是创造每一天。"我最怕一天里碌碌无为，逢到这样的日子，我便在日记上尴尬地写上一句"闲了一日"。

我的日记是私密，不是写给别人看的，故而十分潦草，也极简短。日记多是晚间"记"的，此刻常常人困马乏，无力再写，便以漫画搪塞。漫画可以换一种表述的感觉。这样我的日记看上去就有点像草稿本，一种极随性的写写画画的草稿本了。

我年轻时就有写日记的习惯，最初的日记是"学生体"，幼稚又真诚，心里什么事儿都记在日记上，那几本最初的日记在抄家时险些给我惹出大祸。从此就中断了日记的写作，直到上世纪末介入文化遗产抢救后，天天千头万绪，凡事必记，不记，则乱，这便开始了这种流水账式的日记。每年一本，至今已二十余本。逢到出国在外，还有一小本日记式的"出访笔录"。

这些过往的日记，今天看来则必不可少。比如我写《漩涡里》，要弄清近二十年文化遗产抢救密集、纷纭、纠缠一起的事件与头绪时，日记给我提供了极其清晰与准确的依据。

如果有日记，过去的每一天都不会丢掉；如果没有日记，过往的日子就是朦胧一团。

词 典

在没有百度搜索之前，我写作离不开词典。在过去四十多年的写作生涯中，总共用过三部词典，现在都很破旧，成了我个人艰辛写作史的一种见证，也是一种独特的"书斋文物"。

我最早的一部词典好像上学时就用了。它是1957年商务印书馆出版的《汉语词典》。这本词典由语言文字学大家黎锦熙主编，初版时（1936年）名为《国语词典》，1947年再版，应是民国汉语言第一部词典。收录的字、词、成语四万多条，翔备而实用。它最初不是我写作的工具，而是学习之必备；在我的印象里，词典是无所不知的，我从中获益颇丰。

我年轻时有一个画友，他父亲有个奇癖，平生只读一部书，便是这本《国语词典》。每次去朋友家玩，都见他胖胖、光头、少言寡语的父亲，手捧这部厚如大砖的词典，津津有味地读着，好像看小说。冬天穿着厚绒衣在屋里看，夏天光着膀子，坐在院里一个小板凳上看。我很奇怪，词典里边的词语彼此无关，有什么好读的？我的朋友笑嘻嘻说，他也不明白父亲兴趣何在。反正父亲只要闲下来，就读这词典。而且读得认真，一页页，一条条，一行行，从不疏漏。

他父亲故去后，他说父亲一生把这部一千二百多页的《国语词典》整整读了一遍半。

过了许多年我忽有所悟，是不是因为那时绝大部分书都是"封资修"，全被禁了，不能看，看词典最安全？

我的第二部词典是中国科学院语言研究所编的《现代汉语词典》，也是商务印书馆出版的。1977年我到人民文学出版社修改长篇小说《义和拳》时，责编李景峰推荐我用这本词典。我买来一用，果然好用，简而不漏，阐义明确，检字方法多（拼音、部首、笔画），十分便捷。我很喜欢这本词典。在新时期十多年海量的创作中，它好像我行路使用的一根手杖。我在人文社改稿时，经常往来京津，随身的包里总要带着这部词典。写作时，右手执笔，左手常去翻它，以致把它翻得残破不堪。

另一部是1993年一位朋友送给我的——海南出版社出版的《新汉语词典》。此时，商务印的那部词典已经过于残破，不忍再翻，每当查词找字，就来翻这本，十五年过去，待到2007年前后手机上有了极其便捷的百度搜索，才放下了它。这部词典也被翻得皮开肉绽了。

我后悔当年没有善待它们。它们给我勘误与解惑，太多的帮助，我却只把它们当作一件干活时必不可少的"苦力"。一次，在莫斯科拜谒托尔斯泰故居的书房时，看到他书架上的一本本词典，庄重精美，有如圣典，再想想自己用过的几部词典好似伤员那样，个个遍体鳞伤，形骸狼狈，使我颇感羞愧。又想一想古人"敬惜字纸"那四个字，我身上是不是不知不觉也沾染上一种有辱斯文与功利主义的时代恶习？

我至今也没将这三本词典好好修复。原样地放在这里，是为了叫它们耻笑我吗？

巨人的手迹

书房的一角，一直放着一只老旧的黑皮箱，上面花花绿绿贴满世界许多城市的标签，里边是我一个珍爱的专项收藏——世界各界历史名人的手迹。其中有信札、签名照、公文、便条、乐谱、手稿、日记和简笔画等等，种类繁多，上边都有这些人物的签名。由于这种信札文献都是"独此一件"的孤品，又都有海外权威公证部门的真迹确认书，故极为珍贵。

比如海明威一封写于1959年的信件。这封信是写给哥伦比亚广播公司的一位导演的，他因迟交《丧钟为谁而鸣》的电视脚本，写信致歉。

我收集到这封信时，纸包里还附着一张照片。照片中海明威坐在小凳上，伏身于矮桌上紧张地写作。这张照片与前边所说的信件不是一个时间。这是1954年海明威在东非刚果的丛林里狩猎时，为美国的《Look》撰写文章时拍摄的照片。有趣的是，这张照片的背面粘着一些剪报与纸块，透露出一个信息，此次海明威与妻子在非洲，遇到两次飞机事故，外界传说海明威遇难身亡。这张照片正是当时美国一家刊物听信谣传而发表"讣告"时配发的照片，居然还在这张照片一旁注了一句"这可能是海明威最后一张照片了"。

再比如我收集到的司汤达的一页日记。司汤达一生与意大利关系密切，他热爱与惊叹意大利的历史文化与艺术，侨居过意大利，在意大利的一座小城做过领事，曾因同情意大利的革命党人而被驱逐出境，还写过关于意大利的小说、游记和绘画史方面的文章。这页日记写于1819年意大利的佛罗伦萨。他写道："6月11日，我用了四个半小时终于精疲力竭抵达佛罗伦萨。清晨，我带着两匹马，骑行在忍冬花醉人的芬芳中，太阳升起了。"在这仅有的几行字里，已经将他对佛罗伦萨赞美的心情溢于言表。

还有，我收集到的李斯特的一页乐谱。当时（1840年）李斯特正在欧洲巡演，他在莱比锡音乐厅的演奏获得巨大成功。舒曼曾写信给在维也纳的妻子克拉拉，盛赞李斯特。就在这期间，李斯特写了这页乐谱，据说当时舒曼就站在他身边。

我收集到的每一件手迹，都有一些特别的故事与细节。前两年，我曾将这些手迹印了一本精美的画册，送给朋友品赏，名曰《巨人的手迹》。我在画册的扉页上写道：

> 出于对世界上那些伟大的作家和艺术家的尊崇，收集与收藏他们的手迹是我的一种挚爱。
>
> 手迹是历史人物带有签名的各种文献。
>
> 手迹是人的生命痕迹，是借助笔留在纸上的一种心绪与情感，它会叫我们感受到那些伟大生命的气息。
>
> 它是我书房的珍藏，并一直陪伴着我。

可能由于我潜在的博物馆意识，我收藏这些手迹的同时，还注意收集相关实物。比如该人物的照片原照、代表作最早的中文译本、传记等等。

比如雨果手迹之外，我收集到《孽海花》的作者曾朴1916年翻译出版的雨果的剧本《枭欤》，比如林纾的译本《双雄义死录》。再比如柯南道尔手迹之外，我收集到周瘦鹃编译的四卷的《福尔摩斯探案全集》，叫人感受到那个时代中国社会与文化的开放气氛。

我有大仲马和小仲马多件信札。此后我竟然同时搜集到他们父子的银盐照片，那时照相术刚刚发明和应用不久，这无疑是摄影原作，而且无疑他们本人全见过，这比信札似乎来得更有血有肉，叫我感觉他们父子一下子来到眼前。

我很早就收藏了两台爱迪生留声机公司出品的留声机。拥有爱迪生——这位留声机、电灯、有声电影等伟大发明家亲自的制作，是我很大的快乐。我收藏的这两部留声机分别是1898年和1905年的出品。此外还有几十个蜡筒唱片，也是爱迪生公司1908年出品的，包含许多名曲和上世纪初的流行音乐。

后来，当我见到1916年和1917年爱迪生公司两份工作会议记录文件，上边都有爱迪生如画一般的签名，我便欣喜异常。这就叫我分明地感受到历史的真实和确切感了。

过一年，我又收集到一本纽约出版的英文本《爱迪生的人生故事》。爱迪生1931年去世，此书1934年出版，是一部爱迪生同时代人的作品。这样就一点点把这份手迹的历史的分量巩固起来了。

我犀角的黑皮箱子真的有点神奇呢。

杂书与字纸

书房顺其主人，各有风格与性情。

我兴趣多，书杂。我怀旧，旧书多。不同时代出版的书，带着不同时期的精神所好、审美、风韵和记忆，这就使我的书房驳杂又丰盈。不单单是书，还有一张张昔时字纸，收藏界叫作"纸杂文献"，比方广告、帖子、戏单、契约、告示、便笺、符纸、折子、老报纸等等，只要内容特别，风格殊异，我全有兴趣。因使书房内一堆堆书籍和资料中间"夹金裹银"，到处都有"宝贝"。我家里的人从不动我的书房。

小说家都是杂家，写小说的人兴趣无所不在，书房里都少不了杂书和"纸杂文献"。其实这些东西未必直接有用，比方我有一张清末手抄的传单，揭露洋人用迷魂药拐骗孩子。这传单的内容在"火烧望海楼教堂事件"那个时期，在社会流传甚广。其中内容与话语都十分生动，与我的《单筒望远镜》非常契合，但我写这小说时却很难直接用上。小说是独自的生命，无法与实际的材料拼接。但在这张传单上强烈表现出的当时中西的隔膜与恶性的猜疑，却加强了我小说特有的氛围和对那个时代历史真实性的把握。

再比如我得到一本关于庙中僧人剃发术的手抄本，其中许多知识细节我不曾知道，极有趣，如果我得到此书在写《神鞭》之前，肯定有用。这样的例子举不胜举，这样的杂书到处可见。

我有几处可以买到这类杂书的地方。我的好友俄罗斯学者、汉学家李福清先生，是我许多俄文版小说的译者。早期的俄国汉学家不是书斋式的，只见书不见人，隔空作业。从阿理克到李福清都喜欢扎进中国的民间，深谙中国社会皱褶里浓郁的文化气息与生活气息。这使得他们深深爱上中国的民间文化，也着迷一般收集民间的版画与杂书。一次，我带李福清到沈阳道附近一个书贩子家中。这书贩子是很底层的贩子，他们时常带着几个旧麻袋，下到乡间收购旧书本。所去之处，多是河北、山东、山西和河南一带，偶尔也串到关外，从一个村走到另一个村。别看他收罗的对象多是农人，收到的旧书却都流传得很久，常有珍奇孤绝夹藏其间。老东西的传衍总是离奇莫测。

那天，李福清随我钻进这书贩子的矮屋，当书贩子把半麻袋书倒在地上时，李福清的眼里竟然闪出一种有点贪婪的光。我粗粗一翻，有木版或石印的小说、戏本、拳谱、风水书、符咒，以及民国期间山东地区教会的宣传品。我与李福清各挑各的，每有共同喜欢的书，我都会让给他，因为他很难到这种地方来淘书。那天我选中的书大约是四本。一是唱本《绘图五毒传》，清末石印；一是占卜书《玉匣记》，光绪年印；一是小说《秦英征西传》，木版，有图；再一本是《刘二姐逛庙拴娃娃》，很薄的唱本，只有几页，却都是天津乡土的事。这类唱本我收集了一些，很鲜见，故亦珍贵。李福清买的大多是小说和戏本。还有一本说书人手抄的唱本，他喜欢异常。

我也有一本手抄的唱本，很厚的大本子，小小的墨笔字写得满满。据说曾为成兆才（东来顺）所用。内有小戏、鼓词、莲花落、绕口令、快板书、笑话、吉祥话、歌谣等数十段，内容极丰富，至今尚未整理。

最有魅力的书房是大量的书还没有读过。日久天长，还有许多好东西忘了，藏龙卧虎夹杂其中。哪天忽然翻出来，再度相遇，如获至宝，惊喜异常。

移动的书房

自进入了新世纪，我的书房就有了变化，时不时搬进了汽车或飞机里。这由于，我开始全力来推动对大地上濒危的民间文化的抢救了。我必须离开书房，到各地去。抢救工作从来都是在田野一线。

可是，我怎么可能完全中断写作？如果忽然冒出了一个奇特鲜活的灵感，一种难捺的写作欲怎么办？特别是在长途奔波的车上飞机上，没有书桌，也不能写作怎么办？渐渐我被逼出来一个办法——带上一个小号的iPad。用它很方便，不用笔，只用手指来写，还能修改，十分自如。于是我感受到乔布斯对我的写作有如神助。反过来说，如果没有乔布斯这个发明，我很多散文、随笔、理论文字，是绝不会有的。近二十年，我不少文字都是在车上飞机上写的。

由此，我每每出门远行，必带iPad。一次忘了带它，那感觉竟如失掉了一半的自己。我还慢慢体会到它另一层意义：再不会失去那些长途奔波中耗费掉的时光。既然人的生命以时间为载体，就不能叫时间空空流失。

如果我在一次长长的路途中，完成一篇文章，下车之时，就会有一种特别的满足感。这种感觉好极了，故我称iPad是我流动的书桌，汽车和飞机是我移动的书房。

戊戌年（2018）我在甘肃张掖参加非虚构文学研讨会，上午演讲累了，下午与会的人都去参观马蹄寺。我没力气去，便倚在旅店的床板上歇憩。不久，恍惚间，忽然一棵巨大的老槐树荫蔽下的老宅院像画一样浮现出来，它古老文明的积淀与蕴含的沉静幽雅的气息，带着槐香散发出来，叫我那么深切地感受到了，并感动起来。没想到，那个长久以来沉睡在我心中的一部小说《单筒望远镜》，居然一瞬间神奇地苏醒了。我情不自禁，抓过身边的iPad就开始写起来，而且完全忘了时间，等到大家从马蹄寺游览归来，敲门声把我从小说里召唤出来，我已经写了几千字。

从那一刻起，我就进入了这部长篇的写作，我的手指似乎一直没有离开iPad。在整个写作的过程中，我不一定在书房；但无论我在哪个房间，"移动的书桌"一直紧跟着我，直到两个月后小说完成。

我的书房书桌，已经不再是传统意义的书房书桌了吧？

不不，应该说，它们仅仅是我的书房和书桌的一种延伸，也是一种开创。写作是心之欲，iPad是心之具。我的"心居"，仍是我心之所居。一切往日情景，今日依然都在。

或曰：今日之枝，乃出于往日之木也。

（节选自《收获》2020年第1期）

我的原野盛宴

◎张　炜

荒野的声音

1

我走出茅屋，走出小院，有时不知该往哪里去。到处都是树木，是各种花草。我已经把所有远远近近的树和草都认遍了，因为哪天遇到一株从没看到的植物，就会摘一片叶子、揪一根枝茎回家。外祖母大半会说出它书上的名字，还有当地的叫法。我一开始分不清同样开金黄色花朵的迎春和连翘，也分不清蜀桧和龙柏。它们都长得太像了。原来地上的茅草也有那么多学问，过去我总是把狗牙草和青茅看成同一种，后来才知道它们各有自己的名字。有一种叶子稍宽、草梗稍硬的茅草，它们生在路边一点都不起眼，外祖母说这叫"葭草"，"你瞧瞧，它就像最小的竹子，那模样多神气。"

我学会了像外祖母那样看树和花草的"神气"，就像看动物和人一样。在她眼里大丽花是穿花衣服的闺女，爱大笑，胖胖的憨憨的；百合微笑着看人，露出雪白的牙齿；黑菊是冷面的女人，她很傲气；蓝蝴蝶花非常害羞，不爱说话；山牛蒡一天到晚嘀嘀咕咕，嘴巴很碎；紫菀是读了很多书的姑娘，能背许多诗；萱草的心愫最好，是不讲穿戴的美人；白头翁是吉祥的花，谁遇到它都离好事儿不远了；梦冬花又叫"喜花"，谁见了都高兴；鸡冠花让人想起年轻时的事情，想多了使人叹气；望春花又叫白玉兰，是富贵花；合欢花刚一打眼使人高兴，看久了会想起远处的朋友；白木槿让男人对老婆好，红木槿让人喝酒；蓖麻开花小又小，可它能让一对少年越来越好……我别的不敢说，单讲蓖麻就让我信服，因为自从栽了蓖麻，我和壮壮的关系真的更好了。

除了花草，外祖母对树也看得明白，什么树都别想骗她。她说树和人一样，性情是不同的，别看它们平时不吭一声，暗里也是有心眼的。她说海边林子里什么树都有，等于和各种人打交道。"白杨树英俊啊，它们从小到大都是干干净净的、有志气的！"她说。我有时在长了白杨的沙岗上待很长时间，真的喜欢这些大树。我发现喜鹊最愿在这种树上建窝，它们大概同样偏爱白杨。"橡树是林子里最有威信的，所有树都听它的，它话少，说一句算一句。橡树经的事多，遇到什么都不慌不忙。"她看橡树的眼神，就像看那些年纪大的老辈人一样。

我想着外祖母的话，在心里琢磨柳树、苦楝、毛白杨、胶东卫矛、栾树、刺槐、女贞、皂角、白蜡。它们都在屋子四周。梨树和李子、海棠、柿树、无花果、桃树、樱桃属于另一类，这是结出馋人的果子的，那就要换另一种眼光。我觉得柳树脾气最好了，特别是对我们小孩儿好；白蜡树聪明；刺槐不喜欢陌生人；毛白杨心肠好；栾树和野猫是一伙的……外祖母大致赞同我对它们的看法，不过特意告诉我："槐树和野猫也是一伙的。合欢树喜欢小羊。"

我记住了她的话。她是从来不错的。我长时间看着茅屋东边那棵大李子树，它是我依偎最多的一棵树。它太大了，一到春天，它自己就开成了一片花海。它是我们这儿真正的树王。我甚至觉得它对一切的树和动物，就像外祖母对我一样慈爱。它顾怜一切，护佑一切。

我还想起茅屋西边那片茂密的紫穗槐，有一段时间我愿藏在里面读小画书，还在那儿发现了一头可爱的小猪。我问外祖母怎样看待这片灌木，她说："这可是了不起的一种树，别看它长不高。如果没有它们，那就算不得荒野了。"是的，紫穗槐的模样，还有气味，都会让人想起大海滩，想起荒林野地。

树木花草的脾性和神气，要一一记在心里，不出错儿，比什么都难。至于说各种动物，比如鸟和四蹄动物，只要看一会儿就会明白。因为它们的眼睛骗不了自己也骗不了别人。我没有见过狼和熊，但它们真的在林子里出没过，说不定到现在还有。也许是盼着见到，我心里一点都不恨它们。我见过豹猫的眼，尖尖的，冷得吓人。猫头鹰的大眼真好看，它看人的样子没法琢磨，那有点让人害羞，让人想自己干了什么不好的事，让一只大鸟这么死死地盯住，看那么长时间？

2

野物都是一些古怪的东西。我对它们的眼神怎么也忘不掉。一只春天沙滩上的小蝲蛄爬到高坡上，它一直在瞅我。小柳莺在柳絮里扑动，它也会忙里偷闲瞥瞥我，小眼睛真机灵。沙锥鸟在地上飞跑，故意不飞，一边跑一边歪头看人，想看看人有多大本事。小鼹鼠唰地钻出地表又噌一下缩回去，它不是在看，而是嗅，从气味上判断面前这个人是好还是坏。就连小小的蚂蚁都不是傻子，它们走到人的跟前，一对长须翘动着，其实那是在琢磨什么，想明白了，也就走开了。

我最爱看橡树上的红色大马蜂。大橡树流出了甜汁时，牢牢地吸引着十几只大马蜂。它们长得真壮，颜色在阳光下闪闪烁烁，一道道黑色环纹真漂亮。它们据说是蜇人的，被蜇的人轻一点肿脸，重一点躺在地上。听说有个人喝了酒来招惹大马蜂，它们一块儿攻上来，结果那个人就死了。我因为好奇，一点都不怕它们。我凑得很近，以至于嗅到了橡树甜汁的味道。大马蜂专心享用蜜水，头都不抬。有一只飞起来，在我耳旁转了一圈，又在额前看了看。我觉得它的眼睛里没有恶意。果然，它把我的消息告诉了其他几只，它们歪头看看我，继续享用。

林子里有一万种声音，只要用心去听，就会明白整个大海滩上有多少生灵在叹气、说话、争吵、讲故事和商量事情。它们的话人是听不懂的，所以只好去猜。猜它们的话就像猜谜语，有人猜得准，有人一句都猜不着。外祖母说一辈子住在林子里的人总能听懂一点，哪怕是只言片语也好。她说有个和自己年纪差不多的老婆婆懂鸟语，结果日子过得相当不错。

大海滩上的生灵包括了树木花草，而不仅仅是能够奔跑和飞动的野物。树木让风把自己的声音送给另一棵树，送给人和动物。比如鸟儿啄一只无花果，风就把四周白杨和梧桐的感叹传过去："可怜啊！惨啊！呜呜呜！"兔子啃着狗牙草，把长长的草筋抽断，四周的草都在诅咒："勒坏你的兔子牙！勒！勒呀勒！"这么多生灵一起咒骂，兔子吓得蹦起来就跑。

夜晚好像安静了。不，夜晚有一只鸟边飞边哭。还有一只母狐在抽抽嗒嗒抹眼泪，看着月亮祷告。花面狸一丝丝往斑鸠身边爬，到了最危险的那会儿，喜鹊掷出了一颗橡子，击中了花面狸的鼻子。鸟儿和四蹄动物都在暗影里警醒，时不时相互扔一个飞镖，那是小泥丸和沉甸甸的种子壳。两只上年纪的刺猬老姐妹坐在一截枯树枝上拉家常，一个说："我生第一个孩子奶水不足。"另一个说："我的小儿子手不老实，偷邻居家的水虫。"

我对夜里所有的声音都听得见。我仰躺着，两只耳朵都用得上。黑色的夜气从北到南地流去，有时成丝成缕，有时像水一样平漫过来。我用耳朵接住流过的夜气，把里面的声音结成的大小疙瘩滤出来。只要我还没睡，就能听见无数的声音：各种生灵说话、咕哝。外祖母睡觉前也要咕哝，说到我、爸爸、妈妈，还有她自己。她说："我年纪大了，越来越喜欢吃甜食了。"她说得真对啊，她见了金线蜜瓜和拳头大的无花果，脸上一下笑开了花。

我夜里睡不着，不是因为月亮太亮，也不是因为肚子胀疼，而是被四处围过来的野物们的声音害的。我不得不用被子把头包起来，故意想别的事，想捉鱼或读书，摆脱那些密密的声音。有些细声细气的响动就像没有一样，可是即便这样我也能够听到。比如我能听到半夜里风平浪静的大海，听到它这时候在远处不停地诉说、吹口哨、叹气、打喷嚏、咳嗽。大海睡着了的呼噜声也很大。老风婆能把林子里的所有声音都装到自己的口袋里，背上一路往南走，一直走到我们茅屋这儿，再往南，穿过无数村子，最后送到大山里。所以我想，爸爸他们到了下半夜，也一定会听到林子和大海的声音。

林子里的夜晚，有的睡着，有的醒着；有的上半夜睡下半夜醒；有的整夜不睡。大海闹了一夜，白天睡。许多生灵都是大白天睡觉的。不少鸟儿和人一样，夜里用来睡觉。所以鸟儿和人差不多，都是太阳出来话就多起来。白天和夜晚的荒野不太一样，大概是分成了两半的。不同的野物与生灵分成了两大拨，它们各自占据一个荒野。我们因为是人，基本上和鸟儿一伙，占住的是白天这个荒野。

3

我告诉好朋友壮壮："咱们属于白天，晚上就交给另一些家伙好了。"壮壮说："嗯，那都是一些坏家伙。"我没有立刻表示同意，因为我在想他的话对不对。我说："晚上也有好的家伙，比如猫头鹰和刺猬，比如我们家很早以前的那只猫。你爷爷晚上不睡时，也是好的家伙。"

壮壮没法反驳我的话，转而说别的。他忧愁的事情和我一样，就是上学。"到了那一天，我们就得被关到高墙里面，还不知是怎么回事哩。"他皱着眉头。我想了想说："反正谁也逃不掉这种鬼事。说不定上学也有另一些有趣的事，谁知道呢。"他听了同样没有立刻反驳我。我知道，壮壮最近一年多来有些佩服我了。这是越来越了解我的原因吧。我很高兴。

因为和壮壮在一起心里高兴，所以常常在一块儿待上很久。我们俩在林子里走很远，只小心地回避那片老林子。那一次在林子深处遇到的一位老婆婆，究竟是不是老妖婆，我们曾在事后讨论了半天。开始认为是，后来又认为不是，或一半是一半不是。"反正她是最好的老婆婆，我常常想起她。"壮壮说。我和他一样。

走在林子里，我们谈了各种树木花草的脾气和特点。我重复了不少外祖母的观点，指着一大片紫穗槐说："别看它们从来长不高，可它们代表了荒野！"壮壮长时间看着，没有赞同也没有反驳。正这时，远处传来了野鸽子的叫声："咕噜噜咕！咕噜噜咕！"壮壮凝神听了一会儿，转脸看着我说：

"这也是代表荒野的。我觉得这就是荒野的声音……"

我以前没有想过。真的啊！就是野鸽子的呼喊，才把海滩和林子变得更大了，大到没有边缘。我深深地赞同。

千鸟会

1

我曾经问外祖母：林子里一共有多少野物？它们是什么？我渴望一个准确可信的答案。因为她熟知林子里的一切，如果连她都不知道，那么爸爸妈妈也不会知道，谁都不会知道。外祖母说："这就很难说了。"

我很失望。我一直挂记的是小泥屋里的那些野物，特别是那个在黑影里不慌不忙走动的大家伙。"我们这里有大熊吗？"我问。外祖母眼望着窗户："有一只从东北老林子里来的大熊，不过早就没了。""就它自己？""它是寻孩子来的。有人把它的一只小熊崽儿带到这里，它就一路找啊找啊，找来了。"原来我们这儿发生过这样的大事儿！我问下去："它找到了孩子？""没有，它在这里一直转了两年，找不到，就到别的地方去了。"我想着那个小泥屋的夜晚，说："也许它又转了回来，也许……它的孩子已经长大了。"

外祖母说这片林子里有各种野物，不过它们当中只有极少数才会害人，她一边说一边扳着手指："狼、獾、豹猫、猞狸、蛇、狐狸……"我目不转睛地看着她。"不过狼越来越少了，都被猎人打光了，剩下的几只藏在林子深处不敢出来，要不说小孩子家不能走得太远。没有枪的人是不能进老林子的。"

我琢磨外祖母的话。她说的这几种可怕的动物，除了蛇和豹猫，獾和狐狸我也见过，它们是不可能害人的。我提出了自己的看法，并以去年见过的小银狐做例子。外祖母摇摇头："狐狸的心眼太多了，有的好，有的真会骗人。獾就另说了，它们其实并不坏，只不过有个毛病，太喜欢小孩儿了。"最后一条把我迷住了："那多好啊！它和我玩，我才高兴哩！"

外祖母伸手胳肢了我一下，我笑了起来。她上前一步，还是胳肢，见我笑着躲开，这才板起脸说："獾见了小孩儿就这样胳肢、胳肢，因为它太爱听小孩儿的笑声了，一直让他笑、笑。小孩儿笑得喘不上气来，就给憋坏了。"

我不再吱声，看着外祖母。

"小孩儿笑起来像小溪淌水一样，脆生生的，越是上年纪的老獾越是喜欢听这声音。所以在哗哗流水的小溪旁就经常坐了老獾，它们不是渴成这样，它们是跑来听水声的。"

我多么想看到这样的老獾啊，虽然心里有些害怕。想着伸过来的獾爪，我不由得抱住了胸部。外祖母又说："咱们林子里最多的还是鸟儿，各种鸟儿，数也数不清。它们只和小孩儿玩，从不伤害他们。不过有一种大鹰，比最大的斗笠还大，它们能捕到兔子，急了也会冲下来捕小孩儿，在它们眼里小孩儿和兔子差不多，抓起来就飞到天上了。"

我不信："它会把我抓到天上？"

外祖母抚着我的头发："大半不会了。你快上学了，已经是这么大的孩子了。"

"我再小，它也不敢！"

"不，十几年前，就是林子南边的村子里，有个两岁的胖孩儿离开妈妈到草垛边玩，飞来一只大鹰，一头冲下来就把他叼走了。全村人就看着那只鹰费劲地叼着孩儿往高处飞，晃晃悠悠飞远了。那孩儿太胖了。全村人喊啊跺脚啊，还是没用。"

外祖母不像在编故事。我想着那个被大鹰叼走的孩子，觉得他真可怜。我开始想那些鸟：蓝点颏、百灵、大山雀、沙锥、水鸡、海雀、田鹨，一群群的麻雀。我觉得林子里最多的就是麻雀，有一次我和壮壮去东边的水渠捉鱼，渠边的柳枝上蹲满了麻雀，它们吵吵嚷嚷，我和壮壮说话都要扯着嗓子。当时我们很生气，因为渠中的鱼都被它们吵得躲开了。

"鸟儿为什么要聚在一块儿？它们在半空打一个旋儿，还要落到柳枝上，像结了一树果子……"我说。

"它们也不愿孤单，要凑到一起谈谈天，讲讲故事。有时候它们还要到一块儿开会，你们那天遇到的，就是鸟儿开会。"

我听得聚精会神，相信一定是的。无数的鸟儿，不停地说啊说啊，有讲不完的话。不过谁也听不懂鸟语，如果谁有这样的本事就太了不起了。"它们为什么要开会？"我问。

"那就得猜猜看了。像人一样，它们也要过日子，平时遇到的难事也不少。像那群麻雀，一到了秋末就会凑到一起，商量一些作难的事儿。"

"什么事儿？"

外祖母擦擦鼻子："天快冷了，冬天眼看就来了，它们要商量过冬的办法。住的地方，吃的东西，都得打算好。冬天是鸟儿们的一关，又冻又饿，没有比它们再可怜的了。先说住的地方，麻雀做窝的本事不小，在屋檐下面找个地方，在里面铺些白茅花就成了。再不就寻些啄木鸟空下的树洞、渠边上的草窝。可惜它们人口太多了，一大家子总是住不下，大冬天里只好蹲在草窠和树杈上过夜。这是最凶险的时候，因为豹猫和野狸子冬天也闲不着，鸟儿一瞌睡就变成了它们的盘中餐……"

"鸟儿是最可怜的。它们冬天冻得发抖，到处找吃的。"我想起了那些在茅屋前蹦蹦跳跳的小鸟，想起我一次次往雪地上抛撒零食。我难过地叹气。

"它们晴天好过一些，那些草籽儿也算可口。大雪封地了，一连几十天没吃的，这样的日子，小鸟躺在雪地上再也起不来。有一天我一连捡了二十多只冻死饿死的小鸟，把它们埋在一棵合欢树下……春天末尾这棵树开满了花，有二十多只小鸟落在上面。"外祖母的声音低低的。

<h2 style="text-align:center">2</h2>

我想那些小鸟没有死。也许外祖母有一种魔法，让它们在春天里复活了。我明白，鸟儿们尽管一次又一次开会，讨论怎样对付饥饿、仇敌和其他种种可怕的事情，也还是没法完全躲过。我又想起了那些时常落满树丫的花喜鹊：它们的嗓门又粗又高，总是叫个不停，那肯定也是在开会。

外祖母说花喜鹊算是幸运的鸟儿，它们不仅精明，而且力气也大，能够把屋子搭在高高的树顶，还能跟半夜偷袭的豹猫打斗，一般情形下总是能够脱身。"它们的屋子是用一根根粗细枝条穿插起来的，看上去乱糟糟的，其实哪根挨着哪根、怎么相互勾连，都是十分巧妙的。大风吹不垮它们的屋子，连偷拆房屋的灰喜鹊都犯愁……灰喜鹊品行不好，常常到花喜鹊家里偷拆木料。"外祖母垂下眼睛。

"它们是怎么躲过豹猫的？"

"花喜鹊的房子是有机关的，它故意在墙缝里伸出许多细小的枝条，只要这些枝条被轻轻碰到，睡在屋里的花喜鹊就知道有敌人来了，然后就能麻利地飞走。想逮住花喜鹊可不容易。"

"它们在一起开会时说些什么？"

"当然是商量事儿。怎么对付老鹰，哪里的果子熟了，林子里又来了什么客人……也少不了拉个家长里短，吵吵嘴。"

"你能听懂鸟儿说话？"

外祖母摇头："我可听不懂。我只是一边听一边想，瞎琢磨。"

"一句也听不懂？"

外祖母抱歉地点点头。我有些失望。不过我想总有人能听懂一点吧？再三追问，外祖母果然说："听说很久以前有个孤老太太，就像我这么大年纪，在林子里住了一辈子，日子久了，也就听懂了一点点鸟语。这一下太好了，她有时不出门也能知道许多事情，过日子也就方便了。不少人都听说过她的故事，大概这是真的。"

我高兴得跳起来："真有这样的人呀！啊，多么了不起的老太太啊……"我缠着外祖母多讲一些，她长得什么样子、怎样和鸟儿打交道、现在住哪儿……外祖母没有见过她，因为那是很早以前的人和事了。不过她们都是住在林子里的老人，她对那个老太太佩服极了，说："我可比不上那个老太太！"

外祖母说到最后，最让我失望的是那个老太太早就不在人世了。我想老人在林子里一定有一座小房子，她的小房子还在吧？外祖母说谁也找不到它，或者早就塌了，或者还在林子深处，因为都是几十年前的事了。我好伤心。我想自己再长大一点，一定会背上一杆猎枪，到老林子里寻找那幢小房子的！想想看，那儿住过一位能够听懂鸟语的老人，那幢小房子多么了不起！

3

"老太太孤单，没事就听树上的鸟儿拉呱儿。鸟儿和人一样，会生气，会高兴得唱歌，会愁闷得不吃不喝，然后你一句我一句相互劝导。秋天鸟儿商量采摘的事，哪里苹果快熟了、李子变紫了，都要议论。老太太一到秋天就要采野果做一坛坛果酱，自从听懂了鸟儿的话，再也不用费心到处找了，按鸟儿的话去做就好，很快就能采回一篮好果子。不过她只采这一篮，从不贪心，知道更多的果子要留给鸟儿。她还从两只过路的长腿鹭那里听到了鱼的消息，在一条渠汊里捉来足够吃一冬的鱼蟹。一群小鹌鹑在老太太院里啄食，议论一件可怕的事，说的是从东北老林子来了一只脾气暴躁的老熊……老太太在冬天关严屋门，还让采药人小心。后来她听说这只老熊是千里迢迢来找儿子的，很不幸，就叮嘱那些猎人，谁也不要伤害它……"

"啊，不幸的老熊！"我叹气，心里想：如果那个能听懂鸟语的老太太在世，一定会知道老熊现在的消息。

正在我想这些的时候，外祖母问了一句："最能唱歌的鸟儿是什么？"

我当然知道，它是"云雀"，常常飞在天上，不停地唱啊唱啊……以前外祖母就指着天上的云雀讲过：它无论飞多么高，都能看见下边的小窝，那儿有一只小草篮似的窝，它的孩子就在里边，妈妈从高处看着地上的孩子，为孩子唱歌。

"那个老太太最高兴的就是好天气时在院门口坐上半天，听云雀唱歌。地上小窝里的鸟蛋还没有破壳，云雀妈妈就唱给孩子，说宝宝快出来吧，天多么蓝，花儿多么香；鸟儿破壳钻出来，粉嫩的小身子摇摇晃晃，云雀妈妈就讲故事，编一些林子里的童话给小宝贝听。有时候云雀妈妈会一口气唱上半天，不喝一口水。它太爱自己的孩子了，忘记了一切。世上只有妈妈的歌是最甜的，小云雀就在妈妈的歌声中长大……"

我羡慕云雀。我想念妈妈。我出生后大半时间都跟外祖母在一起，她给我讲了无数的故事，这也等于唱歌了。

就从这一天开始，我特别留意树上的鸟儿。我有时会专注地听上很久，琢磨它们在说什么。鸟儿吵架我听得懂，不过我不知道它们在吵什么。我学外祖母那样用心去想，闭着眼睛。

一只云雀在空中唱个不停，已经唱了半个小时。它在唱给地上的孩子听。我用心捕捉歌声，闭上眼睛。好像听懂了一点，真的，那是一首多么欢快的歌：

"乐乐乐乐，啊呀我真快乐！宝宝睡吧睡吧，从太阳出来，睡到太阳降落！乐乐乐乐，妈妈真快乐！宝宝别怕，软软的小窝，白茅花被子暖和和！乐乐乐乐，妈妈真快乐……"

我跑回屋里，把听到的歌唱了一遍。外祖母高兴极了，亲亲我的脑壳说："一点不错，就是这样唱的，你用心听，就听懂了！"

"可你以前说自己听不懂鸟儿的话……"

外祖母笑了："也许会的，像你这样用心，总有一天会听懂一点的。"

我到林子里，遇到了一群花喜鹊，它们正在吵闹，见了我就不吱声了。这样停了一会儿，它们当中的一只响起一句粗粗的吆喝，于是就再次说起来。我坐在一棵白蜡树下，旁边有一蓬马兰草。我闭上眼睛听啊听啊，想听个明白。我似乎猜出了第一句、第二句，还猜出了其中的一两句：

"看看看看，是这小子来了！"

"认得认得，茅屋里的孩子！"

"他蔫不拉唧的，不太精神哪！""那是那是，好果子吃不着，吃不着！""咱知道有好果子熟了，咱不告诉他！""不告诉，不告诉，咳咳，东渠的桑葚紫又紫，咱不告诉他！""不告诉，就不告诉！"

我睁大眼睛看着这群花喜鹊。它们一个个又肥又亮，羽毛滑滑的。这当然是因为一天到晚不干活儿，专吃好东西的缘故。一帮嘴馋的懒家伙。不过我今天可听到了它们的一点秘密。

我看了看太阳，正是半上午时分，一切还来得及。我想快些赶到东边水渠那儿，饱饱地吃一顿甜甜的大桑葚儿，然后再捎一些给外祖母。这样想着，站起来就往东走。我发现树上的一群花喜鹊彼此看了看，好像一点都不着急。我继续往前，走了一会儿，才听到它们在身后再次嚷叫起来。它们大概开始议论别的事情，不再理我。

很快找到了那条暗绿色的水渠。在小木桥的旁边果然有几棵桑树，但树上没有果实。我沿着水渠往北走了一段路，终于发现了几株枝叶茂密的大桑树。啊，果实累累！只可惜走近了才知道，它们全是青涩的，离变紫的日子还远着哩……我被骗了！

往回走时，我仔细想着听到的那些花喜鹊的叫声："哜哜，咔咔，嚓嚓嚓嚓，咔啊咔啊……"就是这样。嗯，也许它们压根就没有说到果子的事，而是议论接下来的冬天，怎样盖一座新房子？它们说啊说啊，有讲不完的话。老天，要真正听懂鸟儿说话，这可太难了，大概是天底下最难最难的了。外祖母多聪明，可她一辈子都没有听懂。

但我会有耐心的。我一定要给外祖母一个惊喜。

（原载《我的原野盛宴》张炜/著，人民文学出版社2020年1月版）

《暂坐》后记

◎贾平凹

　　在我七十岁前，《暂坐》可能是最后一部长篇小说。酷暑才过，书稿刚完。字数是二十一万吧，整整写了两年，这比以往的任何一部书都写得慢，以往的书稿多是写两遍，它写了四遍。年纪大了，爱弹嫌，弹嫌别人，更弹嫌自己，总觉得这样写着不行，那样写着欠妥，越是时间不够用，越是浪费时间。

　　《暂坐》写城里事，其中的城名和街巷名都是在西安。在西安已经生活了四十多年，对它的熟悉，如在我家里，从客厅到厨房，由这个房间到那个房间，无论多少拐角和门窗，黑夜中也出入自由。但似乎写它的小说不多，许多人认为，我是乡村题材的作家，其实现在的小说哪能非城即乡，新世纪以来，城乡都交织在一起，人不是两地人了，城乡也成了我们身份的一个分布的两面。

　　突然想写《暂坐》，缘于我楼的那个茶庄搬走了。茶庄在的那些年，我每日两次都在那里喝茶，一次是午饭前，一次是晚饭后。喝到了好茶就只能再好不能将就，我已经被培养成喝茶贵族了，茶庄却搬走了。人在身体好的时候并不觉得还有呼吸，一旦病了，才知道呼吸的重要，且一呼一吸是那样的紧迫，一刻不停。

　　茶庄在卖着全城最好的茶，老板竟是一位女的，人长得漂亮，但从不施粉黛，装束和打扮也都很中性。我是从那时候，醒悟了雌雄同体性的人往往是人中之凤。她还有一大群的闺蜜，个个优游自尊，仪态高贵，我曾经纳闷：为什么男的没有，女的则有闺蜜呢？而且她的闺蜜还那么多？后来我也是醒悟了，女的比男的有更多的心事，无论多么了不起的女的，她们都需要倾诉，闺蜜就是来做倾诉的。那些闺蜜们隔三岔五地来到茶庄聚会，那是非常热闹和华丽的场面。这如一个模特在街上走，或许有人回头看，而十多个模特列队在街上走，那就满街注目。我是在茶庄看见了她和她的闺蜜，她们的美艳带着火焰令你怯于走近，走近了，她们的笑声和连珠的妙语，又使你无法接应。她们充满活力，享受时尚，不愿羁绊，永远自我。简直是，你有多高的山，她们就有多深的沟，你有云，云中有多少鸟，她们就有水，水中就有多少鱼。她们是一个世界。

现在，茶庄搬走了，不知是因经济下滑，又强有力地反腐，作为奢侈品的高档茶已越来越难卖了，还是房租太贵，员工的工资一再上涨，经营再也无法为继？而留我的只是叹息，看茶碗在渴着，看蜡烛要烧死。

她们有太多的故事，但故事并不就是《暂坐》的文本。在《暂坐》里，以一个生病住院直到离世的夏自花为线索，铺设了十多个女子的关系，她们各自的关系，和他人的关系，相互间的关系，与社会的关系，在关系的脉络里寻找着自己的身份和位置。正如一段古文所写："墙东一隙地，可二亩许，诛茅夷险，缭以垣，垣内杂种榆柳，夹桃花其中。"这是她们的生存状态，亦是精神状态。而菟丝女萝蔓延横生，日光漏叶莹如琉璃，叙述以气流布，凝聚为精则是结构之处。其中更有着陆以可的再生人父亲出现的奇异，有着冯迎幽灵萦绕的迷丽，使这人间的人确实有了两种：人类和非人类。也时空转换着，一切都有了起伏不定黑白无常的想象可能。

《暂坐》中仍是日子的泼烦琐碎，这是我一贯的小说作法，不同的是这次人物更多在说话。话有开会的，有报告的，有交代和叮咛，有诉说和争论，再就是说是非。众生说话即是俗世，就有了观世音菩萨。观世音菩萨观的是大千世界中一切内外所有的诸声，而我们则如《妙法莲华经》所言：虽未得天耳，以父母所生常耳总也听得，起码无数种人声，闻悉所解。

《暂坐》里虽然没有"我"，我就在茶庄之上，如燕不离人又不在人中，巢筑屋梁，万象在下。听那众姊妹在说自己的事，说别人的事，说社会上的事，说别人在说她们的事，风雨冰雪，阴晴寒暑，吃喝拉撒，柴米油盐，生死离别，喜怒哀乐。明白了凡是生活，便是生死离别的周而复始地受苦，在随着时空流转过程的善恶行为来感受种种环境和生命的果报。也明白了有众生始有宇宙，众生之相即是文学，写出了这众生相，必然会产生对这个世界的"识"，"识"亦是文学中的意义、哲理和诗性。

在写这些说话的时候，你怎么说，我怎么说，你一句，我一句，平铺直叙地下来，确实是有些笨了，没有着那些刻意变异和荒诞，没有着那些华丽的装饰和宣染，可能会有人翻读上几页便背过身去。但我偏要这样叙述的。在这个年代，没有大的视野，没有现代主义的意识，小说已难以写下去。这道理每个作家都懂，并且在很长时间里，我们都在让自己由土变洋，变得更现实主义。可越是了解着现实主义就越了解着超现实主义，越是了解着超现实主义也越是了解着现实主义。现实主义是文学的长河，在这条长河上有上游中游下游，以及湾、滩、潭、峡谷和渡口。超现实主义是生活迷茫、怀疑、叛逆、挣脱的文学表现，这种迷茫、怀疑、叛逆、挣脱是身处时代的社会的环境的原因，更是生命的，生命青春阶段的原因。处理这些说话，一尽地平稳、笨着、憨着、涩着，拿捏得住，我觉得更显得肯定和有力量，也更能保持它长久的味道。尽力地去汲取一切超现实主义的元素，丰富自己，加强自己，来从事适合国情和自况的写作。视野决定着器量，器量大了怎么着都从容。

写过那么多的小说，总要一部和一部不同。风格不是重复，支撑的只有风骨。《暂坐》就试着来做撑杆跳，能跳高一厘米就一厘米。它的突破每每以失败为标志，俄国的那个巴捷耶娃似乎从没有见好就收。

齐白石在他晚年的绘画中，落款总是要写上八十几岁或九十几岁，这是一种释然，还是一种炫耀？而《暂坐》之所以敢纯写一群女的，实在是我不自信使然。写作中，常常不是我在写她们，是她们在写我，这种矛盾和分裂随处可见。写到了最后，困扰我的是，这些女人是最会恋爱的，为什么她们都是不结婚或离异后不再结婚？世上的事千变万化，而情感是不会变的吗？还是如看到的那句话：别说我爱你，你爱我，咱们只是都饿了。我就这么疑惑着，犹如这个城市在整个冬季和春季所弥漫的雾霾，满天空都是个谜团。

（原载《当代》2020年第3期）

重返雪峰山

◎韩少功

三十多年前，我在怀化地区林业局挂职锻炼。这个局管辖全省约三分之一的山林，差不多是个山大王，不过也是个穷大王，我这个副局长下林区也得蹭货车，搭乘那种拉木头的解放牌或黄河牌，叮咚咣当响一路，尘土飞扬半遮天。我因此认识了潘司机。

老潘胖，怕热，常冒油汗，入夏后多是光膀子上路，有时还把车门打开，找根木棍代替右脚顶住油门，半个身子探出车外兜一把风，呵嗬一声做鬼叫——那时的驾驶室里没空调，烤得人肉都有几分熟。即便山道上人少车也少，这种野蛮操作还是吓我个半死。好像吓得我还不够，他回到座位，抹了一把脸："不好意思，一热就特别困，贼养的，刚才都睡着了。"

我差点跳起来："你不能停下车睡吗？你好歹快五十了，算是活够了，活腻了，莫拉上我呵。"

"没事，没事。"他笑了笑，"就是个打屁觉，不耽误开车。"

"你不会是……还在梦游吧？"

"怎么会？"他抽了自己响亮一耳光，然后手板伸给我，好像那就是有力证据。

我还是贪生怕死，不敢往下细想，强迫他停车在路边，抽支烟，洗个冷水脸，嚼两块路边摊上的酸姜，休息片刻后再走。他嘟嘟囔囔，责怪我这纯粹是浪费时间，还满嘴歪理邪说，说午饭时要不是我夺了他的酒杯，他眼下精神头肯定更好，抢盘子肯定更加灵敏和来劲，也不会睡打屁觉。酒呵酒，酒就是他潘师傅最好的清醒剂知道不？

我得承认，他喝酒并不误事，二十多年来居然没出过事故，对雪峰山里的每条路都呼呼呼跑得顺溜。不论在哪里遇到路面塌方，走不成了，他也能在附近找到熟悉人家，高声大气，呼朋唤友，有吃有喝。大概是他来得多，帮山民们捎带过私客私货，他也从不把自己当外人，有时一进门就检查这个娃娃写字，指导那个木匠打墨线，还要吃点菜，一口一声自称"野老倌"，同主妇们打点不正经的玩笑，然后让我一同享受她们餐桌上的腌蚯蚓（看上去像酸豆角）或油炸蜻蜓（美其名曰金秧子）——昏黄油灯下我看不清楚，吃下去才知是大补，差点要喷呕出来。

照他说，眼下有公路了，有汽车了，一天可以跑上几百里，已经是神行太保，是孙猴子一个筋斗腾云驾雾。要放在以前，雪峰山的几根木头要运出去，难呵，只能钻山缝，走水路，让人们先扎成小排，用的是藤条篾缆，不可用铁丝钢钩，以便整个排筏柔软一些，缓冲一路上可能发生的挤压或碰撞，防止排散人亡。驾着这种小排，由溪洞进入江河，进入资水或沅水那里的宽阔江面，才能把小排积攒成大排，上下叠加，前后左右串联，大若一座座浮游的人工岛，是可搭窝棚、架炉灶的那种，可捎带山货和散客的那种，以实现规模化经营。一声长啸报客往，他们迎山送岭，拨嶂推峰，顺流而下，一直漂到洞庭或长江那些大码头，把"人工岛"交付客商，既是卖货也是卖货船，这才算一次日落星沉的远行结束。

那些职业放排的"排拐子"，相当于那年头的物流捷运公司，把这些行当做得多了，对沿途的地名都如数家珍，对各地的水情已了如指掌。同样是一片平静碧波，他们只要瞟一眼，就知道哪里水急，哪里水缓，哪里水深，哪里水浅，哪里还有暗涌或暗礁。同样是水边石岸，他们甚至不用看，只是靠肌肉的记忆，就知道哪里藏有最佳落篙点，不会滑，不会塌，一戳一个准。这时候他们戳早了不行，撑晚了也不行，一定要稳稳地借助水势，等到木排眼看就要轰然撞翻的那一瞬，恰如其分地用长篙一点，或长短有致、刚柔相济地左一撑右一拨，才能降服排天巨浪，轻巧地避开鬼门关，跃入豁然开朗的下一程。三十六道湾、七十二个滩……这些在他们心中都已再熟悉不过，不过是儿时听惯了的一曲歌谣，哪里有半音，哪里有滑音，哪里该换气，哪里变假声，都已被耳膜无数次铭刻，永远也不会错的。

但他们从不吹嘘自己的本领。相反，每一次放排前他们都会小心翼翼地敬天祭神，祈盼自己一路平安。他们的禁忌也特别多，比如从不说"散""塌""沉""翻"这些字，各人自带筷子，到时候不得在桌上分筷子，不得在桶里搓洗筷子，更不能用筷子盖碗、用筷子插饭……诸如此类，似乎小筷子就是大木排，就是大木排的魂，受不得惊扰和胡闹。沿途的伙铺、客栈、货商、某某的老相好之类也都懂规矩，从不乱动他们的筷子。

作为雪峰山放出去的主要耳目，那年头日本军队何时撤了，汽车长成什么模样，城里女子会不会勾魂……这些新鲜的重磅消息也总是由"排拐子"们带回山里，使一个个山寨不至于悠悠坠入历史之外的深远寂静。

　　阿哥放排三月三，
　　阿姐河边洗衣衫。
　　桃花落水雾不散，
　　棒槌打手泪不干。
　　…………

潘师傅酒后就唱过这首情歌。

我眼下已听不到他的歌声，连往日林区的简易公路也几乎看不到了。这次入山的邀访者是陈，自称以前见过我，网上自我命名"哈协主席"——"哈（卵）"就是湘语中傻的意思，二的意思。

在不少人看来，他确实有点傻和二——都什么年代了，不知打了什么鸡血，他从上市公司老总一路打拼成家乡的农民头，从繁华都市一鼓作气高歌猛进到穷山寨，所有的身家血本砸下去，居然在雪峰山多点开局，建起了五大景区，一心用沥青公路和过山缆车接通城乡，让山里的夕照、富氧、幽泉、古树、刺绣、柴门、篝火、美食、歌舞、梯田、先人传说、冬日的雪以及夏日的凉等，统统变成游客的幸福和山民的财富，而且果真打造了一个企业扶贫的省部级知名样板。这个"老土"，走村串户，大概想象大家都是同他一样喜欢大碗喝酒和大块吃肉，同他一样喜欢石头、喜欢木头、喜欢泥土和山脊线、喜欢开门见山和天高地阔，为此多年来不厌其烦地说服地方官员和合作伙伴——这也就算了，有意思的是，这个黑大汉有时忙得一身臭汗两脚泥，据他同事说，还总是激情和精力过剩，随便逮住路上一位陌生阿婆，也能巧舌如簧滔滔不绝，详细解说他手上一块石头的地质特征和美学价值，阐述他穷乡僻壤遍地宝的变金术。

一直说到老阿婆迷迷瞪瞪，对他的深刻理论胡乱点头。难怪一些同事也笑：还真是个大哈呵。

这一次，我也想去听听他如何解说石头。时值深秋，雁阵南飞，高铁"复兴号"不知何时已从省城滑出，一路上静静地暗中加速，很快就有了时速近300公里的飞翔感。眼一眨过桥，眼一眨钻洞，眨一眼又是桥……整个行程几乎就是桥洞相连，上天入地反复切换，闹着玩儿似的，对沿途的山山水水压根儿就是粗枝大叶视若无物没心没肺，已把旅行简化成一条唰唰唰任性的直线，一种舒适和洁净的服务平均值，一种旅客们恍恍惚惚的科幻遭遇。我完全找不到感觉了。这还是雪峰山吗？喂，喂，这还是雪、峰、山吗？睁大眼睛朝窗外寻找，一匹匹翠绿翻阅过去，当年的"排拐子"们在哪里？当年潘师傅的简易公路和叮咚咣当尘土飞扬在哪里？当年那油灯下客人们吃过恶心腌蚯蚓的一座吊脚楼，是否就在山那边？而当时围着黄河牌大卡车摸来摸去的一群娃娃中，一个挂着鼻涕的光屁股男孩，被汽车喇叭声吓一大跳的，莫非就是多年后的陈大哈？……

我突然有一点心酸，至少是心慌。

飞翔吧，飞翔。现代科技正在大大缩短空间距离，却也一再刷新世界图景，一步步放大了时间距离，如同电影在播放时突然提速，让往日的人和事速来速去，很快就变得模糊不清，了无踪影，遥不可及更遥不可追。昨天已是久远。前天已是史前。我只能面对身后一片模糊，凭吊自己三十多年前的记忆残片——那是我青春的一部分。

也许，雪峰山，雪峰山，我这次完全算不上重返了，不过是奔赴一个重名的陌生之地，一片让人无措的茫然异乡，只能像一个两鬓斑白的婴儿，被山里的阳光刺得睁不开双眼，在那里经历新的一轮再生，一切都重新开始。

你飞翔吧——

我真不希望这样，但也希望就是这样。

（原载《芙蓉》2020年第1期）

哈拉哈河

◎李青松

向西向西向西。偏北偏北偏北。

拐拐拐。向北向北向北。偏西偏西偏西。

——哈拉哈河。

初始右岸石壁如屏，石片棱棱怒起，一路崖壁参差，水倾之底处平阔，其势散缓，汩汩滔滔，流霞映彩。至急流处，水流汹涌，浪如喷雪。用徐霞客的话说："观之，狂喜过望。"遗憾的是，徐霞客没来过这里，徐霞客说的是别处的河。

别处的河不同于此处的河。哈拉哈河的水头，源自大兴安岭蛤蟆沟林场的摩天岭。它汇集了苏呼河和古尔班河等支流，全长蜿蜒三百九十九公里。说长不长，说短不短。

哈拉哈，不是哈哈哈。哈拉哈——蒙古语，屏障之意。哈拉哈河的河水坚韧、寡言、无畏，能清除一切阻塞它的东西。即便是岩石，即便是倒木，即便是泥沙。在阿尔山林区，哈拉哈河有两条，地上一条，地下一条。地上的是我们能够看得见的，清澈平缓，鱼翔浅底。地下的，是我们看不见的却能感觉到的，神秘莫测，沉默不语。它布局巧妙，层次分明。那些蓄水的湖泊，比如达尔滨湖、杜鹃湖、仙鹤湖、鹿鸣湖、天池、乌苏浪子湖也是哈拉哈河的另一种存在形式。久旱不涸，久雨不溢。地上河的河水突然上涨和下降，都是地下河的暗劲儿呈现的异象。

地球母腹，广阔而丰盈，正是靠着火与水的平衡，才得以生生不息。从里往外看，地球是火球；从外往里看，地球是水球。没有火，就没有水。要认识这一点，就必须认识另一点。

火山喷发是地球自我减轻和释放能量的有效手段，可以防止内部窒息，也可以防止因能量过度而导致痉挛。地球的内部永远在活动着，吐故与纳新，毁灭与创造，没有片刻停顿。就空间而言，过满，或者过空，都是问题。空虚和丰沛之间有一个奇妙的度，地球自己知道，地球自己能够平衡。火山熔岩喷发的时候，那股巨大的力量，造就了地下的河，却将火山岩和砾石覆盖在河面上。其上生长着白桦、赤桦、黑桦、红柳、青杨、榛子、蓝莓等乔木和灌木，曰石塘林。这些植物的根紧紧抓住火山岩，并排除强酸去腐蚀它，把它变成土。砾石在一旁冷漠地观望着，却无路可以逃遁。因为苔藓已经抛出千千万万根绳索把砾石缚住，不能移步，不能叫喊，只能束手就擒。那些植物就是在火山岩的废墟里长出来的。植物吞噬了废墟，吞噬了废墟底下的肉和骨头，吞噬了能够成为它能量的一切。且长势巨旺，饱满强壮。渐渐地，它们就成了这片世界的主角。

啾啾啾！啾啾啾！

石塘林里有鸟在穿梭忙碌，寻虫觅食。

也许，世界不是在某一时刻创造的，而是在可变的运动中慢慢创造出来的。

偶尔，也飞起两只花尾榛鸡，落到哈拉哈河的对岸去了。

花尾榛鸡是学名，俗名叫飞龙。在阿尔山林区，说花尾榛鸡没几个人知道，可一说飞龙，人人皆知。花尾榛鸡似雉而小，黑眼珠，赤眉纹，利爪，短腿。体长盈尺，羽色清灰，间或有黑褐色横纹。远观，如同桦树皮，不易被发现。起飞时需助跑，一飞二三十米，不能高翔。

因其肉的味道极美，清代，花尾榛鸡被列为"岁贡鸟"。康熙、乾隆均喜欢喝飞龙汤，当然，更喜食飞龙肉了。据说，满汉全席是断断不可少了飞龙汤的。飞龙汤一端上来，报菜名的太监的声调也跟着提高了不少。俱往矣，今天的国宴以及家庭餐桌上是断不可以有飞龙汤了。因为，在20世纪90年代，花尾榛鸡就被列入国家重点保护野生动物名录中。这就意味着，花尾榛鸡是受刚性的法律保护的野生动物。

花尾榛鸡性情温和，潜踪蹑迹，寂静无声。它的大部分时间都是栖息在树上。也许，在它看来，唯有树上是最安全的吧。

觅食时，一般不发出叫声，可一到发情季节则鸣叫不止——克克克克！——克克克克！——克克克克！节奏简明，声如金属响器。鸣叫时，也伸脖子，也俯首，也振翅，也翘尾，使出各种本领，向对方传递爱的信号。

花尾榛鸡喜欢在松林中觅食，落叶松和白桦树的混交林中也常光顾。其食物是昆虫、松子、榛果、忍冬果、蓝莓果及桦树的花序和芽苞。食物匮乏的日子里，也食乌拉草的草籽。它的巢有些简陋粗鄙——树下落叶中挖一个土坑，再衔来一些松针、乌拉草、树皮屑和羽毛，垫在坑底，就算是巢了。繁殖期一过，巢就废弃了。

阿尔山林区的冬季，意味着寒冷和冰雪。

花尾榛鸡往往选择林间雪地开阔的地方过夜。厚厚的积雪就是厚厚的棉被。它一头扎进深雪里，然后用尖嘴捅开一个小口，用来呼吸。然而，危险无处不在。它还是经常遭受那些夜间出来觅食的动物的袭击。猫头鹰、紫貂、青鼬、猞猁、狐狸都是它的天敌。防不胜防啊！

对岸的森林一望无际，森林固定着哈拉哈河两岸的山体，阻止任性的沟壑随意改变方向，防止浅根的植被剥离山体。森林也在不断地修复残破的地表，缝缀撕裂的生态，拼接断折的筋骨。

森林犹如强大的呼吸器官，吸附了飘浮的物质，释放着氧气，净化着空气，洗心润肺。在这里，生命可以尽情地呼吸。

——深呼吸。

森林里充满生命的律动。

这里没有老虎，没有豹子，没有巨蟒，却有黑熊。黑熊常在哈拉哈河岸边出没，寻找食物。黑熊是杂食性动物，吃坚果、浆果、草根、蘑菇、木耳、鸟蛋、蜂蜜，也吃老鼠、蚂蚁、蚯蚓、蜜蜂、蜥蜴、草蛇。它喜欢翻腾森林里的石头、倒木，那些东西的底下往往有它要吃的美食。

呼的一下，石头掀开，小生灵们四处乱跑，慌不择路。它用爪子拍打着，啪！啪！啪！一些被它拍死，一些被它拍晕。

嘴里嚼着倒霉的老鼠，咯吱咯吱咯吱。

它好像永远吃不饱，缪尔曾写过一段话，来形容黑熊的胃口。他写道："它把食物撕碎，悉数吞到不可思议的肚子里，那些食物就好像被丢进了一团火，消失了。"——这是一种怎样的消化能力啊！

黑熊的武器是它的前爪。一掌揳去，再一掌揳去，必使对方非死即残。早年间，哈拉哈河岸边每年都发生几起勘探队员、伐木人或者猎人、采山货人被黑熊用爪子拍伤或者致死的事情。一个勘探队员在野外作业时，就曾遭到黑熊的袭击。当时，哈拉哈河岸边要建森林小铁路，他与队友正在测量地形。突然，林子里冲出一只黑熊，一掌掴来，把他拍晕，并把他坐到屁股底下。队友傻眼了，抢起测量工具就同黑熊搏斗。幸亏其他队友也及时赶来，才把黑熊赶走。结果，那名被黑熊掴了一掌的勘探队员，鼻梁骨塌陷，七根肋骨骨折，一只眼睛失明，头永远歪向一边。

黑熊也常深更半夜光顾伐木人的工棚，专门到厨房里找吃的。头一天剩下的高粱米饭、窝头全都成了它的夜宵。当然，它可不是优雅的君子。它还把角落里的米袋子面袋子抓破，吃得满嘴满脸都是面粉。碗橱也被它掀翻，碗筷散落一地，一片狼藉。

有时，黑熊也到哈拉哈河的浅滩上溜达，眼睛却不时瞟一瞟河里。它可不是漫无目的地瞎溜达，而是鼻子嗅到了河里的鱼正在靠近岸边的腥味。时机来了，它会果断出爪，十有八九不会走空。

黑熊在树洞或灌丛里睡觉时，如果有人搅扰了它的美梦，它往往会吼叫着发起攻击。立起身子，舞动利爪，狂抓乱咬。——此种行为，与其说是因为受惊而自卫，不如说是因侵扰而愤怒。后果，不堪设想。

当然，黑熊也有被反制的时候。一只狍子从灌木丛里闪出来，一般情况下，黑熊是不予理睬的。可这天，它居然丢下石头下面翻出来的美味，撒腿就追赶那只狍子。前面是一个水塘，黑熊生生把那只胆战心惊的狍子赶进了水塘里。黑熊身壮体强，但却生来笨拙。哪知狍子在水面上奔跑时突然返身，用前蹄狠狠向黑熊两只眼睛刨去，黑熊惨叫一声，两只前爪乱扑腾，在水里打着旋，水花四溅。

顷刻间，狍子早已无影无踪，逃之夭夭了。

黑熊用力抖了抖脑袋上的水珠，也只好踉踉跄跄离开水塘，悻悻而去。

入夜，山的翅膀合拢成寂静。森林，在黑暗中生长。

后半夜，月亮的牙齿咬碎了石头，哗哗哗！碎石落下来，惊醒了时间。

时间可以向前，时间也可以倒转。难以想象，哈拉哈河当初的一切都是液态，还有燃烧物，以及一片火海。火山岩和砾石表面呈现出大大小小的石臼和蜂窝。在石臼里，在蜂窝里，分明闪烁着躁动、发酵、渗透、磨蚀、膨胀、喷发等充满力量的词汇，这些词汇也许超越了矿物的范畴，无所不为，甚至不可为也为之——可以想象火山喷发时的场面是何等壮观啊！俯身捡回几块扁扁的布满蜂窝的砾石，拿回家做搓澡石吧，一定很耐用。火山石仿佛还在散发着硫黄的气味，空气像葡萄酒一样醉人。

站在高处望去，一切都骤然变了。

在粗大的蒙古栎和挺立的落叶松中间，闪着亮光的白桦，沿着山坡缓缓的斜面，一直延伸到河边。

在一处水流平缓的河段，只见几个渔人正在拉网打鱼。网到的鱼多半是鳙鱼、嘎鱼、黑鱼，也有狗鱼、双嘴鱼、尖嘴鱼、鲶鱼、江鳕、鸭鱼、白鱼。岸上开阔地带，立着一排一排的用木杆做成的晒鱼的架子，上面摆放着大大小小的鱼坯子。当然，如果运气好的话，网到了鲤鱼，是舍不得做鱼坯子的。

搬来几块火山岩，就架起了一口铁锅。找来一些枯树枝，用茅草点燃，木柴就噼噼啪啪地燃起来，一缕青烟，就袅袅升腾了。慢慢地，青烟也飘进了林子里，林梢上就像罩住了一张网。不经意间，那张网却被树枝划破了——变成了一匹棉絮，既不像雾，也不像云。

空气里弥漫着鱼肉的香味，闻到的人馋涎横流。

然而，哈拉哈河的标志性鱼类并非鲤鱼，而是哲罗鱼。哲罗鱼生在哈拉哈河上游江汊子里，长在下游的贝尔湖和达赉湖。哲罗是食肉的鱼，最喜欢吃的就是水面上的飞蛾飞虫。傍晚，正是飞蛾飞虫聚群的时间，哲罗便生猛地跳出水面，捕捉飞蛾飞虫。水面泛起层层涟漪，泛起朵朵水花。

个头大的哲罗比渔民的木船还长。哲罗的力气也大得很，啪地甩一下尾巴能把船掀翻。从前，渔人要想捕到大个头哲罗是需要下"懒钩"的。先找好"鱼窝子"，头一天夜里布钩，次日清晨起钩。"懒钩"钩到哲罗鱼后不能急于把它拖上岸，而是要使其疲，消耗它的体力，等它精疲力竭了再拖上岸来。否则，暴躁的哲罗鱼会拼命折腾，人有可能不是它的对手，它会把"懒钩"咬断，也是说不准的事。

每年四月末至五月初，阿尔山林区冰雪开始消融的时候，哈拉哈河的河水开始迅速上涨了。哲罗鱼就成群结队，顶着水流，越过一道道障碍，越过一道道险滩，日夜兼程，遍体鳞伤，甚至不惜付出生命的代价，洄游到它的出生地——哈拉哈河上游的河汊子里。把鱼卵产在河底的石缝里、乱石中，然后疲惫不堪地守护着鱼卵，直到长出小鱼后，才开始返回贝尔湖和达赉湖越冬。

　　早年间，哈拉哈河上有一个人，靠在河上捕鱼为生，也为过河人摆渡。有人过河，他就摆渡，没人过河，他就捕鱼。他捕鱼从来不用网，只用"懒钩"，钩大如镯，一串三五个。"懒钩"钩到的都是大鱼，他有意给小鱼留生路。此人，一年四季穿件老羊皮坎肩，出没于哈拉哈河上。他水性甚好，有时捕鱼，甚至连"懒钩"也不用。他知晓哲罗鱼的脾气，也知晓它藏在什么地方。他直接把老羊皮坎肩脱下来扔在船头，悄悄潜入水底，给哲罗鱼挠痒痒，挠着挠着，手就抠住了鱼鳃，一点一点就把哲罗鱼牵出了水面。他熟悉哈拉哈河上的风，他熟悉哈拉哈河的水声，他熟悉哈拉哈河的气味，他熟悉哈拉哈河上的星星和月亮。

　　他脸膛黝黑，鹰钩鼻子，面相凶狠，人送绰号"黑爹"。"黑爹"真名叫什么呢？没有人知道。河边崖壁下的撮罗子，就是"黑爹"的家。他没有女人，也无儿无女，就是赤条条一个人，无牵无挂。

　　有人说，他是牡丹江那边流窜过来的土匪。有人说，他是抗联三支队王明贵打游击时走丢了的部下。有人说，他是蒙古那边越境潜逃于此的杀人犯。总之，说法很多。不过，说来说去，渐渐地，时间一久，就没有那么多说法了，就只剩下一种说法了——他是"黑爹"。有道是：不在意你从哪里来，重要的是你能把人送到哪里去。

　　"黑爹"的船是一条桦木船，没有桨，用一个桦木杆子撑船。那时，整条哈拉哈河只有这么一个渡口。从此岸到彼岸，从彼岸到此岸，过河的人就坐"黑爹"的船。"黑爹"有的是力气，三下两下，五下六下七八下，用力一撑，就把船撑到了对岸。哗——！一根绳子甩出去，绕在渡口的木桩上，又悠回来，就拴了船。湿漉漉的桦木杆子戳在船头，见了阳光，一会儿就晒干了。

　　坐船的人起身时问船钱，他不言语，摆摆手。后来，人们也就不问了，下船就走了。因为，"黑爹"从不收费。

有几次，不慎落水的人，都是"黑爹"一猛子扎进水里救出来的。人们发现，虽然"黑爹"面相凶狠，其实内心很善良。

坐"黑爹"船的人，有伐木人，有淘金者，有猎人，有皮货商，有走亲戚的妇女。"黑爹"话很少，三五天说一句，七八天说两句，眼睛看着河面，只管撑船。"黑爹"唯一的嗜好就是喝酒。喝了酒，两眼就放出满足的亮光。常坐船的人，就时不时在他的船上留下一瓶酒。

有一年夏天，下暴雨，哈拉哈河涨水，波浪滔天，船不能渡。"黑爹"在撮罗子里，听到河中传来咚咚的鼓声，心疑为怪。出撮罗子，向河中探望，只见水面有一蛤蚌露出，大如笸箩。"黑爹"急持撑船的桦木杆子击之，蛤蚌一动不动，死死咬住桦木杆子不放。"黑爹"使出蛮力，将杆子连同蛤蚌一同抛到岸上。用石头砸蛤蚌，双壳微开，桦木杆子才脱落下来。随后，从蛤蚌中意外取出一珍珠，亮闪闪，圆滚滚，径长盈寸，大如鸡蛋。

"黑爹"并无喜色。日子如常，"黑爹"照旧在哈拉哈河上捕鱼，照旧在哈拉哈河上摆渡。

可是，有一天，渡口的桦木船不见了，"黑爹"也不见了踪影。撮罗子里，除了篝火的灰烬，空空荡荡。哈拉哈河上，除了两只哀鸣的水鸟飞过，空空荡荡。

"黑爹——！""黑爹——！""黑爹——！"
一声声唤，无人应。

三九严寒，滴水成冰，北方的河流皆封冻了。

而哈拉哈河的阿尔山河段，在零下三十六度的寒冷天气里，居然不结冰。不但不结冰，河面上还浮生着腾腾的热气。那情景就像谁家刚宰杀了一头肥大的年猪。大人们忙活着，正在一口烧开了水的大锅里给猪燎毛。小孩子进进出出，调皮捣蛋。灶里的柴火烧得旺旺，满屋高声大嗓，洋溢着欢乐的气息。

冬天跟它没有关系吗？还是它拒绝冬天？很多野猪、狍子跑来取暖。哈拉哈河静静地流淌——这一段不冻河长四十里。因着这条河，阿尔山的冬天则是另一番景象了。

这里有足够厚的积雪，然而，让人吃惊的是，积雪下不是寂静，而是涌动的热流。热气形成长龙，在河面上滚动、升腾。热流充满神秘、朦胧和幻象。

突然，一声炮响炸碎了哈拉哈河的幻境。接着，是万炮的吼声和炮弹的嘶鸣。枪口放射出花朵，硝烟吞噬着硝烟。大地在颤抖，天空在燃烧。

哈拉哈河河水一度变成了红色。鲜血染成的红色。

一九三九年五月至九月间，在哈拉哈河畔诺门罕曾经发生了一场惨烈的战争，也称"诺门罕战役"。"那是一场陌生的、秘而不宣的战争。"一九三九年七月二十日《纽约时报》发表社论说，"苏联军队与日本军队在哈拉哈河岸边，在人们注意不到的角落里发泄着愤怒。"哈拉哈河战役，是亚洲历史上第一次坦克战。在七平方公里的战场上，近千辆坦克和装甲车相互厮杀，炮声隆隆，火光冲天，烟尘弥漫。在最后的决战中，日军坦克和装甲车很快成了一堆堆冒着黑烟的钢铁垃圾。日军有五万名官兵命丧哈拉哈河两岸，尸体堵塞河道。血红血红的河水，滋生了大量苍蝇、牛虻、蚊子，幕布般遮天蔽日，恐怖至极。

苏军死伤多少呢？不详。

其实，死伤多少已经并不重要，重要的是哈拉哈河战役苏军取得了决定性胜利，改变了当时的世界局势。

苏军总指挥朱可夫一战成名。个子敦实、头戴大盖帽、腰间挎勃朗宁手枪的朱可夫，因此役获得苏联英雄称号，颇得斯大林赏识，后荣升苏联陆军司令。

哈拉哈河战役的惨烈程度超出我们的想象。凶猛的炮声一停，河面上漂浮的，除了人的尸体，尽是鱼，有哲罗鱼、鲤鱼、鲢鱼、华子鱼等。一些鱼被炮声震蒙了，昏厥过去；一些鱼的腹部被炮声震破裂了，露出白花花的肠子；一些鱼的眼珠子被炮声震得鼓出眼眶，鲜血淋漓。

事实上，早在一九三二年，日寇就把魔爪伸向了阿尔山林区，大肆砍伐哈拉哈河两岸的森林。日本关东军一〇七师团司令部设在五岔沟。日寇修建铁路和军事工事，一方面掠夺中国木材、煤炭等资源，一方面蓄谋进攻苏联。

战争摧毁了人性，也摧毁了河流里的生命。治愈创伤的唯有时间。治愈了自然，也就恢复了自然。

一九四九年冬天，阿尔山林务分局成立。

办公地点就在哈拉哈河岸边阿尔山的伊尔施。白狼、五岔沟、西口、苏呼河作业所统归阿尔山林务分局管理。首任分局局长叫义热格奇，蒙古族。

当时，全国刚刚解放，国家急需木材进行经济建设。建工厂需要木材，修铁路需要木材，开矿山需要木材，盖楼房需要木材，架桥梁需要木材，总之，举凡开工建设的工地，没有不需要木材的。

一声令下：开发林区。

此前，哈拉哈河支流苏呼河两岸尚未开发，森林还是原始林，林相相当齐整完美。以落叶松、桦树及蒙古栎居多。

采伐队开进苏呼河施业区，以沟为作业点建立了采伐铺。据当时伐木人邓林生回忆，每个采伐铺有一名队长，一名记账员，一名检尺员，数十名采伐工。住宿是就地取材修建的木刻楞房子，房顶用桦树皮盖住，夏季防雨，冬季防雪。木刻楞里用大铁炉子烧柴取暖，铁炉子是用日本关东军丢弃的汽油桶改做成的，上面立一个烟囱，就开始生火。烧的是木桦子，火很旺，时不时往炉膛里加几块桦子，火焰升腾着，嚯嚯嚯！嚯嚯嚯！火蔫了，火犯困了，就用炉钩子捅一捅，提提神，火就睁开眼睛，又欢快地燃起来了。铁炉子上也烤白天伐木出汗湿透了的衣服、裤子、绑带、手闷子，热气乱舞，散发着一股异味，不怎么好闻。进入腊月，炉火一刻也不能停，若是停了，木刻楞就成了冰窖了。

冬季，生活物资用马爬犁运送，菜多数是土豆、盐豆、卜留克咸菜、酸菜和冻白菜，粮食大部分是红脸高粱米，很少吃到大米和白面。可是，还是有白酒喝的，是那种土法烧锅酿制的小烧酒。度数很高，有六十多度，是纯正的"高粱烧"烈酒。白酒在当时是林区劳动保护用品。不喝酒不行啊！当时，木材运输主要靠流送——就是河水里放排，伐木人大部分时间在水里作业，喝酒才能祛湿，才能舒筋活血。

苏呼河蜿蜒曲折，全长十八公里，向南注入哈拉哈河。每年春天冰雪融化，桃花水"闹汛"之时，就开始木材流送了。流送是按工铺分段投放木材，每次要控制投放的数量，不然投放过多会堵塞河道。沿岸各铺的工人在水里用小扳钩调整木材走向，使其不"打横"，避免造成"插堆"。然而，各工铺投放木材量很难统一把握，每年总是有几次"插堆"淤堵河道的事故发生。怎么办呢？也是有备用方案的——事先在上游修了一道木障拦河坝，里面蓄满水，在那里静静候着呢。打开闸口，坝里憋着的水汹涌而出。猛烈的冲击力，一下就把"插堆"淤堵的木材冲开了，河道重新恢复了通畅。

苏呼河的头道沟、二道沟、三道沟都设立了采伐铺。采伐铺得有个名字呀，是叫一铺、二铺、三铺吗？——不是。是按照队长的名字起的。邓林生回忆说，头道沟的采伐铺有郭长明铺、李木春铺、孙石头铺；二道沟的采伐铺有宋木林铺、杨云桥铺、董永刚铺；三道沟的采伐铺有万学山铺、刘长江铺、包金荣铺。从各采伐铺把木材运到河边楞场，主要是靠马爬犁——这一工序也叫"倒套子"。

山上伐倒的木头，简单集中到一起，叫山楞；把山楞的木材再集中运到路边，归成楞堆，叫中楞；把中楞的木材，用马爬犁运到苏呼河两岸归成楞垛，以备流送，称为大楞。据说，苏呼河大楞场，一个冬天要贮存木材达到三万立方米。

在阿尔山林区，像苏呼河那样的饱满丰盈的大楞场有若干个。楞场里木材堆积如山，一楞连着一楞，楞垛铺到天边。大楞场的木头，最后又通过苏呼河进入哈拉哈河流送到阿尔山林务分局伊尔施贮木场。再经过检尺、打码、编号、造册，这些木材就成了国家计划供应的物资了。在伊尔施经统一调配，装上汽车和火车运往全国各地。

"在森林里，最可靠的东西只有斧子和锯。"这是早年间，阿尔山林区流传的一句话。然而，经过半个世纪的砍伐之后，斧子和锯也靠不住了。光荣消歇。哈拉哈河沉默不语。也许，沉默也是一种忧伤。

若干年前，阿尔山林区就告别了伐木时代，进入了全面禁伐时期。作为一个时代的标志物，斧子入库了，锯子入库了。伐木人变成了种树人和护林人。

哈拉哈河似乎有话要说，然而，它没有说。

黎明睁开了眼睛。在无奈和困惑中，林区人开始认真而理智地审视自己既熟悉又陌生的森林了。

森林是什么？一个声音说："森林是一个生态系统概念，绝不仅仅是我们所看到的那些树。"是的，在森林群落中包含着许多生物群体，它们各自占有一定的空间和时间格局，通过生存竞争，吸收阳光和水分，相生相克，捕食与被捕食，寄生与被寄生，既相互依赖，又相互制约，构成了一个稳定平衡的生态系统。

人类在反思自身与森林的关系中，不断调整着自身对森林的认识和行为。

森林就是森林。森林里没有多余的东西，更没有废物。即使森林中那些枯朽的老树也不是废物。只有父母儿孙的生存，而没有爷爷奶奶的存在，并不能算得上是一个完整的人类社会，而森林，同样是一个老中青幼联结着的群体，正因为有枯朽老树的存在，才意味着一座森林的生长有着不同寻常的历史，才构成了完整的自然生态系统。

何况，在哈拉哈河两岸的森林里，枯朽的空洞老树，还是紫貂、青鼬、艾虎、花鼠、灰鼠、鼯鼠等兽类和原生蜜蜂栖居的巢穴。大空洞树是黑熊蹲仓冬眠的极好场所。猞猁也常常借助于大树窟窿而栖身。

森林的奥秘，也许就藏在那些枯朽老树的树洞里。森林有自己的秩序和逻辑。当一种现象超过某种确定的界限，森林就会调整内部的结构关系，重新确定秩序——这就是森林法则。

阿尔山林区朋友张晓超说："天然林的自我恢复能力超出我们的想象。"他说："保护天然林最好的办法就是封山育林。在天然林采伐迹地上，只要原生树木的根系没有被毁垦，只要封山育林的措施科学、得当，给它们充分的喘息时间，天然林就可以恢复创伤，郁闭成林，达到森林群落的完好状态。"

春去春又来。

正是凭借美的力量，灵魂得以存活，并且生生不息。

林区大禁伐后，寂静取代了喧嚣。而那些能量积蓄已久的根，在哈拉哈河的滋润下睁开新绿的眼睛，并用力拱出地面，占据着一方属于自己的空间。

哈拉哈河上起雾了，渐渐地，雾吞噬了森林。

然而，终究还是森林吞噬了雾。

哈拉哈河向西奔流。向西向西向西。

据说，1219年，成吉思汗率领四十万蒙古铁骑西征欧亚出发之前，就是在哈拉哈河下游一带厉兵秣马，蓄势待发。至今，当年成吉思汗拴马的柱石，在哈拉哈河畔还可以找到。高盈丈，合抱粗，风骨凛然。它孤傲的影子，每日与遥远的苍穹对望。虽然历经岁月的剥蚀，可是，它仍神一般矗立在那里。其实，即便它倒下了，即便它风化成了一堆土，那也无关紧要，因为它早已经矗立在人的心里。

"旌旗蔽空尘涨天，壮士如虹气千丈"——成吉思汗的蒙古铁骑所向披靡，摧其坚，夺其魁，解其体，向西向西向西，直至欧洲多瑙河。成吉思汗建立起一个庞大的帝国，打通了东西方交流之路，缩短了地球的距离，对世界产生深远影响。也许，正是哈拉哈河的火与水，哈拉哈河的坚韧、寡言与无畏，唤醒了成吉思汗的雄心和胆略。

可是，起初，成吉思汗西征的本意，并非为了占领和征服，而是简单的两个字——复仇。

此前，成吉思汗派往西域的一支四百八十人的商队，全部被西域人处死，货物被洗劫一空。"汗闻报，惊怒而泣。登一山巅，免冠，解带置项后，跪地求天，助其复仇，断食祈祷，三日夜始下山，亲征之。"

呼麦呜呜，长调响起。蹄声和鼓声激荡着草原，疾风掠过的地方，总有山丹丹花狂野地开放。然而，一切都化作了远古的烟尘，随风飘逝。

哈拉哈河依然在流，哈拉哈河依然是哈拉哈河。说长不长，说短不短。比起自然来，人类的风风雨雨、功过是非，不过是哈拉哈河里的几朵浪花而已。也许，文明是可以取代的，然而，自然是永远不可征服的。

哈拉哈河，向西向西向西，在阿尔山林区三角山北部流出国境，进入蒙古国，拐拐拐，向北向北向北，偏西偏西偏西，流入贝尔湖，歇口气，稳稳神，流出，继续向北，最后经乌尔逊河，汇入达赉湖。至此，才算画上了句号。这是一条多么有归属意识的河呀——流出去，是为了流回来。是的，它居然义无反顾地流回来了。

有多少河，滚滚滔滔，一去不返啊！

哈拉哈河，这条从地球母腹中流出来的河，可能已经奔涌了一百万年。它，不同于别处的河流。别处的河流，无论怎样蜿蜒曲折，无论怎样澎湃汹涌，最终，都要流向大海。而哈拉哈河的终点——达赉湖并不通着大海。这一现象，不是一天两天，不是数月数年，不是几个世纪，也不是数千年数万年。哈拉哈河，从来处来，到去处去。方向从来没有改变，目标从来没有改变。

它，节制而深沉，稳健而自省，从不张扬，从不炫耀，从不喋喋不休地讲述。长期以来，它的意义、它的功用、它在生态系统中扮演的角色被我们忽略了，以至于我们很少有人知晓它的名字。它，在动态中平衡着其流域的生态系统，在平衡中控制着生物与生物之间的关系。

它是无可替代的。

从地球来看，哈拉哈河是一个单独运行的生态系统吗？

不，地球是个整体，地球是个球。正如喜马拉雅山上一颗雨滴，同印度洋上的一场风暴也有联系一样，其实，哈拉哈河与地球的整个生态系统也存在着微妙的关系。终点，并不意味着停滞和完结，而是孕育着新生和开始。也许，空间是可以留置万物的，而时间则是在舍弃万物的同时又创造了万物。哈拉哈河并置了空间和时间。周而复始，循环往复，永不停歇。

万物即自然。

哈拉哈河的自我净化、自我修复能力是惊人的。它的创造力更是无须证明——它涵养着其流域的森林、草原、湿地、滩涂和荒野，它滋润着其流域的时令、生命、情感、灵魂和精神。

哈拉哈河，承载着时间和传奇，奔流不息。

（原载《人民文学》2020年第5期）

祖 巷

◎王剑冰

一

来到珠玑巷的时候，就望见了一幅画，画面中有蓝色的河，白色的墙，黛色的瓦。农家正在晒谷，金灿灿一片，从这边铺到那边。浅月挂在天穹，等着与太阳轮岗。远处是水缠绕的田野，有人还在收割，稻浪起起伏伏推涌着，鸟儿在上边撒网。再远是绿色的群山，苍茫无限远。

谁能想到呢，这里，就是当今广府人及海外华侨的发祥地，被称为"祖巷"的地方。

横亘粤桂湘赣边的山脉，古称五岭，东首的大庾岭，为广东与江西的界岭，长期阻断了两地交通。按照以前的说法，大庾岭以北统称中原，以南则称为岭南。巧的是，岭北为章水之源，章水入赣江再入长江，溯水至重庆，顺流到上海。岭南则为浈水之源，浈江与武江在韶关汇合为北江，而后入珠江，通广州，达云贵。由此可知，打通了大庾岭，便打通了中原到岭南的通道。始皇帝嬴政深知这一点，统一中国后，选择在大庾岭中段的梅岭劈道开关。

多少年过去，故道已不堪行走。到了唐代，张九龄接受使命，继续在梅岭开山辟路。他的家在岭南曲江，祖上过梅岭的艰难，让他对这条路的重要性再熟悉不过。这样，扩通的梅岭一度成为连接长江、珠江两条水系最短的陆上要道。中原内地和岭南地区的货物输送，人员的往来走动，无不得益于这条古道。史书曾记下当时的热闹场景："商贾如云，货物如雨，万足践履，冬无寒土。""诸夷朝贡，亦于焉取道。"跟着热闹的，还有岭上的梅花，每至严冬，银装素裹，馨香阵阵。过来梅岭20公里的珠玑巷，也成为了热闹之地。歇脚的、留宿的、久居的，酒肆客栈有二三百间，山珍杂货、当铺票行、粮草药材、布匹烟叶应有尽有，据说商贩和居民多达千户。

唐宋至元初，世居中原的汉族曾经多次大规模迁徙，避难者有黎民百姓，也有文官武吏。一些人选择往南，他们越过黄淮，越过长江，能安身则安身，不能再顺着赣江走，赣江到头，弃船上岸，遇到梅岭也只得翻过去，翻过去才能知道未知。

张九龄的祖先便是较早翻越梅岭的人。他们逐山而居，再不受惊惶与排斥。还有一些身份特殊者，也在古道留下了沉沉的足印。苏东坡被贬惠州先行走过，数年后又从这里返回，在岭头的村店休息时，与一位老人感慨有赠："问翁大庾岭头住，曾见南迁几个回。"禅宗六祖慧能从中原来，带着五祖传下的衣钵，也曾在梅关停留。之后，他到了曲江的南华寺讲经说法，把自己永久留在了那里。

还是把目光移到那些人身上吧，那是一群历经数月艰辛的茫然者，本就遭际了各种各样的磨难，饱含着苦痛与无助，家的概念，越往南越空。却没想翻过大庾岭，有个珠玑巷等在那里，就像雪中的炭屋。无论哪个屋门开启，都会有一张笑脸相对，有些还夹杂着熟悉的乡音。家的感觉复苏了，珠玑巷周围，又多了一些垦荒者。

如此，珠玑巷与梅岭，就构筑在同一处审美坐标上。一千多年来，珠玑巷聚拢了多少中原人？数不清了，时间留下的姓氏就有174个，这些姓氏的后代更是多达7000余万，遍布海内外。百家姓够多够全了，超过170个姓氏的集合，完全是一个人间奇迹。难怪他们寻根觅祖时，会说远方有一棵大槐树，近处有一个珠玑巷。

二

进了村子就看到了高高的牌楼，上面写着"珠玑古巷 吾家故乡"。我先见到了家乡的花，艳红艳红的，有点儿让人怀疑是假的，一问，洛神花。中原都没有听说过的花，在这里开得这般好。守着花的女子说，这种花富含氨基酸，剥开花瓣泡水，对人好着呢。

800多年的驷马桥卧在彩虹里，桥下一道水，流得更久。石雕门楼框着悠长的古巷，巷道铺着石子，凸凹的感觉，透进脚心。雨和尘沙，会顺着凹痕滑走，滑走的，还有轰轰烈烈或平平淡淡的时光。

明清时期的老宅子，有些挺立着，有些歪了肩角。灰薄的瓦，干打垒的墙，墙上刷的白灰，掉了一半的皮。一口"九龙井"，依然清澈甘洌，酿出的酒、沏出的茶都味道醇厚，制出的豆腐也嫩滑爽口。

慢慢地发现，这些拥挤的房屋都有极高的利用价值，不唯是生活功能，还有团结功能。瞧，屋头大都贴了祠堂的名牌，这边是谢氏祠堂，那边是彭氏祠堂，彭氏旁边是杨氏，杨氏旁边是冯氏，然后赵氏、钟氏、赖氏……

如何有此密集的祠堂？问了县史办的李君祥才知道，最近一个时期，前来认祖寻亲的特别多，来了到处打听，七嘴八舌的说不清楚，于是在街上设立了姓氏联络点，以方便远道来的老乡亲。

我随脚踏进旁边的谢氏祠堂。阳光从祠堂后面照进来，满屋亮堂。房屋设计很讲究，会在后方为太阳留下通道，中间为雨水留下位置。这样的老宅气韵祥和，舒适透爽。一侧的墙上贴着红纸，上边写着人名。一位老者从后面走出来，还没看清脸面，先见到露齿的笑，说来了，谢家的？我说是来看看。老人叫谢崇政，75岁了，三个孩子都在外地，自己与老伴在这里，没什么事，就帮助谢家迎迎客人。说话间我已经明白，墙上的名单，都是最近前来认祖的。

告别老谢出来，闪过诸多门口，被右手一个门脸扯住了脚步。门上错落画着一个个方框，每个方框颜色各不相同，在巷子里很是扎眼。正奇怪，一个女孩从里面出来。女孩叫刘琼，高中毕业后嫁到珠玑巷，夫家姓徐，想干点儿事，就盘下一个门店，卖些跟古巷有关的物什。我说门上的色块很吸眼球。刘琼说随便想的，还要在这些色块里写上各个姓氏。哦，仍然同珠玑巷的特色一致。

前面又出现了一座门楼，供奉着太子菩萨，上面的石匾题为"珠玑楼"。门楼两旁，有不大的摊子，摆着细长的卷烟，竟然叫"珠玑烟"。摊后的女子说，珠玑巷早就有种烟的历史，自家的烟叶收了用不完，便学着做卷烟，就地消化。巷子里还有不少卖腊鸭的，一排排腊鸭挂在阳光下，泛着油亮的光彩，而且都标着是"腊巷"的腊鸭，一问，腊巷就是珠玑巷的一条街。这让我立时想起前两天遇到的老者，难道他是珠玑巷人？

我来时，火车卧铺外边走廊上一个小女孩让老人跟着她学诗，老人总是说错，小女孩就一次次地教。慢慢知道，老人是在为儿子带孩子，他不习惯守在高楼上，便带着孩子回老家来。小女孩长着一双明亮的大眼，蓄一头短发，很是可爱。当了好一会儿学生，爷爷说，我来说一个，你也跟着学，爷爷就一句一句地说着当地的土谣：

> 月儿光光照地塘，
> 虾仔乖乖训落床。
> 虾仔你要快快长，
> 帮着阿爷看牛羊。

小女孩真学了，学的腔调也跟爷爷一样，引得大家发笑。后来知道他们也在韶关下车。这小女孩叫安安，她说爷爷家在居居。我问老人"居居"在韶关哪里，老人说在南雄。我恰巧要去南雄。老人说，欢迎你到我们村子去看看，现在外边来的人可多了，还有旅行社的。后来才知道，老人的口音被误听了，比如说村里的人"不傻"，实际上说的是"不少"。那么，老人口中的"居居巷"，可不就是这个珠玑巷！老人说他们那里的腊鸭誉满岭南，只有"腊巷"的人做的腊鸭才正宗。老人说他姓刘，一个村子以前有100多个姓。当时觉得他过于自豪，现在明白他讲的是实话。

我便有意去寻找刘氏祠堂。

这是古巷较大的一座祠堂，深而广，屋顶的天窗不止一个。阳光射进来，里面显出明明暗暗的层次，案子、条凳、廊柱、匾额，使得整个祠堂器宇轩昂。我们进门的时候，一个女子从旁边跟进来，显现出友好的热情。她姓沈，嫁到了珠玑巷的刘家，有两个孩子，大孩子已经24岁了，在外边打工，小的在镇上读小学二年级。她说祠堂是刘氏宗亲举行大事的地方。她1994年结婚，也是在这里摆的酒席。娘家在60公里外的澜河镇，当时条件不像现在，夫家只是租了辆面包车和工具车，面包车接新娘，工具车装嫁妆，直接到祠堂里举行婚礼。她和丈夫是打工认识的，现在丈夫还在打工。我问刘姓在珠玑巷有多少人，回答是十几户。

李君祥说，珠玑巷的人渐渐迁出去，现在留下的还有350多户，1800多人。十几户也不算少了，刘、陈、李、黄都属于大户。

为何一个女人家，在这里照料祠堂？她说现在留在家里的人少，又不能冷落了那些外来认祖的乡亲，就商量着一家出一人，一人管一年。问她可有劳务费，她笑了，说给什么钱，都是自家的事情。我也笑了，问可认识一位姓刘的老者，刚刚从湖北接孙女回来。她摇了摇头，说没在意。我突然想起来，说女孩叫安安。她还是摇了摇头。

巷头汪着一泓水，水边一棵古榕，铺散得惊天动地。水叫沙湖，连着沙河，水从桥下流走，顺着古巷流到很远。沙水湖北畔，有个"祖居纪念区"，区内一座座新起的祠堂，有陈、黄、梁、罗、何等几十姓，各姓宗祠风格各异，气势雄伟。李君祥说，外边来的人多，来了都有捐助，原来的祠堂都小，举行什么仪式都摆不开，就建了新的。这些祠堂都是仿古建筑，有的还立了牌坊，哪一座都比原来的宏阔。

转到黎氏祠堂，石牌坊那里，我看到一位老太领着一个小女孩玩，小女孩要挣脱老太去追一个男孩，老太拉拽不住，便放了手。我忽而醒悟，难道老者说的不是姓刘而是姓黎？我上去叫了一声安安。小女孩回头来看，还真的是那个安安。安安好像记不起我是谁。我就念：朝见黄牛，暮见黄牛……小女孩终于想起来了，说你来找爷爷玩吗？我说是，我就跟赶过来的老太说起火车上的事情。老太似听不大懂我的话，我问老太是安安的什么人，她说是婆婆，后来才明白是安安的奶奶。小男孩把安安拉走了，奶奶又紧忙跟去。

我很想见到那位老者，我想问问他，为什么他祖上没有离开珠玑巷。当然，他也会说这里的水土好，人脉好，留下自有留下的好。

离开有些热闹的街巷，深入进去，便看到了生活的自然。那是岭南特有的乡间景象。长叶子的芋头，在土里不知道有多大。开花的南瓜，一个个垂挂着，无人摘取。墙上翻下的植物，像仙人掌却不长刺。秋葵顺着高高的枝，独自爬过了墙头。一种叫青葙的植物，下边白，上头一点红，蜡烛一般。

一扇扇门内，都干净整洁，有的院里晒着辣椒，红红黄黄的，好几摊子。有的门通着后边，过去看，一间间住房都有人。见了，热情地招呼，问来自哪里，姓什么。

树也多，除了认识的樟树、榕树之类，有一种树，满树黄，以为是叶子，其实是花。还有一种树，扑棱一身粉白，说是叫异木棉。

三

这里不产珠玑，也不是贩卖珠玑之地，何以叫了珠玑巷？可以肯定地说，珠玑巷的名字是有来头的。

还真是，珠玑巷原名敬宗巷，改成现名有两种说法。一个是说唐中期敬宗巷人张昌，七世同堂，和睦共居，声名远播。皇帝闻说，赏赐给张昌一条珠玑绦环。后来这位李湛皇帝驾崩，被赐庙号敬宗。为避讳，当地人改敬宗巷为珠玑巷。在南雄的《张氏族谱》中，便对"孝德"格外推崇，其家训除"崇祀祖先"外，还有"孝敬双亲、友爱兄弟、训诲子侄、和睦乡里、尊敬长者、怜恤孤贫"，并强调"子孙众多，无甚亲疏""同乡共井，缓急相依"，因此为乡里所赞颂。

珠玑巷仍有张昌的故居，故居门口一副对联格外醒目："愿天下翁姑舍三分爱女之情而爱媳，望世间人子以七分顺妻之意而顺亲。"张家先人张九龄有话："治国之道，实由家治也。"代代传承的祖训，被张氏家族视为家庭建设之本，族中尤其在意和睦家风的维护。张昌是张九龄后世裔孙，张家人丁兴旺，又孝义和睦，自然有人传话，得此赏赐，由此而改巷名也是说得通的。

第二种说法是南宋时，地处中原的开封祥符许多官员及富商，为避元人而大举南迁，越大庾岭定居于南雄的沙水镇，因祥符有珠玑巷，于是将此地改为同名，聊解思乡之情。这种说法也有说服力，而且，在此地洙泗巷东侧，原来还有白马寺，与中原的白马寺名字相同。例子还有，广州荔湾区有一条内街，也叫珠玑巷，当地人称这里的先民是由南雄珠玑巷迁来，难忘故园而叫其名。据说，这些有身份的人当中，就有扶助赵匡胤登基的开国功臣罗彦环，他曾官至御前忠勇太尉翊郎。赵匡胤对这些手握重兵的武将存有疑心，罗彦环只能称病自行退隐，又怕丞相王薄算计，便沿江西往南，翻越梅关古道，停驻在了珠玑巷。他在这里同先后迁来的中原仕宦与巨家望族相处和睦，对当地土著也体恤有加，曾经的地位以及与人为善的处事方式，受到珠玑巷人的尊重。

无论哪一种说法，都表明珠玑巷不是一般的乡村野巷。巷子的居民，有豪情也有能力，结交那些内地的后来者，结交得越多，影响也就越广。此或也是珠玑巷不断扩大的原因。

现在，这个改变着一代代中原人命运的地方，已看不到多少痕迹。但一个个远道而来的人，又让我坚信，这里确实是一个寓言般的地方，让你不得不驻足，不得不思索，不得不滋生敬意。说是一条巷，实则是一条通衢大道，那种民族意义、文化意义上的大道。

当地人说，最先的一条巷子，随着一拨拨的人来，不断扩展，甚至连带起周围的村子，即使今天，这里也还有三街四巷：珠玑街、棋盘街、马仔街；洙泗巷、黄茅巷、铁炉巷和腊巷。

我从中看到了中原人与当地人新型的乡亲关系，这种关系具有恒久特质。

你看，时值冬季，一批中原人来到珠玑巷，巷内已经住满了人。好客的珠玑巷还是要挽留他们。一位姓刘的老者来到南山坡上，指着大片的黄茅草，发动众人就地取材。人们行动起来，空地上一时搭起了数十座茅草房，房上渐次冒出炊烟。在一大片袅袅的烟气里，散出了安逸与清香。就此诞生出一条黄茅巷。珠玑巷西侧有条小巷，以生产铁器农具为主。中原内地氏族来到这里，看到当地使用的农具十分落后，便开炉锻造犁铧、锄头、镰铲推荐给珠玑巷、牛田村一带的人。这些农具轻便好用，很快受到人们的喜欢。中原人也就不停地锻造下去，以供所求。这些中原人聚在一起的巷子，就叫成了铁炉巷。

从历史的制高点看，在北面满目疮痍、一片焦土的时候，珠玑巷的茅草屋和铁匠炉刚刚搭起，那种茅草飘摇的炊烟与铁器锻造的声响，成了新的乡愁符号。它们展现出来的美好，是陌生的熟识，遥远的近乎。岭南在中原人心里，曾经天涯海角一般，他们或可长久地打量过横亘的高高的五岭。凡是坚意地离乡背井、举家南行的人，哪个不是遭遇了伤害或怕遭遇伤害？那么，来到这里，就不能也不会再受伤害。挽回伤害容易，挽回长久的伤害或长久地挽回伤害，不容易。多少年，珠玑巷都试着做着，以最真诚的态度、最浅显的理念。

他们一定有过对视的眼神，来自中原的眼神里，会有七分的犹疑、慌乱与低微，而珠玑巷的眼神含了十分的真诚、友好与温暖。这两种眼神的碰撞与交融，瞬间接通了高山流水、七彩云霓。中华民族，自此有了一个梅香四溢的驿站。

有一个字叫善，"善"，念着舒服，听着温馨。过了梅关，就看到了那个"善"。那是梅的引领吗？梅本冰洁、纯粹，不张扬，也不热烈，静静地，伴着一道的风，一岭的雪。看见了，委顿的烛也会灿白一亮，孤冷的心也会乍然一暖。

无家可归的流浪者，尤对这个善字格外敏感。那是所有的感觉感觉出来，所有的体味体味出来。必是一个微笑，一杯热茶，一顿饱饭，而后问你的所往，你的所念，而后会接受你的疑问，你的泪眼。可以说，来到这里的，都会找回渐行渐远的善良和慈悲的天性。一个个的人就这样与善结盟，再以善相传。善，简单而又深奥，深奥而又简单，就像珠玑巷，巷子本没有珠玑，却又满是珠玑。

多少年中，珠玑巷的名字，都在章水与浈水间嘹亮地翻卷。而章水与浈水，名字也是那般美好。这是一个广泛的融合，姓氏的融合，情感的融合，力量的融合乃至家庭的融合。生活在起变化，起变化的还有观念。

善已成为珠玑巷的灵魂，在珠玑巷行走，到处都可以见到像张家这样的家德家风的楹联和牌匾。那一个个刻在石头上、铭在墙壁上、雕在立木上的氏族家训，或长或短的内容，无不传达着友善、和睦、礼貌、孝悌、勤俭。由此构成珠玑巷的大环境，无论大户大姓，小家小姓，只要在这珠玑巷，就是一个大家庭成员。基于这样的理念，这样的教训，这样的行为，珠玑巷才有千百年的凝聚，千百年的灿然。

转着的时候，我似又感觉珠玑巷少了什么，少了什么呢？——围挡！北方的村子往往会筑成高墙壁垒，一旦关严墙门，就成了一统天下。而珠玑巷甚至连土围子都没有。你很容易从某个地方进去。一个不设围墙的村子，也就让你没有那么多抵触，那么多犹豫，那么多戒备。

也不像我去过的另一个古村新田，一村无杂姓，全姓刘，祠堂有四五处，光宗耀祖的大屋一个连着一个。珠玑巷没有想象的豪宅大院，没有宰相府、大夫第，也没有谁修的花园丽景。说实在的，能跋涉千山万水越过梅岭的，也必是有过经历、有过见识、有着主意的人。他们即便有携带，也不会在这里玩大。这里是平和的欢聚，平等的乐园。来到这里的人，再狂放不羁，也会约心束性，再柔弱卑贱，也会气定神安。这是珠玑巷的气质使然。

四

老牌楼附近有一口方井，旁边有座岭南罕见的元代石塔，上面有36尊罗汉浮雕，这便是有名的贵妃塔。

传说南宋度宗咸淳年间，奸相贾似道排除异己，诬陷胡氏兄妹有夺权野心，以罢政要挟皇上。度宗皇帝只得削去胡显祖官职，贬胡妃为庶民，出宫为尼。胡妃为避贾似道加害，乘隙溜出所居寺庙，隐名改姓，漂泊于市井街头。珠玑巷商人黄贮万运粮至临安，在江边遇见落魄的胡妃，见其虽衣衫褴褛，却端庄秀丽，举止清雅，谈吐不俗，便将她留在了身边。黄贮万身上，有着珠玑巷良善与悲悯的特质。胡妃跟随他山一程水一程地来到这岭南，路上必也享受了新奇的风光与新奇的情爱。回到珠玑巷，两人结为了夫妻。

时间久了，善良的胡妃将心底的所有倾囊倒出，一心一意跟丈夫过生活。当地人不会忘记，这一带遇天灾，饥荒严重时，胡妃看到水里的田螺，便告知乡亲捞取来吃，并亲手烹调，示范食用，让一个村子渡过难关。此后，珠玑巷的煮炒田螺流传至今，成为民间名吃。

日子本可这样轻轻浅浅地过下去，谁知皇帝又想起了胡妃，令兵部尚书张钦行文各省查找。家仆早就知晓胡妃身份，便向官府告发。珠玑巷多有逃难的官员富贾，这回又藏了胡妃，贾似道便以珠玑巷人要造反为名，派兵清剿。珠玑巷民不得不纷纷逃离家园。胡妃怕株连乡人，投井自尽。胡妃让自己的生命断然收煞，冥冥之中，仍然是对珠玑巷的爱恋与祝福。她或已感满足，过了一段常人的生活，有了那么多的见识，那么多的友情，那么多的认可。珠玑巷人同情她、怀念她，在井旁为她修了七级佛塔，塔毁了，人们还是同情她、怀念她，便又重修。现在的这座石塔，立于胡妃死后77年。

除了前面提到的张昌和黄贮万，珠玑巷所传有名有姓的人物不多。有一位受人景仰的何昶。南唐时，何昶与哥哥随父居住在河南孟州。父亲死后，两兄弟扶柩南归老家庐江。守墓三年，何昶被后晋高祖石敬瑭赏识，做了侍御史。高祖崩，石重贵继位，挑起与契丹的战争，何昶进谏无用，便托疾辞官。后晋遂被契丹所灭。何昶又为后周世宗重用，受命持节南下，宣抚南汉帝刘晟，被封南海参军。何昶见雄州民情厚朴，风物淳美，便把家安在了珠玑巷。其时这一带盗贼连出，民众惊惶。何昶率兵征伐，粤北得以安宁。南海又有贼匪滋事，何昶再征南海，平定了乱局。因母年高，他常守在珠玑巷孝敬母亲。

何昶所处的年代，属于多事之秋。此后湖南郴州又发生匪寇侵扰，何昶再次奉命出征。他的兵船沿浈水南下，准备到韶州转武水北上。船至韶阳滩时，突遇强烈的龙卷风，可叹一世英豪，与夫人随船倾覆江中。他们的遗骸后来被人收敛葬于雄州巾山。可以看出，何昶忠义勇猛，孝悌爱民，传达的是珠玑巷的普世价值，因而受到广众爱戴。现在珠玑巷建有何氏大宗祠，成为何氏族人聚居之地。就此也想到那位同葬江底的夫人，不知道她为何要伴君出征，是知道此去前途浩茫，放心不下，还是陪伴夫君身旁，是她一贯忠实的义务？那么，我们说到珠玑巷的美德传承，也应该有这位夫人一笔。

还有一个罗贵，被许多珠玑巷人和广府人尊为"罗贵祖"。最初到珠玑巷来的罗彦环，就是罗贵的六世祖。罗贵20多岁时，想求取功名，却受到父亲罗锦裳阻止，并安排与一金家女孩结了婚。珠玑巷前有一座石雕，讲的便是罗贵带领众人砍竹结筏，顺浈江南迁的故事。男人们将家当背在身上，女人则搂着孩子，孩子带着不忍丢下的小狗，所有的眼神，都显得茫然无措。竹筏中屹立的罗贵，悲壮地凝望着滔滔的远方……

由此看到，珠玑巷的人，无论是有名还是无名，是男人还是女人，是古人还是今人，都让人有一种亲和力，一种信赖感。

史上记载的珠玑巷人大规模南迁有三次。第一次是宋室南渡时，迫于追兵而集体逃亡；第二次是珠玑巷贡生罗贵为首的33姓97户人家的南迁；胡妃事件则是珠玑巷人的第三次举家出逃，其中麦氏一姓，"携家二百余口"。好不容易找到一个居所，要再次舍弃，实为万不得已之举。迁徙出去的人中，或有黄茅巷和铁匠巷的人，回头的一刹，该是怎样的心绪？逃出去的散居到了珠三角一带，那里地广人稀，便于耕种，于是开村立族。后来珠玑巷人陆续迁来，成为新的繁衍地。

有人将珠玑巷称为中原人涉足珠三角的中转站，怎不让人想到村口白发苍苍的老母，迎来了儿子，好生抚慰，又不得不将其远送。

珠玑巷，或也是一个准备场、冶炼地，准备充足、冶炼到位，再去更广更大的地方试水。有人带去了耕种方式，有人带去了经营方式，有人带去了组织方式，更多的，几乎每个人都带去了异姓一家、同舟共济、和谐共赢、开拓进取的珠玑巷人格体系。大家知道，广东人善交际，不排外，外地人都能在这里施展身手，此或同广而深邃的珠玑精神有关。

这些珠玑巷后裔分布在珠江三角洲的29个市县以及海外，其中在不少领域产生深广的影响，如近代的康有为、梁启超、孙中山、詹天佑、黄飞鸿等，直至今天，珠玑巷人血液中的那种文化特质，早深深融入他们的后人之中。

可否这样说，珠江三角洲的今天，或与珠玑巷的昨天有着某种通连。

五

那条路已深入黄昏。夕阳在打点行装，云霭正漫步走来。

我不敢在这样的巷子里睡觉，我怕会整夜地失眠。我怕那些叠压着的脚步，分分钟敲打我的耳鼓。我会听到谁的呼喊，比古道还远。

一个小小的村巷，几乎成了一个神秘的图腾。一批批的人来，怀着说不清道不明的心灵密码。来的人不同，有的是丢了什么来找寻的，有的是多了什么来回送的，有的什么也不是，就是想到这里走走看看，走走看看才安心。

坚守的人，仍坚守着那份微笑，那份情怀，让你觉出亲切和欣慰。自此来看，坚守的人责任更大，他们每个人都构成了一个要素，一个意义。

是偶然也是必然，一个个找寻来的姓氏，亲情的横竖撇捺，分都分不开。天空依然高远，夜黑了又亮，太阳依然明媚，并且热烈。鸡开始鸣唱，狗吠得同中原没有两样。

有人在大树下坐着聊天，看见了，就邀你去说话。说话的人，或是一个村子的，或是多个村子的，或是来自更远的地方。树大根深，人走了，树还在原地等着。老了的树死了，新的树又长出来。这棵树老得不成样子了，还在遥望着遥远的思念。树上飘着红布条，红布条上的意思，都懂。跟前的水通着浈江，浈江是更辽阔的水，很多人顺了这水往南去，如果再顺珠江往下走，就入海了。一些人就这样走下去，走成了五湖四海。走了，觉得心还留在这珠玑巷，便絮絮叨叨，恍恍惚惚。老了，又走回来，在这树下、在这水边聚聚拉拉，到祖祠里上上香，流流泪。

每个人的心底，或许都知道那个故事，流浪的孩子被好心人收留，孩子以一生的辛勤，报答自己的主人，直到将主人养老送终。故事的高度，与中华民族的美德相通。珠玑巷的故事与之有点相似，却没有相似的尾声。珠玑巷不图回报，却阻挡不了7000万盈盈北望的目光，他们的目光与巷口慈母样的目光汇在一起。

一位老人，85了，耳不聋眼不花，说话声音底气很足，说他家原来就在开封珠玑巷，那时候战乱频仍，民生不保，祖辈便拖家带口往南逃，行囊越来越薄，人口越来越少，失望中发现一个同名的街巷，就有了希望，就一代代地来到了这里。老人说，过年来吧，过年热闹，四里八乡的人都来，他的儿子孙子也来，漂流海外的也来。一说到这里，周围的人便七嘴八舌地谈论开。我听清了，这里仍然保留着中原古老的节庆乡俗，大年初二便开始舞春牛，舞香火龙，舞双龙双狮，走桥板灯，走马灯、鲤鱼灯，还要唱龙船调，唱采茶戏。节日里，会有酿豆腐、宰相粉、炒田螺、珠玑腊鸭、梅岭鹅王各种小吃。

我相信，那会是珠玑巷的又一个春天，而且是愈加盎然的春天。

我相信，每一个来珠玑巷的人，都会立刻变得熟悉和亲切，自然而然地产生相互的认同感。

我相信，在这珠玑巷，会建立更多的新型关系，产生更多的友情与爱情，那是因为有着共同的根脉，共同的本质。

走的时候，我还是不由地回头。我觉得，我应该招呼更多的人到这里看看，领略它的精神气脉，感觉它的人文意韵。我觉得，在厚重的中华典籍里，这里该有道德伦理学、社会心理学、姓氏文化学、民族融合学乃至中华交通史、民族迁徙史、文明发展史的一个册页。

（原载《收获》2020年第4期）

前辈们

◎汪惠仁

渔父与屈原

《渔父》及其相关段落，《文选》和《古文观止》里都有收载。

很短的文章，至今无法断定作者是谁。

在《古文观止》之后，假如又将出现汉语散文的"权威"选本，我猜想，《渔父》还是会被收入其内。

如果带着对爱国诗人的某种特别情感进入阅读，我们会发现，《渔父》给了我们"意外"的收获。渔父莞尔而笑，诗人形容枯槁——作为不同"观念"的人，他们被生活铸造的面容是那样的不同。但奇怪的是，无论是倔强的诗人，还是试图开导诗人的渔父，尽管持抱不同，但言辞之所谓冲突尺度温婉，并没有溅出火药味：屈原没有指责渔父为无耻小人，渔父也没有以"躲避崇高"的油滑智慧刻薄嘲笑屈原。倒是有点像孔子教导的"亦各言其志也"。

这有些接近理想中的自由的写作了。语义在表层发生冲突，而在价值实质上并没有落入"零和博弈"。目送渔父鼓枻而去，在渐渐渺茫的古歌声里，我们在整合着由"圣人"文化观而衍生的生活种种。

王羲之

越来越多的作家在写毛笔字。这不是坏事，一切有助于我们加深汉语体验的行为，都不是坏事。坏在自大，坏在无所不能的感觉。你可以说你爱上了书法，但我建议，你最好不要把自己的字流畅、略无智力阻碍地称为书法，好吧？

王羲之是知名度最高的书法家，正因如此，他也常常作为书法"革命"的靶子。作家是最能为自己辩护的人，他们深知艺术江湖的"红人"法则，那便是把事情闹大。把书圣拉下马，是简便易行的法子。

王羲之是谁？关于他的生平、他的文章、他的书法成就，毫无疑问，都是有确切的史料记载的。问题是，没有谁能够确证他的书法真迹何在。这一公案，自唐以来就悬而未决，非近代以来新生。不错，《兰亭集序》《集字圣教序》《快雪时晴》等等，皆是法帖，但在诸帖里浮现的，只是与王羲之相关联的精神演绎。我们的书法史，从来没有活捉过真实的王羲之。这就是王羲之最大的贡献。他只是一个凝结核，他引发了一个民族的想象力。怀仁和尚用数十年来拼接散佚在时空中的那些点画，他想再现王羲之的萧散风神。这不是徒劳，功德也不是还原了那个伟大的书圣，怀仁的功德在于开启了一个充满创造性的活力序列，只不过，这一序列以书圣为名。

王羲之是创造性、想象力得以汇集的名义，他不是哪一个江湖人士走向"成功"的拦路虎。

为什么非得与王羲之较劲呢？他不会参加书法家协会的竞选。他只是一个与人类普遍情感相关的旋律。

作家之中当然有很好的书法家，我只是想说，无论哪个门类的艺术，如果你根本还没有汇入那个隐性的创作性的序列，那我们是没有资格选择我们的假想敌的。

苏　轼

苏轼的庐山禅诗，最有名的是《题西林壁》《观潮》及《赠东林总长老》，传播最广的当是"横看成岭侧成峰"这首。和其他两首相比，这首的"方法感"更为强烈，这容易对世俗人生构成指导效益。"不识庐山真面目，只缘身在此山中"在传播途中，从最初的作者旨在"莫向身外求""破执"而"解脱"，不断获得阐释学上附加的世俗意义，一直延展到人们为找到通向外在成功之路而挂在嘴边的反思式口头禅。

相比之下，另两首就很难被"成功学"等世俗智慧吸纳成自己的思想资源。"到得还来无别事，庐山烟雨浙江潮"，悟同未悟，同而不同，其中精微，又有几个人能细细体量？更有"夜来四万八千偈，他日如何举似人"，几乎放弃了与俗人沟通的意愿。

禅思很难用几个声调响亮而意义边界明确的词汇喊出来，于是苏东坡乃用组诗来隐喻禅思。"夜来四万八千偈"，那些飘忽、闪烁的力量在静夜里出现，多么像遥远的恒星——它们也是闪烁的，在夜幕中，它们没有行星光亮——但我们应该知道，强大的能量与引力场来自恒星，它们在无边的时空里寂寞地燃烧。我们无法想象它们熊熊喷射的火焰的高度，但我们应该知道它们在，它们一直都在，尽管用我们的肉眼看去，它们那么的渺茫与闪烁不定。

还在留意并建构恒星般言语系统的人少了。

好的理想的阅读，应该留意"行星"文本背后的"恒星"般的力量。

好的理想的写作，应该抓住那渺远的光芒，即便这光芒微弱，即便有可能被误读，也还是要抓住这光芒。

——因为这渺远的微光来自恒星般的庞然存在。

卢　梭

卢梭在《忏悔录》中说到"我"与泰蕾兹相识并结合的那段文字很有趣。他这样介绍泰蕾兹：

> 我费了一个多月工夫教她看钟点……她从来也搞不清一年十二个月的顺序，不识一个数目字。她不会数钱，说话时用的字眼常和她所要表达的意思相反，我曾经把她的词汇转述给卢森堡夫人取乐……然而，这样迟钝的一个人，在我处于困境之时却是绝好的参谋。

卢梭说，"我"闭着眼睛往火坑里跳的时候，是泰蕾兹这个文盲把他解救了出来。

我想，在泰蕾兹身上可能有着"天赋"的影子。尤其是表层意义上的"天赋"，更能激起大众的兴趣，比如，在卢梭的笔下，泰蕾兹能预知某种人生困境。

我们更习惯于把"天赋"安放在另一类人身上，比如作家。中国很早就有文曲星下凡的说法，只不过，在我们的文曲星那里，"天赋"持久地被误读着。最容易被广为接受的"文曲星"的天赋是"善辞章"，这好理解，语言的天赋。但在中国，文曲星真正得以深入人心乃至成为口头禅的缘由，却并非天赋之才艺，而在于另一种肃穆的仪式：读书人通过对文曲星的祭拜以期博取功名。前有比干，后有张亚子，他们以读书人的肉身，被供奉在文曲星的庙堂，而他们一再被祭拜的理由却是"忠烈"和"孝德忠仁"。

我们想象中的"天赋"的光芒，在这种肃穆的场景中变得微弱。"天赋"被另一种语言系统转述之后，变得不再是它自己。

"天赋"应该建立自己的语言系统，而和这一系统最为靠近的，就是文学了。

王国维

曾经读过王国维《文学小言》的请举手。在一个交流会上，我做了一个小调查，七十人，无一举手者。再问《文学改良刍议》及《文学革命论》，情形就大不一样，有人读过，没有读的，也知道名字。

毕竟，知道"五四"及《新青年》杂志的人不少。

虽然在交流会上我说，没有看过《文学小言》也并不可耻，但交流下来，心里还是有点空落落的。应该知道啊，它是中国近现代文艺美学的经典文献。

胡适、陈独秀先生的文字先天占有"革命""改良"等历史主题而广为流布，这很自然。近现代中国文学经典化的优先视角便是政治文化视角。王国维的"小言"比胡先生的"刍议"及陈先生的"革命论"早面世十年有余，是纯粹的美学视角。与历史、政治话题相比较，美学话题总是显得"不过瘾"。

但"小言"里一样地有着"革命"的不安的灵魂，只不过，它是以美学的名义。若以"新民"人格的构造质量来理解国家之进步，我觉得，王国维先生的"小言"对写作者"新民"人格的培育、警示的深度与广度，都远远超越了胡、陈两位先生。

大先生

十月的假期没有出远门，但总得转转吧，我去了人民公园。我来天津三十年了，第一次到人民公园。人民公园的灰色花砖围墙我并不陌生，骑车路过时我常常会放慢一点脚下的节奏，看看从墙头探出身来的植物枝叶，或者听听票友们吊嗓子的尖音。

从公园大门进去，才几步，就想笑出声来。记起萧红回忆鲁迅先生说公园的那个片段了，鲁迅先生这么说："公园的样子我知道的……一进门分作两条路，一条通左边，一条通右边，沿着路种着点柳树什么树的，树下摆着几张长椅子，再远一点有个水池子。"当我站在左右两条路中间试图选择路线时，真的想笑——事实上，此时，我向右边略微张望了一眼，仅仅此一眼，真的就看见了那个水池子。于是我点起一支烟，在树下摆着的长椅上坐下，小声用绍兴口音模仿大先生说这段话时可能的样子。

笑的原因，乃是因为眼前之景不但"如此"，而且"果然如此"。说话之难，难在你要说的已经被别人说得很好了，而那些明明在那里的事情我们却无力道破。

如此，文章若能揭示"如此"，若能指给世人看，我眼里世界是这样的，已经是好文章了；"果然如此"，则又递进了一层，不要误以为这仅仅是文学阅读之接受美学里的事，它对言说者本身就暗含着要求，它要求言说者既在"如此"的结构之中又在"如此"的结构之外——我想，这才是不用发出嚎叫声的真正的解构。

不知解构者，以为解构就是颠覆。知解构者，当知解构亦是为了致良知。

陀思妥耶夫斯基

陀思妥耶夫斯基有过一个写作计划。这计划写于1877年12月24日。他还在这一则记事上特别标明"牢记""终身莫忘"。计划只有非常简明的四句话，抄在下面：

一、写一部俄国的老实人。

二、写一部耶稣基督传。

三、写一部回忆录。

四、写一部人死后四十天的小说。

彼时陀氏五十六岁，还没有写出《卡拉马佐夫兄弟》。这样的年岁，又是在一个年底，心里生出这样的一个计划，倒也自然。即便不是写作者，年底也往往是"悲欣交集"或者"励志"的恰当时候。但颇值得注意的是，在陀氏的计划中，他暗示了有别于普通"励志"的四个写作维度，而这四个维度与我之所谓"好的文学"紧密相关。

彼得大帝改革之后，知识阶层渐渐拆除了闭锁俄罗斯思想的万里长城，积极干预现实，设法获取重新打量俄罗斯的勇气与视角——而这一切都以珍惜俄罗斯的名誉为责任出发点。这是我理解陀氏写作计划的第一个维度；第二个维度、第三个维度，可能无须我解释了，耶稣基督传和回忆录寄托着写作者对写作精神底色的自证意志；第四个维度，我想它体现了陀氏向经验叙事之外开拓的雄心。爱伦·坡的作品初次介绍到俄罗斯，陀氏不惜笔墨费心费力地向俄罗斯读者推荐，这也不是偶然的，想象力与一定程度上的叙事冒险是所有写作者生来即应有的"本能"。

如果您在去年的年底也有过写作计划，现在，不妨与陀思妥耶夫斯基的这个计划对照一下。

董鼎山

这纪念里大概有两层意思。

一层是大陆读书界恐怕都明了，也达成共识的，那就是三十多年前，他以纽约客的身份向大陆传递欧美文化讯息，这是了不起的功德，这是比单本文学作品翻译还要有意义的事，他让彼此相互屏蔽信息的不同文化系统有了深入交流的可能性。他做的，是系统性的文化翻译，而且是尘埃未落定的难以以后来史家眼光厘清的当代文化的翻译。这是极有难度的分量极重的文化任务。

另一层意思则关涉董先生以及类似董先生这样的汉语的海外流散写作。如果把三十多年前直到现在的中外文化交流看作是带有某种天命意味的互动（因为封闭的文化系统间迟早会发生融合），那么董先生以及类似董先生这样的人，在领受天命之后，个人的天赋被强劲激活，汉语重新浮上心头。他们的写作从汉语出发，最后又回到汉语，他们以地理之远终归母语之近。海外流散文学是全球汉语写作格局里极有魅力的部分，它让天命与个体心性结成一个果实；而董先生的离去，也让我们愈加清晰地看到，汉语写作需要如何的再生长，而汉语又如何启动它的潜能。再读读苏东坡的几句话，我们是否别有所思：

"松柏生于山林，其始也，困于蓬蒿，厄于牛羊；而其终也，贯四时，阅千岁而不改者，其天定也。"

陈忠实

在《散文》的卷首里，曾经为一些作家写下纪念的文字。巴金、孙犁、苇岸和史铁生。巴金先生是拿着手术刀解剖自己的人；孙犁先生则有着清峻风神；苇岸和史铁生皆是通灵人物，他们病痛的躯体上长出了通往自然和真理的智慧。

今天，必须要写下对陈忠实先生的纪念。

陈先生去世所带来的反响，其广泛性超出了我们的想象：官方、民间，海内、海外，各方的真情都带着与之匹配的仪式献给了陈先生。

当面馆里的师傅也赶到纪念现场的时候，我们有理由相信那个宏大的说法了——人民，怀念他。

《白鹿原》是伟大的，所以它的作者值得怀念；但我觉得，人们对陈先生的怀念，业已超出对一个优秀作家的怀念——那些我们可能未曾逆料的情感，也是献给陈先生的，献给即便没有作家这一光环加持的陈先生。

我与陈先生没有过密切交往。记得十几年前，有幸与他同访麦积山——真是匆匆一见，我们挤在天水的一个小房间里开研讨会，会后冒雨仓皇赶到一处还残存着二十世纪八十年代气息的餐厅，匆匆果腹，便奔赴麦积山——然后，他回陕西，我回天津。当时，我们站在石窟下面，我对陈先生说，您一定不敢上去。陈先生说，为啥么。我说，大师都是恐高的。

我记得，他当时朗声大笑——笑声真的很大，在山谷间回荡。

奈保尔

有一幅描述世界各国国民生产总值地位变化的动图，网上媒体通常用它来显示我们改革开放四十年的成就。动图配着心跳一般的鼓点：一开始是悠闲散漫的，格局只是微调，强弱总体固化，相安无事；但进入二十世纪八十年代，鼓点节奏渐渐变快、音高音重逐步变强，一条迅速上升的红线直观勾画出格局的大变。像个体能永无穷尽的运动员，中国发起了冲刺。

经济指标是描述生活变迁的显性指标，国民生产总值又是经济指标中的尤为显性者。但它不是生活的全部。

刚刚去世的奈保尔，他的生平，他的癖好，他的被批评界定义为后殖民语境下的文学实践，为我们提供了丰富的谈资。他在亦真亦幻影子自传般的叙述中透露出的诗心，是我最为看重的。奈保尔的米格尔大街没有创造经济奇迹，但一个少年在此地与诗人结下深厚缘分，学会了在显性指标之外去看待世界，学会了被庸常人生屏蔽的深层感动。

能够用以证明四十年来之生活的，不仅仅有经济的显性指标，还应该有来自"诗心"的考量。奈保尔笔下的诗人沃兹沃斯在离世之前，告诉少年最后一个故事并要求少年听完即马上回家。少年免于被死神惊吓，却从诗人最后的故事里知晓了真相、虚妄以及爱。

我们有无数条繁华远胜米格尔的大街，但这些大街里缺少的，是奈保尔笔下的这样的少年和这样的诗人。

孙　犁

这段时间，我的主要精力一直投在孙犁的"书衣文录"上。未印行面世的书衣文录尚有不少，需要集中整理一下。拍照、归类、比对、辨认手写字迹，然后录入、排序，一千多页，虽然繁杂，但隐约觉得自己和同事在做一件有功德的事。

与此同时，《散文》的同事们正为杂志四十年做纪念文集，反复斟酌，百人百篇，定下篇目之后，大家一起谈谈编后感想——四十年，一路看过来，感想自然很多，但给我印象最深的，是一个同事不绕弯子地表达了对孙犁的钦佩，他说，《乡里旧闻》是其中最棒的一篇。

我们无意于挑战当代文学作家之既有排位，我们只是想说出于写作有益的东西。

孙犁是个倔老头，但这个"倔"不是封闭得来的，恰恰是经由无数次与世界的对话得来。从司马迁到鲁迅，从《世说新语》到唐传奇再到纪晓岚、蒲松龄，从纯正名门到如野草般生长的人间杂项知识，这些都是孙犁的对话对象。所以，他的"倔"，给他带来的是阔大的沉静。

眼下，如我们每个人所见，关于世界、生活与文学的论争是激烈而丰富的。倔的姿态，燃烧的姿态，并不罕见。但遗憾的是，缺乏源头活水，缺乏对话的诚意，倔只成为一个性格缺陷，没有走向阔大，没有走向沉静，没有走向孤独——吊诡的是，这一种倔，正在江湖上热闹地结盟，走向疯癫。

也许，世界上并不存在盼着人类生活不美好的思想。警惕自己陷入疯癫，比警惕他人是否正确更重要。

翁偶虹

翁偶虹先生的《北京话旧》，知道的人不是很多。想了解旧北京的生活形态，其实这是一本很好的书。翁先生的文字充实而有光辉，殊为难得。比如写消夏听曲：

"更有盲目艺人或随师歌女，两三成行，弹弦敲鼓，串巷鬻唱。嗜曲者可延至家中，计时付价，几吊铜板，即能唱彻午夜。"

《北京话旧》约有三分之一的笔墨花在了让人也许意想不到的地方，翁先生不辞辛劳，细致记录了各个月份一天中的市井"货声"。翁先生认为人间的叫卖声很美。正月初八，你必听见这样的货声：

数灯支碗儿来——

翁先生解释，正月初八，北京习俗家家顺星，燃灯一百零八盏，盏名灯支碗儿，大小如酒盅，高足，裁灯花纸，搓灯捻，浸以香油，捻端裂五瓣，置于碗内，定更后燃之。

买者必足一百零八盏之数，故货声曰数。

在日常生活的合法性得到确认之后，的确有太多的趣味空间等着我们去打开。近年来，参加过不少文学书刊推介会，有一次和文友说笑，我就讲，翁先生若还在世，必记录这眼下文学的叫卖声：

著名的，活的，大作家欸，现场签名本来——

有什么不能入货声的吗？文学也可以叫卖的。古代著名文人作文做官一样也有着俗世经营之心，我们不用一惊一乍地认为这都是现世怪状。只不过，写作者、出版商和读者，应该明白，不要让签名本、分享会、榜单占用我们太多精力。不要只继承时空里为我们备下的经营性资源与遗产，那些寂寞的良苦的用心也要我们去深深体会啊。在借用"不入虎穴焉得虎子"时，皎然的指向，是在于为攀登精神高度而付出的苦思。他的用意在此，不在别处。

雅　集

春天是雅集的好时节。

兰亭集、金谷集、西园集、天庆寺集，自晋至元，雅集传薪，风骚接序，可谓千古美谈。这些雅集，因为天才的参与，成为艺史上的传奇。而这些天才，王羲之、李太白、苏东坡等等，也因为参与了雅集，才在世俗生活史上为后人留下了亲切可感的一瞬。

但我以为，古典时代之雅集，我们似乎也无必要过于追摹。无非王公贵族设酒食，召开小型"文联"会议耳。

太多的东西被理想化地谈论了。比如雅集里来了僧人与道士，在副食品魔力的召唤下，他们与儒士们坐到了一起——后来，这场景是极有可能被用来证明儒释道三教合流的。

雅集是俗世里的故事，即便在诗礼茂盛的古代。这毕竟是一个虚荣心发酵的所在，诗书画只是点缀，参与者以此各窥人生诗意之方便门而已。《兰亭集序》当然是好文章，《春夜宴桃李园》也当然是好文章，东坡居士的圆融通达也自当为读书人千古模范，但雅集的其他产品呢，轻巧轻浮之作还是居多。

（原载"百花文艺"公众号 2020 年 10 月 10 日）

一座围屋的回响

◎刘上洋

一

在江西赣南颇具特色的客家围屋建筑中，我认为最具震撼力的是关西新围。

第一次见到关西新围，是在二十多年前。那时我在赣州工作。记得是有次在龙南县开会之后，有人提议去看看这座建筑。出发时心绪懒懒的，但当车子沿着弯弯曲曲的公路拐进一个小盆地时，兴致却上来了，眼前也豁然一亮。只见四周青山环抱，碧水回流，一座规模宏大的正方形古建筑雄踞在小盆地中间，面积有近万平方米。

当地人告诉我，这就是关西新围，为清朝中期龙南县的客家木材商人徐名均所建。

赣南现有客家围屋五百多座，主要分布在与广东和福建相邻的几个县。在此之前，我曾先后到过闽粤两省交界的多个地方，对客家围屋也有一些大致的了解。闽西一带的围屋都是土夯的，当地叫土楼，虽然也有不同的形状，但大多数都为圆形，一般是从一个圆心出发，依照不同的半径，一环一环向外拓展，其最中心处为家族祠堂，向外依次为祖堂、围廊，最外一环住人。整个土楼高三至五层，一层为厨房，二层为仓库，三层以上为住房，且每个房间一样大小。而粤东的客家围龙屋则又不一样，在整体造型上好像一个太极图。堂屋是主体，或是二堂二横，或是三堂三横，或是更多。堂屋的后面是半月形围屋，与两边的横屋相接，将堂屋围在中间，有一围龙、二围龙，甚至五围龙。整个房屋的前面是一个半月形池塘，恰好与半圆形的围屋组成了一个大圆形，形成了阴阳两仪的太极图案。

但是，关西新围却完全出乎我的想象。这哪是一座围屋，简直就是一座军事堡垒！你看，那高耸陡峭坚固厚实的围墙，那巍然屹立在四个屋角上的炮楼,那布在墙上的一个个黑乎乎的梅花枪眼和火炮口,那设在围墙四周上层供运送战斗物资的外走马和内走马通道,还有那门板上钉满厚厚铁皮的三重券顶式大门,使整座房子显得壁垒森严又威武冷峻,甚至冷峻得有些可怕。按照常理,人的住房是很讲究温馨和谐的,主人为什么要把房屋建得如此杀气腾腾?我有些迷惑不解。

不仅如此,新围里面的主体结构同一般围屋也是大相迥异,排列有序的庞大建筑群完全是一派浓郁的赣式风格。整个房屋青砖黛瓦,府第架构,前后三进,五组并列,共有十四个天井、十八个厅堂、一百九十九间房子。按着客家习俗,中轴线上是一组壮观的祠堂建筑,前面是一个宽敞的院坪,东西的"日""月"两个仪门相互对应。祠堂的大门为乾坤门,两旁立有一对石狮子,雄狮左脚托着官印,雌狮左脚抓着元宝,两只狮子深情遥望,尤其是母狮怀里还抱着两只憨态可掬的小狮子。祠堂里面依次是下厅、前厅、中厅和上厅。这是公共场所。每当逢年过节、婚丧喜庆、祭祀祖先等重要日子,全家族的男女老少都要聚集在这里举行隆重的仪式或活动。与祠堂并排的是两边三列建筑,分别被称为下栋、中栋和上栋,这是围屋主人和家属子女以及有一定身份的人的住房。在挨着围墙的两旁建有偏房,这是供长工和家丁住的。靠后面围墙是一排土库,这是存放粮食和杂物的地方。在围屋的最前面还有一堵大影壁,并向两边延伸成隔离墙,与紧靠围墙的跑马楼之间形成一个安静幽雅的单独小空间,里面建有戏台和小楼阁,供人饮酒、娱乐和休闲。可以说,整个围屋极尽了家族的铺张排场和礼仪空间规程,是一个不折不扣的乡村版"小宫廷"。

尤其让人没有想到的是,在围屋的西门口还建了一个颇具苏杭风味的小花洲。虽然有的建筑已经坍塌,但当年的格局还基本保留。花园面积五亩地大小,建得非常精致。中间一个小湖,湖心一个小岛,岛上建有假山和塔台,置有石桌和石椅,一座曲桥卧在微澜之上,岸边还有梅花书房等。据说这个小花洲是徐名均为他的两个小妾建的。这两个小妾,一个是苏州人,一个是扬州人,是徐名均在那里经营木材生意时认识和纳娶的。由于环境幽静,风景秀丽,这里成了读书人的天堂。每天从日出到日落,家族里的学子们就在这里看书作文,有时累了,就在岛上或湖岸散散步。据徐家的家谱记载,在清道光年间,龙南全县出了五个翰林,其中三个是徐名均的子孙,怪不得当时人们说这是一块风水宝地。

由此可见，同其他客家围屋相比，关西新围确实别具一格，显得不同凡响。一座客家民居，把围屋、炮楼、赣派建筑、江南园林完美地融为一体，给人以耳目一新的感觉。既有"围"的气势，又有"园"的韵味；既有"宫"的派头，又有"家"的氛围；既充满浓浓的火药味，又洋溢着浓浓的书香味；既充满阳刚之气，又散发着阴柔之美。这种建筑样式，恐怕在我国的民居建筑史上也是不多见的。

关西新围，赣南客家围屋创新的典范，赣南客家围屋建筑的杰出代表。

二

我在围屋里慢慢地品味着，并不时地用手摸摸墙壁门柱，凉凉的砖石似乎还透着当年的余温。不知为什么，一个问号在我的脑子里久久挥之不去，在科技十分落后、一切依靠人力手工的古代，建造这样一栋规模宏大首屈一指的围屋，不要说在这个偏远闭塞的小山村里，就是在交通较好、条件不错的平原地区都是一件很难的事。但徐名均却把它建起来了，这不能不让人感慨万分。

在中国历史上，凡是房屋建得豪华的都是财力雄厚的人家。也就是说，好的房子都是用钱堆起来的。起初时，徐名均虽然做的是木材生意，但并不是非常富有。由于地处九连山脉，阳光雨水充沛，清朝时的龙南，树木繁茂，森林遍布，特别是盛产一种红心杉木，因为质地优良而被称为"龙木"，很受南京和扬州一带人士的欢迎。于是徐名均就在家乡收购这种木材，烙上"西昌"字号，并扎成木排，顺河漂入赣江，经由鄱阳湖和长江，然后把木材卖到南京和扬州。想想那个时候，徐名均能把生意从一个小山村做到千里之外的大地方，是要有一些胆略和本事的。当然他也很清楚，由于关口太多税负太重，加上还要打点，想赚大钱发大财比登天还难。但生意场上的风云往往是变幻莫测的。也许是财运对徐名均分外垂青，一个偶然的机会，使得他的木材生意来了个山回路转柳暗花明。有一次，他放排经留南昌，恰逢天气骤变，赣江上波涛汹涌。为了防止木排被大浪冲散，徐名均冒着风雨到码头查看。这时，在不远处，一个小孩不知怎么突然掉到了江里，徐名均马上冲过去跳入水中将小孩救了起来。俗话说，救人就是救己，助人自有人助。原来那被救的小孩是南昌知府大人的公子。为了感谢徐名均的救命之恩，知府大人不仅用轿子把他接到家里盛情款待，而且当即写了个对徐名均的木材在赣江上通关免税五年的手令。此后，徐名均的木排生意就一路顺风顺水，银子也像江水似的滚滚而来。过了一些时候，这事被其他木材商人知道了，纷纷求徐名均帮忙。他灵机一动，让这些商人的木头都烙上"西昌"字号，这样这些商人的木材也一样享受通关免税的待遇，徐名均则从中按比例收取冠名费。就这样，徐名均的木材生意越做越大，财富越聚越多。之后他又在龙南县城开设了药铺和当铺，最终成了当地的首富。徐名均这时的口袋鼓胀得满满的，但他并未再去投资扩大自己的生意，而是置田买地建围屋了。木材生意让他走出了围屋，最后又让他重新回归到围屋，这不仅是他个人的宿命，也是整个中国封建时代商人的缩影。

那么，徐名均为什么要把围屋建成这个样子呢？任何建筑都是社会人文环境和自然环境相结合的产物。建筑不仅是凝固的历史和凝固的艺术，也是凝固的风俗习惯和凝固的环境。赣南是江西形势派风水的发源地，房屋的建筑要根据山的走势、水的流向和当地的风俗来决定，有利于人与自然的和谐相处，有利于房主全家的兴旺发达。徐名均是客家人，有十个儿子和三十个孙子。客家人一直都是以围屋聚族而居，一座围屋内常常住着数十人或数百人，多代同堂，最高长辈拥有绝对的权威。徐名均新建围屋的最大心愿，就是要让全家和所有儿孙们生活在一起，并不断繁衍下去。他不仅要成为这座围屋当下的最高主宰，若干年后他还要成为这座围屋里让世世代代子孙们共同祭祀的祖先。总之，他要把外部的世界全部收敛在这座新建的围屋里，让其成为一个家族式的"独立王国"。

同时，新建围屋要具有很强的防卫功能，这是客家围屋的一个显著特征，也是徐名均反复考虑的一个问题。龙南山高路远，地方偏僻，尤其是在明清时期，土匪出没，强盗横行，社会治安混乱不堪。因而不少围屋都建有炮楼。为了使新建围屋做到攻防兼备，徐名均首先想到了离关西不远的杨村燕翼围。因他的姐姐嫁到了这座围屋里，徐名均小时候经常来这里做客，因而对燕翼围非常熟悉。这座高达四层的方形围屋，沿边有一百三十六间房子，屋的中间为公共院子，整个围屋只有一个大门进出，外墙笔直厚实，墙上布满火枪眼，特别是屋顶对角上的一对凸出的碉堡，不仅像飞燕似的灵动飘逸，而且使全围有了很强的攻防能力。这样，燕翼围也就自然而然地成了徐名均建造新围时最直接的参照。

徐名均是生意人，走南闯北，见多识广，到过不少地方，见过不少世面。他不仅熟悉赣地建筑的样式，而且对其他地方的建筑也接触不少，特别是在南京和扬州一带做木材生意时，六朝古都的豪宅庭院、瘦西湖的风景和苏州园林肯定在他心中留下了十分美好的印象，他甚至还有可能慕名去过一些富商巨贾的故居，为那王府般的建筑和花园般的大院所惊叹。可以想见，徐名均在构建其新的围屋时，一定会吸收这些建筑尤其是"府第式"和"园林式"建筑的长处，从而尽量把自己的围屋建得大气合理精致美观，至少在当地是第一流的。

古代人造房子，没有现在这样专门从事设计和建造的机构和专业人员，只是依靠工匠个人的智慧、经验和水平，而且这些建筑技艺都是在家族或师徒之间传承的。徐名均虽然不懂房屋的具体设计和建筑，但民间有着许多能工巧匠。他会聘请当地最好的房屋建造工匠，并将自己的想法告诉他们。而这些工匠也会根据他的意图拿出样式并付诸实施。我们现在无法想象当时的建筑过程和场面，那一定是非常壮观和复杂的。终于，从清嘉庆三年到道光七年，经过二十九年的建设，一座规模宏伟的新围耸立在了关西的青山绿水间。

就这样，徐名均倾其一生，把他的巨额财富和广博见识化作了这座庞大的家族建筑，而这座庞大的家族建筑又沉稳地展现了一代商人的强健精神和内心憧憬。历史有时就是充满这样的悖论：徐名均当年建造这座围屋，本来是想为自己和子孙建造一栋宽大精美的住房，没想到却为国家留下了一栋具有独特客家风格的历史性建筑；本来是想为子孙留下一份丰厚的家产，没想到却为国家留下了一份丰厚的物质遗产。人们也因这栋房子记住了徐名均的名字。

一件纯属为了家族私利的事情竟然成了最大的社会功业。徐名均就这样在无意中成了当地的历史名人。

三

中国建筑的历史，从某种角度来说，是一个不断建设不断毁灭的历史。我们现在看到的很多名胜古迹，并不是原汁原味的真迹，而是修了又修的"补品"，其中不少还是重新修建的"赝品"。这一方面是因为中国的历史太长，很少有哪一座建筑能长久保存。一座滕王阁，建了毁，毁了建，至今建毁二十九次，再也寻觅不到当时的丝毫风貌了。就是让我们感到无比自豪的万里长城，大部分段落也在时间的风吹雨打下成了残垣断壁，即便一些尚存的段落也不知修缮了多少次，今天我们看到的山海关老龙头长城就是明代重修的。但为什么一座客家民居关西新围却能从清代中期一直完好无损地保存至今，而且成为不可多得的建筑精品呢？

仔细想想，我觉得大概有这么几个因素。

其一，关西新围的建筑质量非常高。质量是房屋的生命，直接关系到房屋寿命的长短。关西新围无论是外面的围墙还是里面的房间，建筑都非常精细，是用尽了全部心血建筑起来的。为了增加外面四周围墙的强度，不仅墙基打得结实，下面埋有十米深的防腐梅花桩，据传能"千年不坏"；而且地面五米以下墙体全部用石灰、沙石、黄泥混拌而成的三合土并掺入漏糖水和糯米汁夯筑，墙体底部宽达零点九米，往上逐渐收缩至零点三五米。五米以上墙体为水磨青砖平砌到屋顶。当时每人每天只能磨两块青砖，但有个人为了图快磨了六块。这事被徐名均知道了，认为他做事马虎潦草，当即把他解雇了。为了防止敌人爬上屋顶，瓦面上布满了用剧毒药水浸泡过的三角铁。同时，围屋内的祠堂和厅堂的大门全为青石雕刻，天井沿阶用巨石条打制，所有梁柱窗框均用上等木料制作，地面用水磨方砖或青砖铺就，还配有消防池、消防缸和防震、防风等设施。正是靠着这种一丝不苟的"工匠精神"，保证了过硬的建筑质量，使得整座围屋历经二百年风雨依然坚固如初。不然的话，早已坍塌成一片废墟了。

其二，关西新围地处偏僻山区。连绵逶迤的崇山峻岭构成了赣南地形的主要特征，尤其是龙南的关西地区，更是藏匿在高山深处的小小盆地之中，远离平川，远离大海，远离人口稠密的城市，这样也就很少有什么人去关注这座围屋。当然，这里历史上也常有盗匪出没，也发生过各种冲撞，甚至也烧过零星的战火，但毕竟没有充当过炮火连天硝烟滚滚的大战场，没有经过片瓦不留的屠城般血洗，就是在日本鬼子占领大半个中国的抗日战争时期，这里也还是一片比较安定的后方，关西新围也就在时空的夹缝中幸存了下来。在历史上关西新围经历的唯一一次抢劫是在清朝年间。广东的会党首领翟火姑听说徐名均富甲一方，并新建了一栋大围屋，于是便派副首领罗添亚带领几千兵丁开到关西，先将围屋围得水泄不通，然后用炮火轰击。在这危急时刻，围内的男人通过墙上的枪眼用土枪猛烈射击，通过炮口用火炮猛烈轰击敌人，把敌人打得抱头鼠窜。后来县里援军赶到，广东兵丁见势不妙，只好灰溜溜地撤走了。

其三，关西新围得益于家族的世代居住和保护。大多数的汉族人都是一家一户居住，子女结婚以后都要同父母分家，另行盖房过日子。就是一些官宦或大户人家，尽管家族兴旺时几代人同堂生活在一起，但时代一旦发生变故就会迅速衰败，房屋也会随之变换主人，正如唐代刘禹锡在《乌衣巷》诗中所说"旧时王谢堂前燕，飞入寻常百姓家"。久而久之，这些房子中的绝大多数就会在不断易主中得不到及时维修而倾圮了。再加上战乱频仍，天灾人祸，能保留下来的房子更是少之又少了。但是客家人却不是这样，他们是汉族中一个特殊的群体。在历史上的几次大移民中，他们几乎是以同宗同族为单位从中原南迁至赣粤闽交界的山区地带，在那里定居下来。由于初来乍到，人地生疏，为了保护自身安全，不受外部侵犯，他们便一个家族居住在一起，于是创造了围屋这种特殊的建筑形式。又由于一个家族世世代代居住在一座围屋里，这样也就有利于房屋的传承和保护，即使损坏了，也能得到及时的修复。关西新围自建成之日起，虽然时代更迭，但围屋里的主人是稳定的，一直居住着徐名均的嫡系后代，就是在大兴土木推土机到处轰鸣的今天，也没有被压碎在现代化和商业化的履带之下。

关西新围是幸运的。这种幸运可遇而不可求，所以显得弥足珍贵。否则我们就会失去一座客家建筑丰碑，失去中华民族的一大建筑瑰宝。

四

在中国民间特别是广大农村，曾经有不少颇具特色的建筑，但由于这样那样的原因，很多精品建筑被历史淹没了，只有极少数的建筑因在某个历史节点上由于需要被挖掘出来，从而引起人们注意成为珍贵遗存。凤凰古城的吊脚楼不就是因为沈从文小说《边城》里的描写而为世人所知闻名天下的吗？古镇周庄不也是因为画家陈逸飞的一幅画而成为当今旅游热点的吗？关西新围也正是在改革开放和客家恳亲的潮流中被人们重新审视而发现了其巨大的历史和建筑价值，逐渐走进人们的视线，来这里参观的人因此也慢慢多了起来。

人们来到关西新围，一方面是为了一睹它古老而独特的建筑艺术和风采，而更重要的一面是为了穿过那夯土的围墙和古旧的房间，去触摸客家人的历史和文化，去触摸中华民族变迁的历史脉搏。

也许是随着文化和精神层次的提高，现在有许多人喜欢跨越时间和空间去探访和感知古代，这在一定程度上已成为一种时髦和潮流。于是，一股"古镇热"和"古村热"在各地骤然而起，并迅速发展成为方兴未艾的旅游产业。为了吸引人流，一些地方不是下力气对原来的古镇和古村进行原汁原味的保护和修缮，而是拆掉旧的重新修建，有的甚至花费巨资凭空打造出一个"古镇"或"古村"，其最后的结果是各地大同小异，一个模样，一副脸孔。几乎所有的"古镇"都是中间一条小河，河上几座石拱桥，河中几条小木船，两岸建些古式商铺。几乎所有的"古村"都是几条古巷子，青石板路面，两边砌些古房子，再移栽几棵古树。对这样被改造得面目全非、失去了原有风貌的古镇和古村，有些人还自鸣得意，陶醉其中。其实，他们不知道，古镇和古村的文化是历史沉淀下来的，而不是靠临时打造和重建出来的。在这样的"古镇""古村"参观，让人们看到的是一个假古董，不免大煞风景。

但在参观关西新围时就没有这种感觉，自始至终有一种浓浓的古朴味道包裹着你。这里的每一块砖石、每一寸泥土，都长满了时间的青苔，都镌刻着岁月的印记，都飘散着昔日的烟云，都流淌着文明的沧桑。它是如此厚重，又是如此亲近。在这里，我们可以触摸到最真实的过往、最真实的存在。正因为这样，关西新围才引起了那么多人的感慨和惊叹。围屋研究学者万幼楠曾在一本书里这样说，凡是初次接触关西新围的专家都有一个共同的感受：令人震撼！专门研究中国民居的日本早稻田大学片山教授形象地把关西新围称为"东方的古罗马城堡"。也正是在他们的极力推介下，关西新围的名气与日俱增，终于在新世纪之初被评定为第五批全国重点文物保护单位，关西新围由此变得愈加红火。

记得是两年前，我在南昌接待了一位美籍华人朋友。他是客家人，父辈时移居美国，现在从事中外文化交流工作，之前他曾去看过闽西的上楼和粤东的围龙屋，这次又专程到龙南参观关西新围。这是他的再次寻根之旅。他告诉我：对于一个人来说，只有明白了自己"从哪里来"，才能永远不忘根和脉。回去后，我要做好有关介绍，让更多的海外华人了解关西新围，了解赣南围屋，了解客家历史，了解客家文化。

那天，将这位朋友送到机场的时候，他握住我的手，然后抽身大步向候机厅里走去。从他铿锵有力的脚步声中，我真切地听到了关西新围走向世界的回响。我相信，总有一天，或许就在不久的明天，关西新围的名字也会像福建的永定土楼一样，赫然写在联合国世界文化遗产的名录上。

（原载《人民文学》2020 年第 7 期）

作为故乡的南太行

◎杨献平

一、两起车祸

从林哥死了！七天前，另一个外乡人也死了，两人在同一个地方！听到这个消息，我脑袋轰隆作响，一股寒意旋即袭身。此前一个月，我还在老家，和从林等堂兄弟们一起吃饭喝酒，眨眼之间，他却转身没了。

在民间传统中，七天的"七"，是颇有些意味的，诸如"头七""七灾""空七""冲七""烧七""犯七"等等，其中包含甚至充斥的，尽是死亡和惊悚。

真正能够震撼与打倒人的，从来只有自己人和来自身边的某种事情。一个五十多岁的男人，早年当过三年兵，复员后娶妻生子，日子再难过，即便孩子大人破衣烂衫，也绝不会出去打工挣钱、做小买卖，或者以退伍军人身份到各级政府要抚恤过日子。他母亲还在世时，他经常去蹭饭，其母过世，新农村建设，他承担了全村的垃圾清理运输。这才不过三四年时间，谁知道，却在初冬的一个早晨，由于三轮车失控，撞在墙壁上。他肋骨折断之后，插入肺中，到医院抢救无果，刚回到村子，就咽下了最后一口气。

在我们村几百年的历史上，也只有他和另外一个堂哥死于车祸。

当代文明的一个显著特点便是，机器和各种智能工具逐渐代替并且垄断了人的本能和技能，机车便是其中最典型的。工具助人，再返回来限制人和削弱人，甚至对人进行某种意义的"反动"与"无形切割"，这是必然的事情，也将是人类面对的又一个强大的课题。

因为从林哥及那位外乡人在我们村外的死，我心情灰暗，一整天都在被一种黏稠而腐朽的气息所笼罩，几乎喘不过气来。我忽然想起，前几年，一个堂哥曾无意中对我说，我们这一脉杨姓人家的族谱，就在从林哥手中。

从林哥也姓杨，两百年前，我们还是一家人。

中国的家族，向来是先整体而后逐渐分散开来的。其中除了姓氏和地域外，还有一根看不见的血线，将彼此相连。尽管，因为战乱、灾祸等原因，有一部分人会远走他乡，有一部分人坚守原地，或者再从外地迁徙回来。时间于万物的作用，显然是巨大且又幽邃无比的，它在不断地稀释和收集生死。

血缘变淡之后，即便曾经的同胞兄弟姐妹，也会陌生、疏远起来，而且会时常因为某些资源和利益，甚至鸡毛蒜皮的小事相互攻讦、伤害，进而滋生出诸多的怨气和仇恨，以至于你死我活，势不两立者有之，老死不相往来、背后捉弄与作践、戕害的也不在少数。

这是人间奇观之一，也是人性幽暗与人心不定的根本所在。

二、血缘意义上的合作与"开枝散叶"

前些年，我曾找到从林哥，拐弯抹角地说起家谱。他浓眉大眼，说话瓮声瓮气，嘴角间或有口水流出来。可无论我怎么说，他都说，没见到，不知道。我无奈，也想不通，我觉得家谱应当为族人共享才是，自己留着毫无用处，只能在时间中越来越陈旧。现在的年轻人也都对家谱没有兴趣。他们关心的，是如何多挣钱，最好暴富，如何把自己家的日子过在别人前头，最好是方圆几十里内独一家。

幼时，常听爷爷说，我们这脉杨姓人家，包括沙河西部丘陵及太行山区的诸多村落里的人们，是明朝年间逐渐从山西洪洞一带迁徙而来的。爷爷还说，在我们与山西左权县分界的摩天岭上，长有一棵大槐树，一边遮蔽了大半个河北，一边笼罩山西，因此，我们都自称为"大槐树下的人"；民间还有身体行为用来佐证说："走起路来背抄手，小拇指甲是两个。"

关于这一段历史，《明史·太祖本纪·成祖本纪·食货志》等记载，明朝年间移民的目的，一是充实北平及其周边，二是将江浙一带的部分富商迁徙至京都，三是将山西长治、榆中一带的人充斥到河北北部、中部和南部及北京等地。其中有流民、犯官、殷实人家与富家商贾以及赤贫之民等。其中，以赤贫之民人数为最多。

2012年2月16日河北新闻网的一则《沙河一退休教师修家谱印证明朝移民

史》报道说，沙河退休教师任广民所持家谱有："吾任氏住山西洪洞，自大明永乐年间（1403—1424年）奉诏迁内地古温州河（沙河）南岸下解。而此处民稀地荒，平野之间无非蓬蒿萋萋、荆棘森森、一望漫漫、寒烟而已。吾始祖讳泰身居此村，房屋尽坏，存身危难，唯营穴而居。于是开荒野以种五谷，辟荆棘以植良木。数年之间，衣食继日，良木胜用。经营房屋以居身，造书舍以聘士儒。设教子孙，讲明人伦"之记载，与今人冀彤军在明、清《沙河县志》基础上修撰而成的《沙河市志》中"明洪武至永乐年间，朝廷多次下诏从山西向直隶等地迁民，有不少人从山西中南部的榆次、平定、太谷、洪洞、沁州、潞安、辽州等地迁至沙河县。永乐以后，仍有迁入者。据不完全统计，沙河县有近一半的村庄由迁民所建"的记述吻合。

从任广民家谱记载中可以看出，他们这一脉任氏家族，是"奉诏"从山西洪洞县迁徙而来的。而沙河以西，渡口镇以西的太行山区地带的民众，多由明朝永乐年间的流民和赤贫之民组成。其中，渡口镇王瑙村的先祖明确为明时押送皇纲途中遭到土匪哄抢，无法交差，便带着一干兵众和家人落草于此，筑城堡为防兵寇，俨然一座军事设施，至今为当地一大奇观和独具特色的古村落。

除此之外的村子，大抵是贫民和流民所建造的。一如我们村子。爷爷说，我们这一脉杨家的先祖，起初只有弟兄三人，从山西洪洞，一路流徙。翻过摩天岭，亡命向东，至今武安市和沙河市交界的西部山区，见此地太阳充足，草木葳蕤，土质和整体环境尚好——古老的中国，土地肯定是人们选择建村立宅，以为百年大计的首选。这兄弟三人，便在尚无他人居住的一道山坳里伐木为棚，采石建屋，尔后又不断地在河沟边、平坦处开垦田地，如此数年之后，从前狐狸、黄鼠狼、蝎子、蚰蜒、野兔、野鸡横行的野地，便被一缕缕人间烟火所笼罩和替代。

如我们村。

"大爷爷名讳杨天啸，二爷爷杨怀玉，三爷爷……"这是爷爷告诉我的，而三祖爷爷的名讳，爷爷却想不起来了。那时候，我躺在他的身边，脑子里一直映现着这样一副模糊的景象：三个男人，或许还有一到两个女人，也或许带着几个十来岁的男孩女孩。衣衫褴褛的他们，先是在黄土弥漫的道路上蓬头垢面，步履蹒跚。男人们胡子拉碴，目光坚定而又充满了悲伤与迷茫，女人和孩子们则皮包骨头，拄着拐杖还在不断打摆子。一阵风刮过来，他们当中没人背身躲避，甚至张开嘴巴，希望那些细腻的灰尘能够尽入口中，用以充饥。这种悲惨的遭遇，在王朝历史上屡屡出现。农耕时代的人，衣食不仅是维持生命、保持尊严的保障，且还是许多人毕生为之辛苦的唯一目标。

斯时，可能是夏天，蹒跚到摩天岭脚下——即今山西左权县拐儿镇大南庄村和水泉村——的时候，饥饿使得他们感到绝望，人生的一切都变得惨淡。山上有草，尽管已经被很多人挖过了，草根也变得稀缺，树皮亦然。可山上总是可以找到可以抵抗饥饿的吃食，如观音土，别人啃剩下的榆树皮、洋槐树叶子等。这一夜，天幕浩荡，群星毕集，与之相对的人间，却是如此的荒寒与悲凉。第二天继续行路。他们此行的目的，是找一个安身立命的地方，土地不需要太多，能够安身立命、繁衍生存就行了。行至河北沙河市西部山顶，放眼望去，山川苍茫无尽，向东逶迤。斯时，这里已经有人落户，也都是和他们一样的人家。弟兄三个商议了一番，便在另一处山坳寻到了一块地方，作为自己的新家。

但在荒野建村，并不像加入某个村子那么简便，不仅要满足现实的要求，还得为子孙后代考虑。我们村所在的地方，为一小山坳，向上有几处平坦之地，至顶部，有一断崖朝北的方向，靠村子处，则为陡坡，一直向下，直通村庄。两边都有山岭，其中还有两个更小的山岭，下面是河沟，水流不断，对面是从后山绵延奔纵而来的小山包，其低处，土质松软且肥厚，自然条件是可以满足的。别说三家人，再有百十来人家也可以满足。

创业总是艰难，好在，周边有比他们更早来这里扎根的人家，借个家具之类的，也比较容易，天长日久，相互间也熟悉了起来，起房盖屋时候，也都相互帮忙。互助是人类在生存路上最符合人性的法则，也是人之所以群居的优势所在。如此几年后，村庄成形，并与周边同类的村庄形成了相互依傍的关系。

儿女大了，婚配开始，由此开始新一轮繁衍。再后来，老人老了、死了，找了一块地方作为坟地，一代代的人生下来，又一个个死去。天长日久，村庄与坟茔遥遥相望、互不干涉，但又血肉相连、魂魄相牵。每年的春节、元宵节、中秋节、十月初一，活着的人在地面的村庄享受各种吃食，以及吃得饱穿得暖带来的快乐，死去的人也会收到子孙后代为他们烧去的纸钱、衣服和酒水干果等。

这也是一种合作，或者说"血缘上的合作"，人之所以不断繁衍，其最重要的是为自己"留个后"，这是中国人的共识，也是数千年来，人类之所以绵延不绝，我们的传统文化一脉相承且能够感染其他习俗人们的根本原因。

所谓的文化，人才是最根本的载体。与之相对的，则是人群的矛盾。在一起久了，肯定会有矛盾，而农民之间最根本的矛盾，无非是土地以及村庄资源的分配，不公源于权力的专享，资源的匮乏也一再激发人们将之据为己有的野心和雄心。

任何一个村庄都是一个严丝合缝的社会，完整且充满了各种性质和功能。尤其是当血缘越来越淡，最初的三个亲兄弟的子嗣，再过五代之后，原来一个蔓子上的瓜，也开始形态各异、各怀心态。由此带来的矛盾和斗争无时无刻不在发生。

三、人性的首要法则

其他村子的情况也大致如是。

数十年间，这一片山地，逐渐形成了杨姓的安子沟、刘姓的西沟、张姓的砾岩、曹姓的杏树洼与砾岩坪、付姓的罗圈、郭姓的南垴、白姓的和尚沟等自然村。由此向东，一路下坡，村庄也逐渐增多，再后来，十里外的蝉房村设立了乡政府、学校、银行等行政部门和社会设施。

血缘之外，人和人的联结，大抵是通过婚配方式而形成的，这是血缘之外最有效也最容易形成利益共同体的"策略"。千百年来，人们通过这种方式，获得了人口的增长，也使得自己在某个地域性的社会中获得了相应的"位置"。

"存在""存在感"是两个经世通用的形而上的词汇，民间很多人虽然不懂，但每天都在进行。无论采取怎样的生存策略和姿态，其目的都是要在一方人群中得到某种程度上的"认同感"，获得相应的尊严，并且以此拥有基本的社会地位和生活的物质、精神保障。

每年冬天，是婚配嫁娶最多的时节。这可能与冬季寒冷，吃食不容易腐坏，人们也相对比较闲散有关。通常，一家人的儿子长到十八岁（新中国成立前大都是十二三岁），倘若上学成绩不行，考大学、进政府部门无望，其父母便开始为他物色媳妇。一番盘算，再对周边的各个村庄的适龄女子"检索"一遍，自以为合适的，便请人去"探口"，意思是先以玩笑或者闲聊的方式，打探一下女方父母对自己家境和儿子的看法，以及对人家女儿要找怎样的婆家、进一步发展等方面持什么样的意见和态度，觉得差不多，则请熟人或者媒人去提亲，觉得实在没有希望的，趁早改弦更张。

这件事情，成功、失败都难以预料，有的一次就成了，有的三五次不见效果。实在不行了，只好再找另外一家的适龄闺女。就此，南太行乡间有句俗话说："谁门上的钟不让敲呢？"意思是，只要你家有大闺女，还没婆家，谁去提亲都是正当的。

可事实并非如此，人类的阶级性可能是先天性的。在乡村，尤其讲究门当户对。一个家徒四壁的人家，要想娶乡长的女儿，或者把自己的女儿嫁入乡长家，除非这孩子有"成大事"的明确前途，也或许，这女子长成了本乡间百年不遇的大美人。一般情况下是绝对不会出现穷小子逆袭或穷闺女上位的奇迹的。

"功利"和"功利性的考量"是人群间最为普遍的规则，谁也不会无缘无故地去跳入火坑，也没有哪个人愿意把自己的"劳动所得"或"泼天富贵"毫无条件地与他人进行分享。这是一个基本的人性原则，如卢梭所说："人性的首要法则，是对自己的关怀。"乡人们深谙此理，自认不如的人家绝对不会去招惹自己"够不到"的人家。"高高在上"的家庭也绝不会主动把绣球抛给那些本来就想"借势上位""一步登天"的人家。如此一套规则，一旦认真地分析起来，也"细思极恐"。

举例：1. 1992年，一失去父母的小伙子，独自经营其父留下的代销店，说话办事，算账买卖，精通而又得当，一时为乡人所喜欢。后被做教师的一家看中，招为女婿。翌年，小伙子欲再接再厉，赚更多的钱。殊不料，却亏本。再弥补，又失算，终欠银行十多万。再一年，教师家提出退婚，并火速办理。小伙子从之。2. 某女，其父母皆为商品粮人家，扬言非同类者不要登门提亲。不久，有与之条件同等者上门。不久，婚成。一年后，此女负气回到娘家，逾半年未归。其夫和夫家人等无一人来叫。随后男方提出离婚，理由是，此女在婆家骄横无礼，凡事不知谦让，夫家不可忍。3. 某男女，婚成三年，有子一个。

某春天，日上三竿还不见其夫妻出门，爹娘疑之，叩门无人应，拆而进入，见二人已暴毙，饮农药故。原因简单至极，两人因为欠的彩礼钱生闷气，相互骂了几句，皆怒，尔后赌气比着喝农药一死了之。4. 某男娶一女，时常家暴之，女返回娘家。夫提刀至丈母娘家，挥舞曰，你女不和我过日子，必杀汝全家！丈母娘家惧之，迅速将闺女送回婆家。翌日一大早，公婆破嗓号啕，声震四野。警车呼啸而至。人才知，其女趁夫熟睡，持菜刀砍其脖颈。一死一无期。5. 也是某年春，撒谷点种之时节，人皆入田。斯时，春阳热烈，催人流汗。忽有人大喊说，山顶起火乎？众人望，只见一人，在火焰中婉转扭曲，状极惨烈。事后得知，乃某新婚村妇也，其不从父母之命，但父母强令之嫁。婚后两个月，自焚于山冈。

婚姻的本初目的只有一个，即繁衍生存，壮大家族，但在社会现实中，其衍生的种种故事、事件、结果等，却令人意想不到。本文起初说到的从林哥，不仅他本人是一个有个性的人，且其儿子也很有意思。当兵回来后，经人介绍，娶三十里外一美貌女为妻。婚后才发现，女为精神病。几经努力，才又离掉，又找了一个。关于从林哥的精神病儿媳，我也见过两三次。有一次，我陪母亲去地里收庄稼，从他家门口路过，只见一明眸皓齿的女子，对我和我母亲说话，而且言辞清楚，看不出任何问题。后来听人说，此女时而清醒时而犯病，反复无常，从林哥一家也多方寻医问药，但均无良方。绝望之余，为香火计，只能离婚再娶。

一旦涉及自己的利益，人的仁慈和善良都会变得非常有限度。这不是谴责什么，本性的东西，始终在强大地控制着每一个人。再例：1. 邻村一对夫妻，育有一子一女，人过四十。其夫为煤矿工人，忽一日，在井下被石头砸中，其腰、腿皆留下残疾。在此之前，村人流传，其妻与邻村某一人私通。再一年后农历五月某日，麦收时节，其夫去为丈母娘收麦子，当晚，吃饭后即哀嚎不已，声震全村，但无人前来打问。凌晨时分，农药味道弥漫。至中午，其妻并其子女前来收殓之后，即刻下葬。2. 某日下午，吵闹声起，细听，乃一少妇与一寡居老男之间相互攻讦。脏言污语，不忍卒听。事后，人云，此二人早有私情。女夫常年在外，回来后有风言风语刮进耳朵之后，质问其妻。其妻当场发飙，并将传言之"男主角"当场谩骂一通，以证清白。3. 某夏一日午夜，月光皎洁。一男坐在马路边上乘凉。对面为一人家。斯时,万籁俱寂,只听该户人家门吱呀而响,只见一女白皙裸身,摇着两只乳房从正屋奔出,又进侧房。许久,方原样返回。此男乃其邻居,知当晚一外村开车以玉米换面者客宿其家。

谋利而以色,谋命背后,也深藏着人性之巨恶。色色或者色财交易之后,双方为的都是维护其核心利益。婚姻和性,在乡村的过去和现在是复杂而又多彩的。通过婚姻而编制形成的关系一方面构成了家族式的利益链条,另一方面,在婚姻之外也有着一个无形的人和人的联结方式。这种方式的长期存在,最大限度地保持了乡村的活力与乡村社会的可持续性,但也有着各种各样的微妙与复杂。在以婚姻为主要形式的利益群体形成与分化的同时,婚姻,特别是两性关系的复杂多变(如民谚所说"夫妻本是同林鸟,大难临头各自飞""家贼难防""世上最好的是老婆汉子,最坏的也是老婆汉子""再好的女婿和儿媳,也都是'外人'"等),也使得这种关系既充满了现实生活及其所有意义上的"延展"与"笼络"的扩张性,也暗藏着诸多司空见惯与匪夷所思的诸多不确定。

四、人心从来都是不可靠的

南太行乡村人有一个普遍的特点,即,即便是自家兄弟姐妹打闹得不可开交,分别"见了红""留下疤痕",相互间几十年不来往,可一旦无血缘关系的人与其中一人有过节,这些"内部敌人"会迅速团结起来,一致对外,这也是村人所说的"砸断骨头连着筋",血缘的力量于此得到充分体现。

举例:1. 近村亲弟兄三个,因为房基地和分财产,而打成了一锅粥。三方身体上互有损伤。忽一日,某人要在其中一家的田地上修房建屋,昔日见面就破口大骂的亲兄弟三个及其婆娘齐上阵,去和另外一家大吵大闹。更甚者,在家族争斗中被薅掉一大把头发的大儿媳妇一声号啕,两条瘦腿如受伤的狗,三步两步至房基地,直接坐在铲车之下,捍卫其兄弟权益。另外一家只好暂时作罢。2. 一夫妇一生养了五个儿子,丈夫去世后,母亲也丧失了劳动能力,先去投靠老大,老大推给老二,老二又推给老三,老三照葫芦画瓢,给老四,老四亦然。其母绝望,只好一人至市区,以捡垃圾为生。3. 一男,嗜酒如命。去世之后，多人劝请其父近前一看（南太行规矩），其父俨然拒绝。4. 一男，兄弟四五，对其母孝顺，然其妻却阻止，每见，必高骂其婆婆为他们创造的财产少了，也给他们少了。其夫有孝顺婆婆的行为，回家即破口大骂，甚至闹离婚。其夫只能忍气吞声，趁其妻不注意，去看望一下自己的亲生母亲。5. 一老妪，夜半至另一户人家墙后偷听人家兄弟们议事，出来解手的一人看到，佯装不知，用棍子打了她几下。此老妪连夜至二十里外的三闺女家，又到二十里外的独生儿子家，黎明时分，又躺在自家炕上，等待派出所来处理。

"太阳底下没有新鲜事"其实与"存在就是合理的"异曲同工。人类在很多时候的经验和认知太过雷同，只不过表述的方式有所区别或者大同小异罢了。从上面的例子当中可以看出，人性的幽邃与复杂绝不是一成不变的，也不是普及性的，而是各有其角度、意味与深度。就拿从林哥来说，他肯定不是一个完人，但是一个实在人。

我小时，有一年天旱，村里水少，水池也少，只能轮着浇水。烈日炎炎，草木焦枯，好不容易要轮到我们家了，从林哥却一下子改了方向，把渠水引向了另一个人家的田里。我母亲找他理论，他也张牙舞爪。我蓦然出现，朝他丢了一块石头，再大吼一声，他惊了一下，看到我，口气立马软了。这并不是翻旧账，而是在证实鲁迅的一句话，即"弱者愤怒了，只能抽刀向更弱者"。这不仅是国民性，也是人性的暗黑点之一。

人心从来都是不可靠的，哪怕是父子、兄弟、姐妹，甚至爷孙，"亲兄弟，明算账"这句话是有其哲学基础和世俗功效的。一般而言，一母所生的兄弟们，一旦另外成立了家庭，便"谁过谁的日子"了，小时候可以在钱财上你我不分，多了少了无所谓，可兄弟们各自有了自己的媳妇孩子之后，"锱铢必较""毫厘必究"被认为是理所应当，且常会被夸赞，甚至作为这一方面的典范。我们的南太行乡村如此，想必更多的乡村乃至城市也是如此。由此，我想到，人都是有来处和出处的，可在严酷的现实生活当中，人承认这个共同源流，但不会顾及，甚至形成了种种性质的"竞争"甚至掠夺、伤害等关系。

人类是由一个个人组成的。人这个命题很小，但又无比浩瀚。是个体的，也是整体的。从这个意义上说，建立家谱以及后来的寻找、续写家谱，只能是精神文化层面上的一种行为，是想使自己来处更为清晰，也使后代能够记住先祖的名讳。而一代代的人，一方面遵从古老的生存法则，另一方面，又在时间中被不同的时代赋予不同的色彩与生存背景。

五、嬗变的文化和信仰

柴火熊熊，烧着焦黑色的锅底。家里点了很多支蜡烛，桌台上、炕边、灶火上方、水瓮边、粮食瓮等，分别供奉天帝、灶王、先祖、水神、谷神等。夜幕下降，昔日漆黑的村庄一下子亮堂起来了，家家户户如此，以至于看起来有些辉煌，喜庆的气息从泥土和人的脸上升起并且弥漫。母亲掀开锅盖，雪白的馒头被团团白汽缠绕。拿出几个，用瓷碗盛了之后，再放上一双干净筷子。母亲带着我，先给天帝敬香上供，再给祖宗、谷神、水神和牲神等神灵上供。她跪下来，恭恭敬敬，每一尊神面前都是三个响头。她起身时，我不失时机地点燃鞭炮，噼噼啪啪的响声响彻山谷，回声跌宕悠远，惊动了山里的狐狸、狼群、野兔、野鸡、野猪，它们也满山乱窜，好像在逃难。随后，我随着母亲，去村口的土地庙上供。面对那位慈祥的白胡子老人，我一直有一种惊悚感，老觉得他随时都可能站起来，走下供台，到我跟前，或者用拐棍打我，或者和蔼地摸摸我的脑袋。

母亲说，土地爷是管全村人平安的，谁好谁坏他老人家最清楚。大年初一早上，吃了早饭，很多人会去邻村的龙王庙和猴王庙，还有大路边上的山神庙。香火之丰盛，鞭炮之激烈，是那个年代里最热烈的春节。现在想来，20世纪80年代末到90年代中期的南太行乡村春节，最动人的有三个方面：一是村人不约而同地摒弃了往日的仇隙，哪怕再大的仇恨，也不会在大年三十和初一这两天内"开战"和清算；二是孩子们可以肆意地燃放鞭炮、穿新衣，玩得开心，吃得也好；三是诸多的禁忌，使得人不由自主地产生一种强大的敬畏感，对神、先祖和长辈；四是那种传统文化和习俗的味道，丝丝入扣，年龄越长，越能觉得其中的温暖与深意；五是给孩子们潜移默化的影响，进而将传统的文化和习俗深植到他们的心灵当中。

信仰是民族心灵史的一部分，也是精神的基因之一。如佛，虽然外来，但在我们今天的土地和人群中依然占有相当的信仰比例，自有其契合中国人的因素在内。道，这个玄秘的宗教，似乎与萨满有共通之处，"万物有灵"曾经是全人类的信仰。我少年时代，几乎每个村子的村口都建有土地庙，比较险峻一点的山坡也有山神庙。间或还有龙王庙、猴王庙、二郎神庙，甚至狐仙、蛇精等祭祀之地。

作为文化传统的根基，也是先祖赋予并一代代传给我们的。因此，在某种意义上，建立和续写家谱的民间行为，其本质也是一种文化寻根，试图用文字记载的方式，不断地实现与先祖联通的愿望。记得十多年前，我才三十岁，村里也有老人对我说，没事了，咱们商量一下，续写一下家谱。当时，我并没有当回事，反而觉得，时代发展到今天，再去做一些腐朽的事情，实在是与当今的文明文化背景背道而驰。

当下的人，更注重的是自我，自我个性的彰显和确立、自我世俗意义上的成功、自我家族和家庭上的富裕和地位尊荣，等等，对于先祖，自己怎么来的，爷爷和祖爷爷是谁，都不重要了，也没有多大的意思。

时间一晃，我也近五十了，提起这个数字，就觉得心惊，有一种恐惧，令自己沮丧莫名。听闻从林哥的死，再联想起家谱，忽然有一种说不清楚的沧桑感，以及强烈的寻找家谱、续写家谱的使命感。

这是一个旧的文化传统和精神信仰全面瓦解，新的文化信仰尚未建立的年代。

以我们南太行乡村为例，如我一般年龄的人，多数已经买房入城了，更小的，压根就不在乡村待，哪怕在城里打工、做小本生意、寄居在某些工厂或者公司里。以至于婚配条件也发生了根本性的变化。其一，彩礼钱从20世纪八九十年代的几千到三万元上升为十万到十五万元不等；其二，男方家不仅要在本村拥有一套三间以上的房屋，且还要在城市内有一套八十平方米以上的商品房；其三，结婚所用费用出自男方，包括女方家长陪送的礼品；其四，21世纪除家电之外，还需要有一辆摩托车，现在则为必须购置一台十万元以上的轿车。

用"撕裂"这个词大抵是准确的，即乡村人群一方面不舍故土，另一方面又极端地渴望进城。在进城与乡土之间，为的是日子好的时候，能够像城里人那样去过现代性较强的生活，倘若遇到不顺，或者经济条件差的情况，便退回到农村来。索要彩礼钱的层层加码或者说自觉地"与时俱进"，凸显的是，新一代乡村人已经舍弃了基本的"孝道"，不管父母能否承受，也不管自己婚后如何拮据，"为己"和"利己"占据主导地位，背离了婚姻之中应当包含的"体恤"父母的应有之义。对现代交通工具和居住条件的苛刻要求，从本质上反映了乡民渴望城市而又惧怕在城市遭受歧视的矛盾心理。当然，也有对"面子""攀比"心理的个人性强调与维护，也使得传统文化乃至精神信仰，在乡村进一步崩溃，新的一套社会规则、婚配程序，乃至精神信仰，还没有完全建立起来。

六、离乡者的尴尬与隐痛

远想近看，恰好是离乡者观察故乡的最好方式。远，可以理性，还有对比性；近是一种浸染式的融入，可以从中获取最直接的现场及其经验。如对村里人事，我在乡村时，目睹和感觉的是他们无所不及的恶，我可能一辈子都不会宽恕。爷爷奶奶膝下，只有我父亲一个儿子，姑妈外嫁。在以人口为主要"势力"形式的乡村，人口多寡，决定着一个家庭的生活质量以及在村子里的尊严。母亲又个性十分要强，明知争不过，也要去说，也要奋力争。

如此几十年来，争也没争到手，反而惹了一堆事，常常受人欺辱。

欺辱我们这样弱者的人，也是弱者。弱者的另一个本事，便是会利用强者，去欺辱损害了他们利益的弱者。整个村庄也形成了一整套完备的利益链条。一般而言，家里有人在政府部门任职的人家盘踞顶端，再就是挣了一些钱的，有公职的（如教师、企事业单位职员）等，接下来是村委会主任、会计，再下来，即天不怕地不怕的流氓、游手好闲者，此外才是老实本分的村民。

刚离开家乡的时候，总想着如何报复，有朝一日，把自己和母亲受到的欺辱也让他们尝尝。可在外面目睹了诸多的类似人事之后，才觉得，人和人，在人群中，本就是这样的一种状态，无论哪个地域，还是怎样的人群，本质上都是一样的。想通之后，再回家乡，心态平和了，觉得那些人也很可怜。在一个物质资源匮乏的地区生存，谁不想把自己的生活过得好一些？但要想过好，首先要把有限的资源变成自己的，从而引发了诸多的冲突和矛盾。其实他们也很悲哀，一辈子无法走出那座村庄，不会看到更广阔的世界以及财富的来源，就只能在一小片山野里施展自己所谓的"聪明才智"，这可能是一种更大的悲哀。

我们家前面一道沟里，住着另外一家人，男户主也姓杨，只不过，是自小被村里的一个爷爷收养的。小时候，他们的大女儿和我关系很好，经常一起玩。两家大人也不错。可有一天，这家的妇女和我母亲发生冲突。随后的几十年里，这家人深知自己势单力薄，且还是外来者，便改变了策略，依附于村里一个男户主凶神恶煞，凡事不讲理，到处横冲直撞，女主人嘴巴利索，且满脑子坏心眼的家庭，凡事去向他们申诉，由他们出面。这种借力打力的方法，果真奏效，也从不失手。而我母亲，却从来不懂得这些花花招数，有一说一，有二说二，很多事情明明自己占上风，最终却因为不会说话而功败垂成，自己受委屈，还没处说。我一再给母亲说，无论在哪里生活，和人打交道，都需要方式方法的，直率虽然一再被称为美德，可在现实当中，却无法很好地保护自己，也不能捍卫自己的尊严。

大致是2012年，我再一次回家，却听说，上述的那家男户主去世了。他在给人盖房子的时候，突发脑溢血，一会儿就没了。我叹息。这个人，我叫叔叔，也是我们南太行乡村最早信仰基督的人之一。在我的印象中，他一直是一个阴毒的人，我小的时候，某日天刚擦黑，一个人哭着去后沟找父母亲，他在水井边遇到我，两只手掌夹着我的两个耳朵，把我吊在冒着冷气的水井上方，作势欲丢。正在此时，父亲背着东西恰好走到了这里，喊了一声，他才转身把我放在地上。

再后来，他给我的印象总是笑眯眯的，冬天袖着手，夏天穿着一件黑黑的T恤，走路时候两只脚很飘。多年以来，我们家几乎和他们家没有什么交集。听到他去世的消息，我还是觉得悲伤，心想，这样的一个人，才六十岁，怎么就一下子没了呢？一个人，在世上怎么如此之快？2019年春节回家，又听说，这户人家的女主人也死了，癌症，前几个月我出差去北京顺道回家看望母亲，还看到她在路上走，还叫了她婶子。几个月后，她也跟着她的丈夫走进了泥土，成为了往世之人。

2017年，因为一片房基地，我的一个堂弟，纠集了几个地痞流氓，把我弟弟打了一顿之后，还丢在下面的一块地里。次年，这位堂弟突然脑溢血，成了植物人。听母亲和弟弟说起来，我没有笑，反而觉得人的可怜和可悲，也觉得冥冥之中某一种说不清道不明但一直存在的某种"规则"，如老子《道德经》所说："人之生也柔弱，其死也坚强。草木之生也柔脆，其死也枯槁。故坚强者死之徒，柔弱者生之徒。是以兵强则灭，木强则折。强大处下，柔弱处上。""天道无亲，常与善人。"等等。

因为父母、兄弟等人，我虽然出了乡村，实际上一直没有离开过。这一方面使得我觉得拥有父母和亲人的精神性的安慰，另一方面也使得我始终与生养自己的地方保持着鲜活的血肉和心灵联系。我以为，这才是最值得珍惜的。人在世上，唯一能够安慰和鼓舞人的还是人，除此之外，目前尚无他法。

每一次回乡，都会听到和看到一些蹊跷的消息，先前活生生的人，忽然就作古了；先前还在一起扯闲话的人，转眼就成了亡者。而生者之间进行的，依旧是千百年以来贯穿于人群之中"互助"和"互害"的游戏，哪怕是学成归来的大学生，身在庙堂的佼佼者，也没能跳脱，有很多反而利用各种关系，参与到乡民之间的各种"游戏"中来。如，某村后山皆为硅石，在几个同行者撺掇下，一位有着较好社会资源者便暗中支持，以期将整座山挖掉，变为现钱。幸亏村里几位年长者，以破坏村庄风水，将会失去全村人饮水来源为由，做坚决的抵抗，方才保住。

在时间中，万物和人皆为过客。这些年来，每次回到我们的南太行乡村，我都要四处转转，武安和邢台县一带的山区已经转换成了各个旅游景点，唯独沙河这一带，仍旧沉静荒芜。

夏天，我们家后面的板栗树绿叶葱茏，鸟鸣新鲜，阳光毒烈地烤着地面上的泥土、昆虫和草木，知了趴在黝黑的树干上二十四小时鸣叫。夜里，偶尔会打雷下雨，感觉雷声就在房顶一样，令人惊悚。冬天，草木枯槁，坐在向阳的山坡上，大地嶙峋而焦黑，村庄在陈旧和崭新的房屋中错落不堪。晴天悠悠，山川静默。村庄之外，坟茔多而明显。只有下了很大的雪，一切才会单调而平等。这令人沉重，也忽然很"哲学"。人以及所谓的人生诸事，其实不过是生死之间的那些琐碎、虚妄，片刻的欢愉，无由的磨难与"向死而生"罢了。

2019年，当我再次回去，从林哥是再也看不到了，说不定还有其他熟悉的人。

只是，故乡还在，南太行乡村还在，物永远比人长久。这种心境，像极了《古诗十九首》中的《去者日以疏》："去者日以疏，来者日以亲。出郭门直视，但见丘与坟。古墓犁为田，松柏摧为薪。白杨多悲风，萧萧愁杀人。思还故里闾，欲归道无因。"对于离乡者而言，故乡一直是在丢失的胎衣和灵魂的甘露，也是离乡者一再收集的暗淡光束与现实生活中的泪珠。现在，我正在一点点地体验，就像那册若有若无的家谱，它藏在一位逝者生前家中的某个角落，也可能原本就子虚乌有。

（原载《广西文学》2020年第3期）

黄姚道上有条起包浆的鱼

◎徐　剑

1

那天北京飞桂林的航班晚点了，落地，已是傍晚。他走出机场，仰望天穹，一只孤鸿在啾鸣，裂帛云天，断雁西风，甚至栖息树梢，是倦鸟归林吧。他有几分眩晕，莫非是中蛊了，魂滞宋词中国。其实，天空仅掠过一只铁鸟，是此起彼落的飞机。云低江阔，断鸿声里。虽说今晚下榻处是南宋年代建村的黄姚，可他心中却无靖康之耻。

他的思绪被铁鸟之翼，带到客家人逃难的另一座宋城赣南，他看见辛稼轩仍兀自而立郁孤台，余阳将他的身影拉得好长。把吴钩看了，栏杆拍遍，这位非常轴的鲁人，会不会也跟随南下客家人的迁徙队伍，发于赣州城，从江心浮桥走过，投下踽踽行影。然后，越梅关，过岭南，进至古象郡贺州。他没翻线路图，今晚歇黄姚古镇，他遇上一个好时代，没痛失家国之殇。四十年了，小日子好着哩，政兴人安。伫立机场门前等人，茫然四顾。天青凌凌的蓝，他哑然而笑，发什么文人神经，思幽古人之情。

登车，一路向南，沿着画廊般的桂林山水，画中行。脚下是潇贺道，抑或还是湘桂道，反正是当年秦五尺道的延展。时，夕阳西下，仍有蒸笼般暑热。车里放了空调，渐次清凉起来，他的心情亦爽朗了。放眼看去，车窗旁的漓江山水擦身而过，一帧帧、一幕幕，令他有点回到16岁当新兵从桂林下车的场景，水墨山水的韵味氤氲于前。只可惜景是人非，16岁，61岁，恍如天壤，连缀这人生之旅的是遮天蔽日的古榕，孤树成林，他庆幸虽入壮士暮年，仍激荡着一颗少年心。

薄暮时分，抵黄姚古镇。苍山落照，他伫立于落地窗前，一幅岭南画派的写意山水漫漶了前方，令他有几分的陶醉。是时，落日洇红天空，渐落山间，犹如大秦帝国的将领，抑或东汉伏波将军马援在桂林郡砍下百越酋长的头颅，鲜血直流，向着地平线撞去，像一瓶打翻的番茄酱，涂鸦在桂湘天际，直铺至餐桌上。

夜色四起，夜游黄姚镇是另一种风情。沿着石板路而行，古榕遮天，犹如一把巨伞，浓荫村前，他仰首，浓荫遮蔽，看不见星空。两株古榕独树成林，枝干从天穹上落下，横枝倒挂，似一条巨龙盘踞夜空，枝繁叶茂，其根部有四五人围之粗，两株巨榕擎起黄姚天穹。惊叹之余，他倏地有一种梦回西双版纳的独树成林之中，一木擎天。仰望，远眺，苍穹之昂，繁星点点，犹发上天之眸，在俯瞰着人类呢。人类一思考，上帝就微笑，甚至嘲笑、讪笑，笑声如浪，是河边的溪水汩汩吧。沿小河走过，绕了几道弯，一座城堡般碉楼横在前边，门楼嵌入四字真书，亦孔永固。他以一位军人直觉，此为一座碉堡，射击孔一个接一个，防绿林响马攻抢黄姚古镇时，枪孔洞洞，一夫当关，万夫莫开。他在石堡门侧留下一张夜照，颇有点抚剑叹关之意，可惜众人皆诗意阑珊。拾级而上，古镇里别有洞天，小桥流水人家，孤榕古巷天涯，沿着石板古道行，他突然被绊了一下，脚碰着了东西，他俯身一摸，光滑如鱼脊，是一条鱼儿，遂惊骇不已，光滑石板路上，隆起一块天然石，酷似一条鲤鱼、江鳅，抑或锦鲤，从远古游来，作鱼跃龙门状，涸于道路，且起了包浆，令他有几分讶然。

2

他俯身拍照，脑际闪过一组成语，鱼跃龙门？不是。枯鱼之肆？还是不准确。吞舟之鱼？太夸张。白鱼赤马？又给了一个大词，城门殃鱼最好，这是警示世代百姓如鱼得水，亦殃及池鱼。今晚，有一条石鱼渡劫于他的眼前。

古街好清冷，巷子里，几无行人。大红灯笼高挂，一街如鬼影。光环中，他有点恍惚，踏在石板路上，思绪飘了起来。一只孤鹜啾啾，凤骞九天，向彩云之南飞去，是响箭吗，还是稀世之鸟的悲鸣。彼时，故乡天空彩虹飞舞，祥雨落下，是稻花飘香时节，一群鲫鱼畅游于稻田，时而露出黑色的脊梁，时而晚霞浸染，宛如花港的红鲤、黄鲤、白鲤追逐着，晚风吹来，兰芷香汀，鱼翔浅底，风掠起，一片片，一朵朵稻花落下，鲫鱼争食，张开白唇红唇竞吞，其贪婪之状，犹如脚下这条石头锦鲤吧。河鱼天雁，他的祖先就是群鱼中的一条，沿着历史河道，从中原游来。道路阻且长，蹒跚复蹒跚。天雨倾盆而下，绳子拴手，杂草相缠，游湖广，游四川，最终滇云南。

苍生如鱼啊，天旱五载，必死于道上。他凝视这条鱼，其实就是一块青石，无石匠雕凿，自然天成。千年如斯，苍生草鞋、皮鞋踩过，泪水浸泡，血雨冲刷，甚至尸体掩没，终于起了包浆。他蹲下抚摸，仿佛摩挲一个个苍生的面孔，每一片鱼鳞，都是一道沧桑。遥想千年，长安乱、洛阳乱、汴京乱、临安乱，一炬兵燹将帝王焚成冷灰，一切又重新归零。他的祖先从杀戮中死里逃生，拖儿带女，仓皇挤出京畿城门，蓬头垢面，朝着吴越、荆楚一路狂奔，沿着秦五尺道，走湘桂道，再换潇贺道，最终入了黄姚。此地已绝北国冰雪，一年四季温暖如夏，纵使到了严冬，仍东风四起，好温婉之地啊，族长长叹了一声，挥挥衣袖，叫过身旁风水先生，放罗盘吧，我看此处地脉不错。诺！风水先生茫然环顾，罗盘一转，眼神遽然一亮，对族长云，此处风水极佳，坐北朝南，三河穿越，相拥一片桃花源，筑房可成堡，建村可成城，三条河相绕，就是最好的护村河，可御强敌，可防绿林。在此繁衍后代，可拒兵祸，可旺我族。族长点头，桃花源里人家，黄姚就是客家人的岭南原乡。于是从三户人家，三家村开始，藉风水先生画的八卦图，一条老街一条老街地建，一个小巷一个小巷地砌，天地人和，皆按《周易》之转，三水围一村，两街转九巷，一生二，二生三，三生万物，泾流八百年时光，逝水经年，流成岁月，流成今日黄姚古镇。那条鱼，不知何年何月，今夕何夕，游至老街石板路上，凝固不动，成了起包浆的化石。他摩挲长叹，鱼鳞尽失，光滑如鲅鱼，抚之手动，心动，水动，鱼动。那一刻，他被电了一下，感应这条石鱼是有魂的，活了千年，就巡弋在黄姚古镇上，是一代代客家人留下的生魂，抑或亡魂，是客家人心尖的一个记号，乳房上的一颗红痣。他举起手机，拍下一张张照片。鱼身起了包浆，虽光滑如绸，却令他挫痛之叹。眺望远天，寒星闪烁，他仿佛看清远古年月，江海枯，五岭出，鱼儿离不开水。然，赤日炎炎，水雾浮冉，河干涸了，河枯石烂，鱼儿凝固成一片片化石，成批百姓死于道上，任马蹄踏过，任血雨冲过，最后化作一条石鱼、一缕亡魂、一页青史镶嵌于秦驰道上，令人空嗟叹。

他站起身，从鱼嘴所示的方向看过来，那是乡井的泉眼，还是游子的乡关？乡关何处、乡井流声，一盏盏挂于门前，且作路标，他循路而去。两条主街，令他不辨东西。拐来绕去，找不着北。可隔上一段，便会一道门，几尺厚的石门枋，中间有槽，横着装上一根又一根木杆，可防盗御敌，石门槛犹在，马蹄声咽，他看到举着火把的响马绿林，正迤逦而来，蹄声如雨，吼声如雷。他想到入镇门时，走过亦孔永固的堡楼，兵荒马乱的年代宿命追随而至。百年轮回，城头变换大王旗。客家人到了黄姚，好日子没过几天。天下兵刀起，兵燹丛生。这里地处山野，朝廷鞭长莫及，官家自顾不暇，潇贺古道土匪滋生，响马绿林入黄姚古镇打家劫舍，最倒霉还是老百姓。哀告无门，唯有组织家丁、村丁、乡丁自保，看家护院。他看到的黄姚古镇，家自为战、院自为战、街自为战、俨然一座村堡、城堡、兵堡。

夜深了，却无法安眠，挥之不去仍是那条包浆的鱼，游动在梦中，历史的小溪中。今宵酒醒晓风中，他想看看，这条起包浆的石鱼，晨曦中会是什么样子。

3

一夜无梦。

大榕树百鸟朝阳，叽叽喳喳的啼鸣唤醒了他，躺着假寐，谛听，有田园奏鸣曲叩窗。他一跃下床，去看那条鱼，太阳下，会不会被晒死、烤焦。他又转向了，陷入八卦村中，走不进镇中央。转至河边，见三条小河缠绕流淌，放任脚步，巨龙浮冉的古榕隐遁了。他信步村外，竟无人可问，仿佛空村一座，不知南宋，何问元明，雾里看花罢了。昨夜一街红灯笼里观村，看不真切。晨光中，可一览黄姚之美，美在石中央，美在河中央，美在大榕树下。他沿河而行，有河必有孔道，有水便有出口，以为能行走，却怎么也走不进八卦村的中央。唯有找到起包浆的石鱼，那才是黄姚古镇的罗盘。

罗盘一旋转，定心南北西东，通灵天地，是一条石鱼。鱼如人，人如鱼，冥冥之中，那条起包浆的鱼在呼吸，浮出水面。他转来循去，又在石板道上看见那条石鱼。他长舒一口气，看见这条鱼，就找到黄姚古镇的村魂。他蹲在鱼前，太阳光束瀑布般从天而降，如梦如幻，仰俯之间，有些刺眼，他后悔未戴墨镜，看个真切，又看到那条起包浆的鱼化石在游动，横陈青石板上，道如岁月之河，鱼似百姓。黄姚古镇老街上的乡亲就是一条条鱼儿啊。江山家国，如鱼似水，一刻也不能分开。鱼儿从大江大河游来，犹如从国之根脉中游出，游得很慢，亿万斯年，才游入黄姚古镇的小溪里，生生死死，代代繁衍，一游便是八百年的时光。黄姚古镇始建于南宋年间，迄今八百年有余。那应该是靖康之乱吧，一条条鱼儿从汴梁城鱼贯而出，逃出来的父老乡亲，一定有他的祖先，拖儿带女，一路往南流亡，山重水复，风尘仆仆，城郭、村庄，满目尽是兵燹。饿殍千里，路有冻死骨，所幸跑了出来，蛰伏南越，入黄姚古镇，耕读之家纷纷集于此地。日子安定下来，朝廷结束宫乱，官府不再折腾百姓，好日子便来了，丰衣足食，这是平头百姓想要的生活。可是安宁不会久长，周遭响马听到鸡鸣犬吠，看到青牛牧童，横笛晚归，又垂涎三尺，跃身马背，举着火把来抢。第一次得手了，掳走金银细软和家眷女儿，甚至将黄姚古镇付之一炬，好在男人多，离河又近，奋力救火，幸免沦为废墟与冷灰。

他沿着村道徐行，静脉般古巷子，隔一段横一道寨门，门框皆石头门枋，深槽犹存。八百年间，太平盛世真的少得可怜，黄姚镇上客家人总是提心吊胆过日子，不仅被官府搜刮民脂民膏，最心忧的被盗匪惦记。于是，大榕树下的村前堡楼，题一亦孔永固，东西南北四门，纷纷题永安门、守望楼、升平门，民安何处，大世道不好，匪祸不绝，密布村中、巷中的鹿寨、御敌之门，也难抵绿林盗匪之扰啊，哪有太平日子啊。而今如雨蹄声、枪声、厮杀声沉寂下来了，化作村中小溪，绕村而行，淙淙流向岁月深处。

行走在晨风中，他有一种安慰感。他从包浆鱼眼所指方向望过去，鲤鱼跳龙门，十一座进士的府第秘藏镇中央。伫立于前，顿觉仄窄狭小，寻不到江南官宦人家的气派，更不见北方举子邸阁的高巍。或许寒门子弟中了进士，进了京畿，就不想归乡光宗耀祖了，唯有昨晚路过一户郭氏商贾人家，府邸是六进身的，太阳门相连，一套又一套的小院，才有点巨贾豪门之势。

将近八点了，太阳从古榕树间钻了出来。夜游黄姚，晨逛古街，就为这条青石板上起包浆的鱼。在他眼中，它是一个村、一个镇、一个国度安居乐业的指向，更是八百年间黄姚罗盘上旋转的鱼儿。

4

已经是下午三点多了，室外燠热依旧。他忌惮这样的天气，身子湿透。太阳好辣，镇里空村人稀，仍不见行人，唯有村叟老妪坐在榕树下纳凉，毫无疑问，乡村中国正在老去，空心村、空心镇或许是它的最后宿命。彼时，阳光洒在那条青石板路上，走着走着，那条起包浆的锦鲤又在时光之河游动，生魂、亡魂归来，那条鱼又活过来了，活在八百年的历史小溪里，活得如此滋润啊。游啊游，鱼会游向大海吗？太阳正烈，却未将鱼儿蚀骨化水。他却受不了啦，脚步生风，入古镇，躲入阴凉处。八百年之梦，千载之梦，风水轮流转，黄姚古镇的永安宁梦转了千年，流年运来，寻到一个好归宿。那就是平安、平静、平常的生活，不受官府之扰，不再有响马之患，再不重演饿殍千里的悲剧。河水汩汩不绝，鱼幸，则苍生幸，鱼亡，则苍生恨啊。他仿佛看到那条包浆的鱼喊魂而归，在秋凉的阳光下，闪烁着熠熠鳞片，向远方游去，游去。

就此别过吧，归去来兮，该走了。他呷了一口茶，匆匆出门，古巷石板路，逆流般地在他身后远去，蓦然回首间，那一条包浆锦鲤，在落日下跃然而起，金片鱼鳞，闪亮于清溪扁舟之中，鱼跳龙门呢。

（原载《中国作家》2020 年第 4 期）

南村的树叶

◎陆春祥

我们从陶宗仪和杨维桢唱和的诗作中可以读出，他们的生活，还是有不小的距离：

> 移家正在小斜川，新买黄牛学种田。奏赋不骑沙苑马，怀归长梦浙江船。窗浮爽气青山近，书染凉阴绿树圆。乐岁未教瓶为粟，全资芋栗应宾筵。（《南村诗集》卷三《次韵签字杨廉夫先生》）

我刚搬来这地方不久，牛也新买，此地有山有水，有树有绿，空气新鲜，是个长久宜居之地，这是我农居生活的开始，前几天刚学会了种田，我还要开垦更多的田地，多种谷物和粟米，多种水果蔬菜，朋友们来了，开轩面场圃，把酒话桑麻。陶诗的场景，似乎一下子让我们进入了渊明先生的南山。现在，让我们将目光聚焦于他的后半生，那个让他心安身安的南村。

1

南村在什么地方呢？南村就在今天上海的松江泗泾镇。

古松江府是上海的根，文化之根，地理之根，上海古代历史的发源地。元以前的松江，要么属扬州、苏州，要么属秀州（嘉兴），一直到元至元十五年（1278），松江府才独立，下属上海县、华亭县。

陶宗仪的父亲陶煜，做过松江府的典史，应该说，在父亲为官期间，陶宗仪就和松江发生了联系，儿子到老子任职的地方游玩或者居住，在古代是正常不过的事情，唐朝的段成式，前半生就随老爹任职，长期居住在成都。而且，他的夫人费元珍就是松江人，因此，陶宗仪长长的生命历程中，注定有一大半时间要在松江度过。

元至正十五年（1355）前后，中年陶宗仪迁居到刚升格不久的松江府，开始并不在南村，而是在一个叫贞溪的地方。这有他这一时期写的诗和文为证，诗为：浙右园池不多数，曹氏经营最云古。我昔避兵贞溪头，杖屦寻常造园所（《南村诗集》卷一《曹氏园池行》）。文为：至正丙申间，避地云间，每谈朝廷典故，因及此（《南村辍耕录》卷二《端本堂》）。贞溪其实是松江下属的一个镇，当时有许多文人雅士居住，费元珍的外婆管道昇，就出生在那里，因此，有亲戚或者有熟人的地方，总是移民的第一方向。

不过呢，宗仪在贞溪只是短暂居住，大约一两年工夫，随后，他就迁到泗泾，淞城之北，泗水之南，诸生替他买地结庐，遂居以老。

2

陶宗仪心中一直追着陶渊明、陶弘景，当他发现，泗泾这地方，就是他梦想中的家园时，他就将他的居住地取名为南村草堂。陶宗仪的南村生活，许多名人笔下都有不同程度的描述，陶宗仪有个叫沈铉的学生，他在《南村草堂记》中，比较详细地记载了南村和陶宗仪的南村隐居生活。

泗泾这地方，只有几个小村落，但因为有了陶先生的南村草堂，名声越来越大。

"泗水水深林茂，野水纵横"（《松江府志》），百姓都以农桑为主业，田里种着大片的水稻，那些田沟和水道两旁间，成片的络麻和桑树，绿意盎然，草房和瓦屋相杂，鸡声犬声相闻，古道弯弯，水流淙淙，村中古树如抱，浓荫遮蔽。农忙时，田地间人声牛声嘈杂：闲暇时，大树下，田地头，白头老翁在和孩童讲古论今，村人们频繁互相来往，你来我家喝酒，我去他家饮茶，逢过年过节，热闹场面更加。在这样的地方，陶先生的生活过得有声有色，他的生活其实比别人更踏实，因为他有许多弟子，可以让自己的思想充分释放。他还有许多的朋友，那些朋友，心性和品格都和他一样，来来往往，为我们这里增添不少风光。他不仅要身体力行劳作，还有很多的诗要写，很多的文要做，他就像他的先祖渊明先生一样，安贫乐道，品行高雅，令人尊敬。

沈同学说，他家贫穷，且年纪又小，但陶先生不嫌弃他。在南村草堂，他们一群同学，和陶先生一起，度过了非常快乐的长久时光。

清代的厉鹗，他曾经看过王蒙为陶宗仪画的《南村图》，很有感触，赋诗云：

> 陶公至正末，养素栖田园。自号小栗里，旷然脱尘樊。文敏之外孙，画迹可晤言。檐端机山秀，篱下谷水源。著书自抱瓮，为农常叩盆。修修疏竹里，欲往造其门。

为什么自号"小栗里"？因为陶渊明的居所叫"栗里"。这样好了，不仅有了南村草堂，还有了栗里，只是要谦虚一点，加"小"吧。加了"小"，就是一种对先辈的崇敬态度，其实，南村草堂规模未必小。

南村草堂，都有哪些建筑呢？

有秋声馆。是专门诵读欧阳修的《秋声赋》的房间吗？或者，在这里，可以听秋日的虫语，蟋蟀鸣叫？

有襏襫（bóshì）所。字看着复杂，读来却颇有意思，"博士"所，像个高级研究机构呀，其实，就是专门放蓑衣的房间嘛，不是一件，是数件，厚的，薄的，冬季夏季，都要穿的。

瓮牖。这个也好理解，专门放各种各样的罐子，放茶叶，藏粮食，木窗子开得大大的，通风透气，长期保存。

朝光书室。夜幕降临，劳作了一天，但不读几页，不写几句，就是睡不好，嗯，省油灯点上，至少亮它一个时辰。而农闲时光，这间书房，就是陶宗仪的天堂，晨光初映，阳光照着墨迹未干的纸，那些字，一下子就在陶宗仪面前跃动起来。

我细看明代杜琼的《南村别墅图》长卷，这是一个更广阔的南村，里面还有不少新建筑：

闿（kǎi）杨楼。看门前挺拔的杨树吗？还是用杨树制成的屋子？

鹤台。一两只，三五只，或者更多成群，鹤们也如屋主人一样，过着散逸闲云的野日子，阔大的天地，随处都可以自由翱翔。

罗姑洞。一个传说，一个故事，或许，这里藏着主人年轻时的一段梦想，这个洞里，可以打坐、修行，整理自己杂乱的思绪。

来青轩。泗水流呀流，流进长江不回头，青鸟飞呀飞，鸟来鸟去水自流。

竹主居。这就是主屋啦，或者正堂，用粗竹做梁做柱，用竹片竹条当墙，用竹丝编椅织床，用竹梢藤蔓围成院，冬暖夏凉，会客，授徒，一切都自由得很，那厨里的菜自己端吧，酒自己去瓮膻找吧，陈酒新酒都有。来了，呵，欢迎；走了，好，不送。

明初的孙作，他在替陶宗仪《南村辍耕录》写的序言中，记载了宗仪在南村的耕读生涯：

> 余友天台陶君九成，避兵三吴间，有田一廛，家于松南。作劳之暇，每以笔墨自随，时时辍耕，休于树阴，抱膝而叹，鼓腹而歌。遇事肯綮，摘叶书之，贮一破盎，去则埋于树根，人莫测焉。为是者十载，遂累盎至十数。一日，尽发其藏，俾门人小子萃而录之，得凡若干条，合三十卷，题曰《南村辍耕录》。上兼六经百家之旨，下及稗官小史之谈，昔之所未考，今之所未闻。

而王掞的《赠南村先生序》中，则显示出陶宗仪耕读生活的一派惬意：

> 有田数亩，屋数楹，种艺暇，讲授生徒，其志愉愉也。秋稼既登，天旷日晶，或跨青犍，步稳于马，纵其所之，川原上下，潦雨新霁，汀树丛翠，或跣白足，濯于清波，仰视飞鸥，载笑载歌。好事者每见之，辄图状相传，莫不慕其高致。先生自是益韬真养素，闭房著述。

这个南村草堂，良田并不多，但也足够吃了，应该还有不少地可种菜种花的。而草堂的周边，更有广阔的田野，或者大片的草地，骑牛骑马，可以纵横驰骋，关键是，还有河或者江，清波荡漾，劳作过后，将一双泥脚伸进清波中，再抬头望着天空，几只海鸟正上下翻飞，这是怎样的一种场景？画画的人见了，写诗的人见了，眼睛都睁得圆圆的，如此闲适的人和景，赶紧画，赶紧吟咏！陶宗仪不是一般的农人，他是隐居于此的高士、大儒，即便出门劳作，他也都随时带着笔墨，辍，就是停下来歇息，为什么要停下来？因为，身子虽然在劳作，脑子却依然在高速运转，眼前的某事某物，实然搅动了他大量储存的知识积累，一个观点随之成形，那赶紧停下来吧，到地边上的树荫旁，摘叶书之。

3

这是什么叶呢？我极度好奇，查了不少书，问了不少人，都说没见过。台州路桥区峰江街道的南山上，陶宗仪端坐着，紧衣短袍，炯目长须，眼望前方，右手一管笔，左手握着一张宽大的树叶，这叶子还有柄，有点像夏天的扇子，积叶成篇，大家都知道，只是，什么叶，没有人知道。

去年我去西安，登大雁塔，那上面有一页唐朝的贝叶经，很珍贵。以前的僧人，有用贝叶书写经文的，世界上现存贝叶经最多的地方就是西藏，大约有六万页。贝叶是什么叶呢？有人说是菩提树，有人说是贝多罗树，但大部分人认为，就是我们常见的贝叶棕，那叶子宽大，可以做扇子，经过处理，上面可以写字，可以保存数百年。

而根据孙作的描述，陶宗仪的树叶，随意得很，并不是事先就准备好的，随时坐下来，随手摘下树叶。七百多年前的松江田野，那里会长着什么树呢？一般也不外乎樟树、枫树，梧桐树应该也有，"凤凰鸣矣，于彼高岗。梧桐生矣，于彼朝阳"（《诗经·大雅·卷阿》）。樟树叶显然太窄，枫叶，梧桐叶，都有可能，但都写不了几个字。

徐卫华，台州市的陶宗仪研究专家，他一直在台州的政府部门工作，老家黄岩，陶宗仪的同乡，我和他聊陶宗仪，他说刚刚写完20万字关于《书史会要》美学成就的书，他认为，《书史会要》是陶宗仪在笔记以外的另一部重要著作，在中国书法史上具有重要价值。我问他那片树叶到底是什么树，他说没有想过，但他强调，陶宗仪的笔记肯定有些是写在树叶上的，他说有可能是桑树。这提醒了我，南村草堂周边的田野上，桑树应该成垄成片，宽大的桑树叶子，柔软也有韧性，不容易破，写上几十个字，应该没问题，而且，干了的桑树叶，发白，可保存。

南村的田野上，于是就经常会出现一个有趣的场景了，一个不那么壮实的中年人，劳动了一半，突然就停下来，他走到大树旁，有时会两手抱胸斜着腿跷着，有时会靠着树大声吼上几声，唱几句歌词，有时会摘上几张阔树叶，蹲在树旁，急速地在树叶上写着什么，写完，将树叶放在一个破陶罐里，再站起身来，四顾一下周边，确定没有什么人，然后，他将陶罐密封好，在树根下埋起来。而这种普通又神秘的生活，一直持续了数十年，积满了数十个陶罐，直到有一天，他让门生将陶罐打开，细细整理成段成篇成卷。

其实，陶宗仪写《南村辍耕录》，早在隐居南村前就开始了，一直持续二十多年才完成。不过，积叶成书的故事，一定发生过，也一定发生在陶宗仪隐居南村的前期。

4

蒋志明，是位博士，文化学者，当过上海金山区的教育局长，现为上海现代国际教育研究院院长。蒋教授主要研究南北朝时的著名文学家顾野王，近年也研究杨维桢、陶宗仪，他去过陶宗仪的故乡台州路桥区下陶村，他去寻找陶宗仪出生和成长地的资料。

蒋先生发我一本年代已久的《亭林镇志》，上有杨维桢、陶宗仪等介绍，陶宗仪条下有这么几句："元末兵乱，避乱隐居亭林（后陶宅为同善堂，今为复兴东路106号古松园），家境清寒，以教授自给。陶与杨维桢比邻而居，切磋诗文，交往甚密。"而我在网上淘到一本1986年版上海市松江县地方史志编纂委员会编的内部杂志《松江风物》，杂志说陶宗仪初居亭林的时间应该在1340年前后。我相信这个时间，因为这个时候，陶爸在此任职，陶宗仪极有可能跟着居住于此，不过，还不算隐居。

从亭林志上可知，陶家老宅，就是今天的古松园，清代顾家曾建造同善堂。

这就是说，陶宗仪隐居南村，还是后来的事，先前是住在他自己的家里，蒋志明先生认为，陶宗仪迁南村，应该是在明洪武二年（1369）。华亭县的亭林，离南村也就几十里，陶爸在州政府任职，完全有可能买地建房。而元末明初，松江一带，因为杨维桢、陶宗仪等名流的到来，文学风气开始浓厚，蒋志明先生认为：元末，浙西出现了一批地方豪富，崇尚儒雅，延师训子，居住在松江府华亭县吕巷的"璜溪吕氏"即是其中一个代表，吕氏家族中，有"淞上田文"之称的吕良佐，曾以重金聘请杨维桢等私塾教授，并出资举办"应奎文会"，以振兴日益颓废的文风。吕巷就在亭林的边上，这样的活动，陶宗仪肯定喜欢。而因为共同的志向和爱好，杨维桢和陶宗仪经常在一起聚会，合情合理。于是，在杨维桢六十岁生日的时候，大家酒足饭饱后，在陶家院子里栽罗汉松纪念，寓年长寿，坚贞。

古松是历史，更是风景。从上海市区去亭林镇，五十多公里，方便得很。古松园在镇子的东边，1986年建成开放，占地面积525平方米，内有曲廊、望松亭、松风草堂、假山，主角自然是古松了，这松又叫铁崖松，上海市的古树名木。面前的铁崖松，用石栏围砌，围着松转了几圈，看到古松就想到栽树人，栽的过程中，杨维桢的仙风道骨形象不断浮现，虽经665年的风霜雨雪，只剩半株树干，但依然挺拔，高7.2米，胸径89厘米，胸围2.8米，树冠达4.8米，它以四季的郁郁葱葱，证明着自己和杨维桢一样，活力蓬勃。

5

虽然生活依然拮据，但陶宗仪完全沉浸在他的南村生活中，多次拒绝明朝政府聘用，一边劳作，一边授徒，一边诗文写作，继完成《南村辍耕录》后，他又完成了关于书法史方面的《书史会要》十卷，《南村诗集》四卷，一百余卷的笔记《说郛》。

其实，人年纪越长，越会思念往日的时光，明洪武二十年（1387）中秋夜，已经76岁的陶宗仪，遥望南村明月，写下了《丙寅中秋》，感怀久居他乡而不得归的伤感旅羁：

> 云开天宇洁，玉露滴琪林。静对中秋月，偏伤故国心。半生常作客，此夕一沾襟。弟妹书难得，穷愁老转深。

这个年纪做诗，已经没有什么形容和修饰了。天空明月皎洁，一个人静静地坐在草堂前，寒气一阵阵涌来，心也一阵阵透凉，生活依旧困苦，半生漂泊，寒夜孤月，不禁泪涌，思爹思娘，思弟妹思故乡。

明永乐元年（1403）九月十四日，90岁的松江华亭人张文珽去世，张的孙子请已经92岁的陶宗仪写墓志铭。此后，在所有的文献中，我们均找不到陶宗仪的生平轨迹，据此推算，92岁，或者活了更久的陶宗仪，天台陶九成，留下了诸多不朽的诗书文，留下了谜一样的树叶，带着安详离世。

陶的本质是泥土，耄耋老人陶宗仪回归了大地，经过六百多年的大浪淘沙，他和先祖三名陶一样，终于也成了名陶。

（原载《文汇报》2020年6月13日）

在梧州看水

◎黄咏梅

　　地处桂江和浔江交汇处的梧州城，傍山依水。两江交汇，相互依偎，难分难舍，直到逐渐融为一体，汇成一条颜色介于黄绿之间的西江。

　　水是梧州人的另一种血脉。水路，从梧州的历史上看来，等同于财路、生活之路。水路的发达，成就了梧州自古以来的"百年商埠"。梧州人还喜欢到江中游泳，到江边看看水、吹吹风，跟遇见的熟人聊聊天，就像走亲访友一样平常。喜欢看水的梧州人顺势在这两江交汇处，建起了长廊和孖亭。岸边榕树婆娑、柳树依依，岸下两江鸳鸯戏水，此处便被称为"鸳江春泛"。不要说外地人，就连土生土长的我们，也把这里视为节假日看水的好去处。

　　小时候最开心的事情，就是被父母牵着，跨过大桥，穿过热闹的珠山隧洞，到鸳江春泛看水。沿着长廊走下孖亭，再步下几级台阶，直接走到河滩上。离水越近，越能感受到两江交汇所形成的湍急。激流扇动起来的风带着湿润的水汽，钻进衣裙里，黏在皮肤上，清凉清凉的。当然，对于我来说，去鸳江春泛看水的吸引力最终还是为了吃。岸边的大榕树下摆着一溜小吃摊，小木桌、矮竹凳，男女老少围坐一起，嘬田螺、嚼酸嘢、串牛杂……炒一碟牛肉河粉，蒸一条刚钓起的河鱼，盛一碗明火白粥，灼一盆盐水菜心。江风徐徐，两江拍岸的声音会从脚底升上来。这些时候，父亲会给我开小灶。他从矮板凳上起身，漫不经心地走开，几分钟后从对面凉伞下的冰柜里，给我买回一根红豆冰棒，或一支冰镇维他奶。如此甜蜜的美好光阴，成为我人生中第一次"愿时光停留在此刻"的记忆。

　　父母牵着我一起去看水的时光伴随我整个成长过程。记忆中，父亲和母亲，一个朝着桂江的上游眺望，一个朝着浔江的下游眺望。他们向身边的那个孩子指认着远方，向她描绘那里有两个看不见的故乡。父母是这个城市的异乡人，如脚下的这两条江水，他们被命运推到了这个城市，相识相爱，共饮一江水，于是有了我这个土生土长的梧州人。很多年以后，当我站在珠江边，朝着上游眺望，目光穿过广厦，穿过遥远的水平线，以期能望得更远一些，望见我的故乡，望见那条街上那间熟悉的房子，望见房子里我亲爱的父母，这时候我才理解，父母看水，也是在望乡。在那些通信尚不发达的岁月里，这江水便是他们思念的邮路，顺流、逆流，如光纤一样传递着他们的乡愁。

由于与江水为邻，所以梧州人祖祖辈辈都在生活中预留了水的位置。"骑楼"是梧州城常见的老建筑。为了不让水轻易进屋，三五层的房子却有着三四米高的廊柱，看起来就像房子长了两条"大长腿"。每条"大长腿"上，都会钉着一两只牢固的铁环。涨水的时候，人们取出备用小船，从二楼的小水门出来，摇着船前行；到了，就把船系在铁环上。

进入20世纪之前，江水上涨，洪水浸街，在梧州时有发生。这固然给生活带来影响，但在梧州人看来并不罕见，应对起来也经验丰富。从小到大，我家搬过四次，每次地势都比较高，所以水并没有"光临"过我家，但我见过洪水浸街时的光景：船只安然来往，人们摆渡到地势高的茶楼去饮早茶、吃冰泉豆浆和龟苓膏。咿咿呀呀的粤剧唱腔从茶楼里传出来，广播里12点依旧准时开讲《杨家将》……大约过了个把星期，水慢慢退回河滩的时候，人们穿着高筒雨靴，拿着长长的竹扫帚，大街小巷去扫水。那些被水淹到的家庭，一趟趟跑到某个"西水借用"的聚集地，领回寄存的家居物什。"西水借用"那张纸片，时常贴在我家附近的中学、文化馆等门口，那里是免费提供给人们的安置场所。

那年，我从学校毕业后去广州工作，父亲送我。一个夕照满天的傍晚，我和父亲拎着重重的行李，站在港运码头向岸上目送的母亲挥挥手，然后登上了正在鸣笛的"红星"号客船。父亲坐在窗边，对着岸边后退而去的街道指指点点，话很多，我却嫌船开得慢。出于对新生活的期盼和忐忑，我坐在船舱的大通铺里，混在嘈杂的旅客和拥挤的行李中，毫无看水的心情。我甚至暗暗埋怨父亲为什么不选择陆路，321国道上飞驰的大客车五六个小时就能到广州，而这艘"红星"号顺着西江，需要多出一倍多的时间。船开过那座江心小岛系龙洲之后，熟悉的街道便看不见了，再开一阵，广播里报出了封开的站名。父亲告诉我，我们已经离开梧州，进入广东，西江就要流入珠江了。父亲拉我到船尾看水。太阳已经落入江面，剩下几朵染着余晖的云朵卧在我们来时的方向。父亲指着那个方向说，在那里，梧州现在叫作你的故乡了。父亲说出这句话时，眼眶湿润，如同过去许多次跟我们提起他的故乡时那样动情。这时候我才意识到，这艘"红星"号将我送达异乡，这个小城将成为我频频回首望见的那个地方。一片沉默中，我和父亲在船尾站了很久，直望到云彩彻底消失，逐渐看不到远处的水平线，感觉不到船的速度。

进入21世纪后不久，绵延梧州城区近20公里的防洪堤建成，江水被牢牢框定在堤坝下。洪水浸街的景象已经成为记忆。那些为了"招待"洪水而建的骑楼，现在变成"骑楼城"观光景点。楼墙上的一道道水痕也已经被粉刷干净，挂在"大长腿"上的铁环被装饰上一层彩色的荧光圈，仿佛向行人炫耀着它的光辉岁月。在这个提速的时代，那艘曾经载我离开故乡的"红星"号已经停运，321国道上的车流逐渐稀少，高速、高铁穿过这座小城，将人们带到更远的远方。但梧州城商埠的本色没有改变，江水担负着不因速度而被取代的使命，一条3000吨级内河航道的"水上高速公路"去年开建，直通粤港澳，水路依旧是这座城市的发展之路。梧州人也依旧喜欢看水，站在防洪堤漂亮的绿化带上，远看、俯瞰，江水涛声依旧，而小城已经扩大了版图，改变了模样。

一座城和一个人的关系，刚开始是命运，接着更多的是情感。那个黄昏，那艘缓缓的"红星"号上，面对江水，父亲对我说出"梧州叫作你的故乡"这句话时，这座城市就开始在我的记忆里与现实中交替出现。在"籍贯"这一栏我很多次写下这个城市的名字，在文学作品里我用书写的方式反复回到这个城市，甚至在一阵潮热的空气里我都能闻见这个城市的气息。人到中年，逐渐体会"故乡"深藏的意味和愁绪。无论身在何处，在曾经驻足的珠江边，还是我现在生活的钱塘江边，我总是要找到一个水流的方向，眺望，并在心里写下一封封家书。

（原载《人民日报》2020年8月12日）

邵燕祥的篮球场

◎刘　齐

邵燕祥一生诗文无数，写没写过篮球场，好像没有。可是篮球场，就是那个四百多平方米的长方形地块，跟他又有奇特关联，我亲眼得见。

我跟燕祥老师认识很早，开始是在会议中远远看他。距离最近的一次，是中国作协的一次活动，他穿一件深灰色的确良衬衣，袖口挽着，下摆掖在腰间，皮带扎得很紧。我想跟他说事，特意站他身旁。

再次见到邵老，是多年后我从美国回来，在一些朋友餐叙的场合，他微笑，好像没有分手太久。人多，话题泛泛，求最大公约数，即使这样，他的话语仍能熠熠发光，照耀众人。

不觉到了世纪初，城里一些读书人，去京郊求安静，在农民建的小区买廉价房，做第二居所。我跟几个朋友结伴，各自买了一套。一天外出，于树丛中见一精干身影，竟是燕祥老师，他在小区亦有一套居所，跟我住得很近。从此见面方便了，不在有墙有"盖儿"的屋里见，在一个绿树围成的空地散步，从这头走到那头，再回来，如此不停地走，不停地说。

小区所在乡镇，有个好名字：溪翁庄，清澈小溪，自由老翁，想歇息歇息，想喝水喝水，溪流太欢，将老翁美髯打湿，湿就湿，凉快。可是，七十多岁的邵燕祥步履轻盈，一点不像那个"翁"，而且下巴光光溜溜，无一茎胡须。上衣前襟平铺下来，腹部不"起鼓"，身材匀称，一如其作品，字字精粹，无一字多余或欠缺。

溪翁庄在密云，密云也是好名字，彩云密集，乌云密集也不惧，华北易旱，雨来了浇地。从我们散步的地方往南10公里，是密云县城，1948年冬天，四野打完东北，入关第一战，打的即是密云县城，一时枪炮声大作，左近百姓耳膜应有强烈反应。攻陷密云，北平的北大门开了，北平城里有个15岁少年，内心之门也开了，写一首首热腾腾诗歌，迎接新景象到门里来。

过了10年，1958年秋天，从我们散步的地方转一个方向，往北一两公里，燕山群峰间，突然锣鼓齐鸣，成千上万人喊号子，挖土方，建水库——亚洲最大人工湖。10年前那个少年，此时已是青年，一度还是憧憬远方、高歌建设、抨击时弊的诗坛才俊。但现在这个密云水库的建设，已经不需要他高歌。

又过了10年20年30、40、50年，那个少年，那个青年，不其然而然，出现在这个又有溪又有翁的地方，他的名字邵燕祥，已经不仅是名字，而是成了一段斑驳厚重历史，一部深刻反思大书。

看他神情则是沉静，不像曾在激流中拼争。邵燕祥好脾气，细语轻声，谦和有礼，赠书写"惠存"，回信写"敬复"，比他小很多的朋友也称之为"兄"，字体俊逸清雅，堪称书法杰作。各地各阶层有很多他的朋友，小区里，拃着杨树叶柄"咬狗"的小孩，条凳上晒太阳的老人，路口卖菜小贩，锅炉房维修工，都会让他的目光柔和起来。

某日，聊起一件轰轰烈烈往事，他突然问我年龄，略一推算说，那时你已记事，上小学了，应把所见所闻，一五一十写成文章。说话间眼前一片绿，两人走到一个新地方，跟散步的空地挨着，却不是草坪，也不是菜畦和麦田，是一个塑胶造的篮球场。

我讲另一件轰轰烈烈往事，讲一会他说，当时你15岁，中学生了，这一段尤其值得写，赶紧写，细节越多越好。这时，他的语气郑重起来：我们这几代人，都有责任，把真实历史讲给后人。我正松松垮垮走路，听了立刻止步，肃然看他，他认真地看我。

也许没到打球时间，也许那几天没什么人打球，场上空空荡荡，任由我们走来走去。篮板高高在上，篮网随风飘扬，邵燕祥视若无物，未置一词，所谈诸事跟篮球丝毫不搭。现在回想，这"不搭"二字，跟他一生倒有几分牵扯。天地朦胧，常让邵老遇不搭之事，你不想搭，偏让你搭，搭不上硬搭。我本将心向明月，月光如焰炙我心。

严重的、长期的不搭，已然承受了许多，球场这小小的不搭，一不强迫，二不害人，不搭就不搭，相处两无妨。对我来说，球场是先生勉励我写作的地方，我还要感谢。

球场的颜色不完全是绿，还有红与白，红的是限制区，白的是线，端线、边线、三分线，线线夺目，画地为牢，却不是我们的牢，我们信马由缰，说踩线就踩线，说过界就过界。而那个限制区，徒然浪费在那里，空有一套规定，无法束缚我们，何其畅快也哉。

有段时间，小区邵宅的电话总无人接，再见面时，才知他做了一次大手术，心脏搭桥。我故作轻松，安慰说，心脏如灯泡，血管如电线，您的"灯泡"没事，"电线"有事，接通了，"灯泡"照常亮。他哈哈笑，似乎很喜欢"灯泡"这个说法。

术后的他，步伐慢了，语速缓了，但不蹒跚，不卡壳，不知不觉，二人又转到了球场。低头走走，抬头望望，远处有苍山巍峨，近处有老树婆娑，槐树和柳树是本地的，法国梧桐是外来的，不知邵老欣赏不欣赏。他年轻时读过不少苏俄文学，那里边经常写到白桦树，十二月党人在贝加尔湖见到的白桦树，跟风雪裹在一起，茫茫不辨真容。我们这边，刚落过雨，空气中有草木和泥土淋湿的气息。鸟雀啁啾，蓝天上的大雁却无声，可能飞得太高，难以听到雁鸣。想起他的一句诗，跟眼前这个正好反着："鸦雀无声雁有声。"

他瘦了，变得清癯，若为他画像，面颊应加暗影，边缘要硬。他的胳膊，腿脚，还有"电线"，都不很强健，但他仍有力量，他写出的杂文和长篇回忆录犀利雄浑，震撼人心。他说我不在小区时，他一个人也去过球场。他有一些作品的构思，可能就在那里产生。球场何其有幸，球场一定记住了这个不打球的老头。

后来，他的视力和听力也出了状况。那一段我不在北京，在给我的一封信中，他诙谐地说："我耳聋日甚，隔壁装修的电钻已不足相扰，够水平了吧？"另一封信里他写道："眼睛术后红肿中"，一个从日语挪来的"中"字，被他信手组成妙句。他爱护晚辈，提携后进，眼疾未愈即上电脑写信，帮我的一套新书做推荐，希望我"身笔两健！包括眼睛耳朵——永远耳聪目明"。

他感时忧世，又讽刺幽默，一句玩笑，一个比喻，就能使人粲然，深思，朋友们都喜欢他。有时我没大没小，也跟他开玩笑，深了浅了他都不介意，他的笑非常宽和，鼓舞人。我最后一次见他欢笑，是在北京城南的一次聚会。座中提到谁谁病好出院了，我脱口说，出来比进去好。邵老见大家笑，便将耳朵贴近夫人谢老师，听完转述，他露出溪翁庄那样的笑。我们已经很久没有去过那里。他八十多岁，目光并未被沧桑占满，从中仍能看到天真，甚至看到顽皮。这个可爱老头，身上有很多美，人格的美，文学的美，思想的美。美也是力量，一种更持久、更从容的力量。

按他嘱咐，我将自己的经历写成书，出版后，第一时间寄给他。我想和他在小区再散一次步，听他讲讲这本书。永远没有机会了，他到另一个地方散步去了。

小区篮球场，来过一茬又一茬打球人，白线都踩断了溜儿，限制区都踩破了皮，露出原来的地面。

（原载《南方周末》2020年8月28日）

行走在天地之间

◎杜卫东

初识徐刚，是20世纪70年代末。我在中国青年出版社当编辑，徐刚已经是炙手可热的著名诗人了。热到什么程度？有一次我去他家，身穿灰色圆领衫的徐刚正伏案写作。那时，他已经开始谢顶，但头发依然漆黑如墨，没有一根白发。见我进来，将笔潇洒地一掷，直起腰一声长吁：完活儿！有一种"登泰山而小天下"的豪迈。走时，他托我把这首诗送到与单位只一步之遥的《中国青年报》。没想到不几日，便以小半版的篇幅隆重刊出。这很让我目瞪口呆。在纸媒的黄金时代，作品能登上大报往往会改变一个人命运。我的同事马未都，就是因为中青报刊出了他一个整版的短篇小说《今夜月儿圆》，才由一名青工变身为中国青年出版社的文学编辑。像我等文学青年，能在大报上发出一则"豆腐块"，便神圣的如同一次文学的加冕，而徐刚刊出一首长诗，怎么轻松的像是闲庭信步？

徐刚的如日中天，还有两件事可为佐证。

其一，大名鼎鼎的王朝柱早已著作等身，一般人很难入其法眼。当然，他有狂傲的资本。近十几年来，央视的黄金频道几乎一年播出一部由他创作的电视连续剧，获奖无数，声名远播。蒋子龙先生称他是文坛一柱，说没有他，中国当代文学的天空就会塌下一角。当时私下和我聊起徐刚，柱子哥却自嘲说，看看徐刚的文字，咱们都可以搁笔了。这固然有英雄敬英雄的坦荡与赤诚，但也确实从一个侧面证明了徐刚非同凡响。

其二，某年，徐刚应邀与一众演艺界人士造访白沟。下车后几个脸熟的演员被人群团团围住，而徐刚等几位著名作家、诗人竟被晾在一旁。有人见状为此唏嘘，徐刚点一支香烟，挥两袖清风，厚唇轻启，淡然一笑，曰：白沟本来就是卖便宜货的地方。其自信、其旷达、其处事泰然、其洒脱不羁，跃然矣！

弹指一挥间，三十多年的光阴悄悄从时间的沙漏中流逝。

昔日风生水起的诗人徐刚，渐渐淡出热闹的诗坛；再度走来的徐刚变身成了生态文学作家，甚至被誉为绿色文学的奠基者，近年更是以一部《大森林》斩获鲁迅文学奖。不过，笔者很排斥这样的角色定位，在我心中，徐刚纵然有七十二般变化，真身依然是那个手持金箍棒、腾挪天地间的美猴王。比如爱因斯坦，有着极浓厚的学者与诗人气质，他对社会、人生的许多认知深刻于一般的思想者，但他本质上依然是一位伟大的物理学家。徐刚亦然，无论他写了多少其他样式的文学作品，他都是一位诗人。因为，他审视世界的目光和游走大地的脚步，从来没有越出过一个诗人的文化疆界与悲悯情怀。

何为诗人？徐刚这样解读：诗人是贪婪地吮吸着自己民族传统文化的人；诗人是"上不臣天子，下不事诸侯"的人；诗人是可以放纵想象而又亲近大地的人；诗人是"可以兴可以怨"的率真的人；诗人是以接近自然天籁的语言写作的人。依我看，诗人就是对人民、对大地怀有一颗赤子之心的人。那颗心真诚、滚烫、鲜活，无时无刻不在胸腔里呼号、奋争，一张嘴，也许就会从喉咙里跳出，扑进生他养他的大地母亲怀抱。我猜想，徐刚一定赞同我的观点，他不是就把自己想象为植物、沙丘的同类吗：把我赤裸的头顶埋进荒野，像一处块垒，多一片苍翠。读了这样令人泪奔的诗句，我们就不难理解，为什么在诗歌创作风生水起的时候，徐刚一头扑进茫茫林海、滚滚江河——他要用一个诗人的赤诚，去审视我们的来路，寻找我们的归途。

几年前的一幅画面一直铭刻在脑海中，挥之不去。那是一个残冬的傍晚，我坐在出租车里，看到了正穿过马路的徐刚。残阳如血、北风呼啸，天边的群山像是丹青妙手随便涂抹的几笔淡墨；近处的街市如同时间老人没有下完的半局残棋。徐刚的白发被风吹起，像一蓬杂乱的野草，有一种悲壮感。不知为什么，车开过去后，我想起的竟是荷尔德林的诗句：诗人是酒神的神圣祭司，在漫漫长夜里，他走遍大地。我突然领悟，徐刚不正是这两句诗的形象注释吗？

时下的社会，物欲横流、纸醉金迷，享乐主义和消费主义像两只狰狞的怪兽，吞噬着大自然赐福人类的山川与河流。据统计，发达国家的一个普通人，预期寿命八十岁，在目前的生活水平下一生要消耗掉两亿吨水、两千升汽油、一万吨钢材和一千棵树的木材。人口爆炸，地球已经不堪重负、伤痕累累，它就像一条离水的巨鲸，在时间的堤岸上苟延残喘，奄奄一息。愚昧的人类根本不顾及地球的感受，根本听不到它痛苦的呻吟，为了满足感官刺激和口腹之欲，依然我行我素，巧取豪夺。而这时的徐刚像一位充满忧患意识的歌者，着一袭青衣，飘满头白发，行走在寒风凛冽的苍天大地之间：《伐木者醒来》《江河并非万古流》《沉沦的国土》《地球传》《大山水》……筋疲力尽的徐刚，以近乎每年一本书的速度向世人呐喊：我们正走在一条离物质财富越来越近，离江河大地越来越远的不归路上。可是，被五颜六色的霓虹灯装点一新的城堡，望见了诗人孤独的身影吗？沉溺其中的人们，听到了他悲戚的呼号吗？

在友谊的小船说翻就翻的当下，三年不离不散已属罕见。相识徐刚四十年，不知道他身上吸引我的东西是什么？才华、气质、真诚和稍纵即逝的冷幽默？仔细一想，是，也不是。才华横溢者不乏宵小之徒，气质绝佳者也有犬儒之辈。那天与徐刚在昆仑饭店品茗，谈起历史与现实、自然与人生，他凝眸远视的目光突然打动了我；准确地说，是目光中流淌的忧郁，它像荷叶上滚动的露珠，清潭中氤氲的水气，顿时让徐刚变得灵动和明澈。

面对白发飘逸的徐刚，我时常会联想起爱因斯坦那幅头发蓬乱的画像。生活在不同时空的两个人确有几分形似：都有一头蓬乱的白发，都有一双探求的目光，面对自然都保持着一种敬仰与谦卑的姿态。爱因斯坦说，我们能有的最美好的经验是神秘的经验，它是坚守在真正艺术和真正科学发源地上的基本感情。谁要是体验不到它，谁要是不再有好奇心和惊讶的感觉，他就无异于行尸走肉，他的眼睛是模糊不清的。而在徐刚的眼中，世界的一切，大到一山一水，小到一枝一叶，都是造物主的神迹。飞禽走兽自不必说了，即便是一枝一叶也都是有情感、有生命的血肉同胞。对自然、对万物、对一切生命的神秘感和敬畏感，是他作品中无时不在的脉动。即便面对一只芦叶船，徐刚都会想，如果不再有承接露水的早晨，它干渴吗？如果不再有白头翁鸟的相伴，它孤独吗？他敏感，如轻轻一触碰就会闭合的含羞草，那敏感是诗人感知世界的触角；他真诚，像攀岩而上的牵牛花，那真诚是诗人拥抱世界的胸怀。他更像一位农人，把麦种播到地里后，便牵挂起饱满的麦穗。他希望因为他的牵挂，葡萄架上牵出了葡萄藤，柿子树上挂满了红柿子。这种对自然的谦卑、敬畏与他在俗世的特立独行、狂傲不羁，形成一枚硬币的两面，从而使他的文字如同被血泪浸泡过一样，情感饱满、生机盎然。

他目光中时而流露的那一抹忧郁，应该是初心不被世俗理解的孤独。

这样的孤独令我心悸，也让我感动。我想起徐刚的两句诗：柔软的水是不可以雕琢的，既不想伟大，也不想玲珑；我还想起了他的另外两句诗：昨天不会永恒，明天也很短暂，只有今天的怯懦会带来终生的遗憾。

徐刚兄，我懂得你的孤独。如果诗歌是文学的皇冠，那么真正的诗人，应该是上帝派到人间拯救人类的使者。荷尔德林曾经被世界遗忘了一个世纪，甚至席勒对他的评价也非常吝啬。直到他死后，随着遗作的不断发现，才成为德国古典浪漫派诗人的先驱，他的诗才被誉为"人类理想的颂歌"。相对于荷尔德林，你还算幸运，毕竟你的作品不会成为遗作，尽管它的价值也许要在很久以后，才能够被人们真正认识。

徐刚孤独，是因为他深知人类最大的教训，就是永远不能从教训中去汲取教训。鲁迅先生预言：林木伐尽，水泽涸枯，将来的一滴水将和血液同价。这是先生在1930年向人类发出的警告，时间过去了将近一个世纪，我们生存的自然环境比那时又恶劣了不知多少倍！成吉思汗西征途中路过鄂尔多斯，曾勒马远眺，天苍苍、野茫茫，风吹草低见牛羊。他被眼前的美景迷住了，手中的马鞭竟然毫无知觉地掉在草地上。一代天骄沉醉良久，动情地嘱咐子孙：我死之后可葬于此。可是，当年的落鞭之处如今已一片荒漠。鸟飞了，野兽走了，昔日的美景与草原一起飘逝而去。这是徐刚的《大山水》在历史皱褶中找到的细节，我担心，如果将来造物主一抖历史的大氅，这样的细节该不会形成一场沙尘暴吧？

徐刚的散文和他的诗与纪实文学一样，充满着对人生和大自然的敬畏。

我不想从文章作法上对徐刚的文字加以评论，相对于他作品的厚重，什么样的评论都会失之于轻飘。其实，从他的散文集《八卷·九章》的书名便可见端倪。八卷，江河八卷也；九章，森林九章矣。徐刚的笔墨依然挥洒在山川河流之上，长天大地之间，或歌，或泣，或咏，或叹，皆心之所想，情之所至，袒露的依然是一位诗人的赤子情怀。时下，以笔为文的多了，以血为文才显得稀罕。徐刚的散文是杜鹃啼血，是羊羔跪乳；他因为山河的破碎而恸哭，因为大地的恩赐而长跪。有了这血与跪，他的诗文便有了魂魄，有了风骨，有了一位真情诗人的愤懑与悲悯，有了凡人所不及的格局与气象。

认识徐刚以来，一直以兄视之，他在虎坊桥的那间小屋我也数次光顾。第一个女朋友还是徐刚牵线，在他家那座青砖小楼前见的面。徐刚很看重友情，我乔迁新居，他与韩作荣、柳萌同来暖房，把酒临风的情景恍如昨日。如今作荣、柳萌先后西去，白云苍狗，令人怆然。作荣走后，徐刚对其妻儿关切有加，至今说起挚友的猝然离世仍双眼含泪；柳萌仙逝，他因为得到信息不及时未能参加追悼会，一直嗔怪我没有特别通知到他。柳萌周年祭，我约了几位朋友追忆先生，徐刚谈起柳萌生前对他的帮助，声音几近哽咽。

去年，徐刚的纪实文学《大森林》获"鲁迅文学奖"，闻知兴奋异常。

笔者曾担任过几届该奖项的终评委，一直为徐刚没有问鼎而感到遗憾。坦率地说，无论是作品的精神向度还是文学品质，致力于报告文学写作几十年的徐刚不能折桂，都难以令人信服。我知道，徐刚对获奖一向漠然，他早已看破红尘，超然于风云诡谲的名利场之外，但我仍抑制不住心中的喜悦，打电话向他表示祝贺。因为，这必定会使诗人徐刚和以他为标志的生态文学走进社会的视野，从而引发人们对地球母亲的凝视与感恩。

哪怕是向遍体鳞伤的大地回眸一眼，也十倍重要于奖项的获得！

（原载《中华英才》2020年第16期）

有滋有味陈建功

◎李 舫

《涮庐闲话》是陈建功的散文代表作。他曾在另一篇文章里笑称，这是遵了文学界"老饕"汪曾祺之"将命"而写，而且还命了题，非得叫他写"涮羊肉"不可。

《涮庐闲话》发表后，许多人说汪曾祺真不愧是"慧眼识珠"之人，找个陈建功把北京的"涮羊肉"写得神采飞扬。故此陈建功也得意扬扬地自诩为"涮庐主人"，"抱怨"登门要求"涮庐"开荤的朋友络绎不绝。他"悲催"地说："长此以往，唯有'割股疗亲'这一条道儿啦……"

我曾主编一套"丝绸之路名家精选文库"，其中有陈建功的散文集《默默且当歌》。借此机会，我把《涮庐闲话》以及他津津乐道的"北京滋味"品咂了一通，因此见面就想起"涮庐"故事："府上那把二尺长的王麻子老刀还在不？"他会心大笑："我家切羊肉片的'兵器'？早就'刀枪入库'了，连上独涮、家涮、雅集涮三种型号的紫铜火锅，也只能收起来当'传家宝'啦！……您看现在，无冬历夏，'凡有井水处皆曰涮锅'，哪儿还有必要开什么'涮庐'？馋了，就直奔东来顺啦！……"

与时俱进。错过了上世纪末陈宅的"涮庐"雅集，只能到东来顺之类去品尝陈建功所说的"北京滋味"了。

陈建功爱交朋友，爱吃涮肉，更爱邀请朋友吃涮肉。和陈建功一起涮肉，那品尝到的不仅只是"舌尖上的北京"，也不仅只学到"涮锅子"的技艺，似乎还能给你更深一层的感悟。比如，仅有的一次应邀与"涮"时，我才知道，原来精品的涮羊肉，必得选"口外"羯羊后腿肉，还得分选其中磨裆、黄瓜条、大三岔等等部位，剔筋去膜除掉淋巴结，紧压净血，由有经验的师傅切出肉片摆盘，才能有眼前这羊肉片赏心悦目的观感和一涮成丝入口则化的口感。

陈建功谈起这些，娓娓道来，妙趣横生。他绘声绘色地描述北平时代秋冬之交，德胜门的曙色中回荡着来自口外的羊群"咩咩"进城"赴死"的"动静儿"。还描述老东来顺的门外，切肉的师傅们如何一字排开，一人一案，刀起刀落，"炫"他们切片的技艺。最令我难忘的故事是，涮着涮着，他忽然提醒我，一直置之手边小碟子里的糖蒜，原来是为解腻所用。经他提醒一试，果不其然。不过，看他随后也吃了一瓣，却摇起头来，说固然还可以解腻，却已不是本店腌制。忙请教原委，他说，老东来顺的糖蒜，都是自家腌制的呀。唯以夏至前三天的蒜头为料，把一年所耗的糖蒜腌上，早一日尚嫩，晚一日则老矣。这才叫经典传承的经典滋味儿。随即他不无遗憾地悄声宣布，我们这次用餐的东来顺，不过是一家加盟店。

我不能不发自内心地赞叹："吃得太精细啦！"

他笑道，"革命"总不应让咱越活越糙的嘛。我这才顿悟，建功此公绝不仅仅如他所自道，是一个"大碗筛酒大块吃肉"之辈。

不过，"顿悟"不久，却又领教他"大碗大块"的风采了。酒过三巡，菜过五味，陈建功开始松开领带，脱掉西装，然后，毛衣也不要了。一件衬衣与窗外瑟瑟的枯枝相映成趣。有朋友打趣：如果是夏天，您该咋办？陈建功答道，《涮庐闲话》里写过的，一人身后置一电扇，一边吹着风，一边涮呀！如果都是熟人，还得短裤T恤呢！又有人逗趣：会不会像路边摊的喝酒人，光着膀子？陈建功大笑："说不定！现在穿上了'官衣儿'，规矩多了！"你永远想象不出，斯文儒雅、和煦如春如陈建功者，笑得何等爽朗。

这才是真正的陈建功，脱离了诗书礼仪重重包裹，坦诚若赤子、率真如孩童的陈建功。没有了任何世俗的羁绊，他谈天说地、谈古说今，妙语连珠，悬河倾泻。难怪著名的李贽研究学者张建业教授评论陈建功的散文，题目即借杜甫诗句说"爱君直取性情真"。文如其人，或许就是他赢得广大读者喜爱的缘由？

陈建功出生于广西北海，发蒙即移居京城，耳顺之年频频往返于故乡与京城之间，今年逾古稀却仍童心灿然。从他散文里不难看出，他自少年起便敏感而自尊，因时代潮流的跌宕而有多于常人的悲欣。

陈建功的故事，简单又不简单。高中毕业，陈建功在京西煤矿当了十年采掘工人。舞象之年突然被抛入生命的荒野，落差可想而知。那时的陈建功体重不及百斤，身单力薄，手无缚鸡之力。他扛着一个裹在蓝塑料布里的巨大的行李卷儿，沿着360级高高的台阶，一步一步爬上山去。此后十年，他在这里抡锤打眼儿，开山凿洞，风尘仆仆，和窑哥们儿相濡以沫，相嘘以暖。无数个昏暗的夜晚，陈建功一个人借着矿区宿舍一盏自制的床头灯，偷偷读《红楼梦》《战争与和平》，又偷偷开始尝试写一点什么。那是"黄钟毁弃，瓦釜雷鸣"的时代，而陈建功，不仅从事着最艰苦的职业，而且政治上也屡经坎坷。

"好好活着。充实、自信、宠辱不惊"。很多年后，在一篇怀念母亲的文章中，陈建功写道："连我自己都颇觉奇妙，十年光阴何以如白驹过隙，忽然而已。尽管迷茫，却不空虚；尽管苦闷，却不消沉。"

十年后，28岁的陈建功，踏着吹拂中国大地的春风又走出大山的时候，他的怀里揣着的，是北京大学的录取通知书，还有——蛰伏了十年的文学梦。"历史的转折是一所伟大的学校。它使我认识了自己，认识了人生，也思考什么是文学。"陈建功说。

1982年，陈建功大学毕业。离开北京大学前，他给大学党委写了一封思想汇报。这个汇报刊登在北京大学校报上，一时广为传颂，《人民日报》《中国青年报》《工人日报》等媒体全文转载。他在汇报中写到，北大四年所得的最大收获，是通过质疑以认识真理的精神。要鼓励青年这种质疑精神，让我们从质疑中坚定真理信念，从质疑中走出自身的局限。任何人都不得质疑的"迷信"、不容质疑的"灌输"，只能豢养家奴和"两面人"。这种质疑态度，始终伴随着陈建功的创作和生活。他的敏锐和宽厚，来自早年命运多舛的磨炼，来自百年传承的北大精神的熏陶，也来自"平民北京"的文化启迪。他认为，质疑是一种健康人格的基础。转益多师、兼容并包，是一种健全人格的体现。

"那刻画人物的艺术雕刀，常能有力地突入性格的深处，开掘出性格的、社会的、人生的底蕴。他的叙事手腕，融合了古典小说特别是宋元话本的优秀传统和'五四'以来新格式的短篇小说的意识经验，显示了高强的艺术控驭力。他的文学语言，在老舍京味语言的基础上，博采新时代、新时期北京民众的口语，熔铸成既有旧京韵味又有城市新风的现代京白，很富有艺术表现力。"中国社会科学院出版的《中华文学通史·当代卷》论及陈建功，如此评价。这概括了那一时代的读者对陈建功的褒奖，而在陈建功眼里，文学应该就是作家留给读者的心灵痕迹。

应是缘于他底层生活的经历，也缘于新时期以来文化的"寻根"与"反思"，陈建功对生活的艺术表现尤为注意对俚俗文化思考方式和表述方式的撷取。陈建功的文字，幽默风趣，自嘲而不自弃，反倒显现为一种生命的尊严和神采。他描述人、事、物，寥寥数笔，略有夸饰却传神悦人。他的文字，平实中寓深沉，嬉笑中含酸楚。他娓娓道来，如风展雾。他似乎早已洞悉人生的真谛，亦早就与世界达成了和解。时光荏苒，他甚至不愿意把这些所谓的真谛与和解予以哲理化，更愿意把这些讲成逸闻趣事，聊博一笑或亦可深长思之。陈建功同他的文学一道，曾经置身历史进程的迷狂，搏击历史洪流的旋涡，却似乎永远表现为隔岸观火、嬉笑歌哭。他的文学就是他"这一个"的人生。他深深地懂得，一个作家，何须关注怎样的须臾怎样的永恒，何须抉择讴歌和忧愤的队列。

"弹冠解甲何足庆，率性蓬蒿任尔风"——这或应是陈建功的"夫子自道"？问过他，他说岂敢岂敢，追求的境界而已。

（原载《中华读书报》2020 年 8 月 19 日）

投影关系

◎任林举

　　一道暗影从阳台上倏然划过，然后消失。我举头望向天空，天空已复归明净，此前，定然有鸟儿飞过。

　　无影无形的风，以天为路，以地为路，以一切可以通过的孔隙为路，一旦开始了浩浩荡荡的行走，便让途经的一切事物都感觉到它无处不在的脚步。当树木的枝条和叶子在高处发出窸窸窣窣的声响，我看到了地面上破碎、凌乱的影子，忽而左，忽而右，反复描述着一棵树难以言表的姿态和心绪。

　　正午的阳光从天空直射下来，宛若一排光芒的钉子，将对面的墙角下那把生了锈的铁锹牢牢地钉在地上。锹呆立着，凝然不动，锹刃和地面之间一条暗昧的黑影，仿佛是锹落与大地联结的根系。就在太阳隐藏到云朵之后的一分钟里，那暗影却如快速渗入泥土中的水，遁隐无踪……只有我和那把锹相对而立，保持着不变的距离和某种难以确定的关系。

　　一个画夹、一支铅笔，已经在我的面前放置了很久。我曾试图将眼前能够捕捉到的一切事物真实、准确地描绘下来，可最后却发现，瞬息万变的物象根本无法捕捉。自以为真实、准确的每一笔，一旦落到纸上，都沦为记忆和想象。最不可思议的就是那些亦真亦幻的投影，飞逝的投影、摇晃的投影、隐遁的投影……我知道"线"是"面"的投影，终其全部的想象，"线"也无法猜测"面"有多大，到底是个什么样子；"面"又是"体"的投影，终其全部的想象，"面"也不知道"体"究竟有多大，到底是什么样子；可我，又是什么事物的投影呢？

　　我突然意识到自己已经进入某个迷宫，深陷于逻辑的泥淖之中。近于无路可走之际，便索性放下，不再想这些没有边际的问题。我尽最大努力将心念凝注于眼前的"静物"，着眼于自己并不熟悉的绘画——就画面前那把斜倚矮墙的铁锹吧，画下它和大地垂直的姿态以及它在阳光下的影子！

　　对于我这样的初学者来说，这个既有光也有影，既有圆柱也有平面，既有凸起也有凹陷，既有正面也有斜面的物体，已然如某种生命般复杂。当我拿起笔简单地勾画出作为背景的矮墙轮廓之后，画笔不得不停在那里，久久徘徊不前。思绪如强风之中的鸟，被一种无形的力量牵制着，徒劳地拍打着散乱的翅羽，找不到落脚之地。目光凝视着那把一动不动但似乎又动个不停的铁锹，却不知道应该从它在长期的风吹日晒中变得灰白的木柄画起，还是应该从它生满了红褐色铁锈的锹头开始。

一件司空见惯的事物一经久久凝视，即变得怪异起来，并且随着时间的推移，感觉越来越怪异。有那么一些时刻，我竟然神思恍惚，不知道那铁锹是个什么东西，制造者为什么要造出这么一个物件，它为什么会在这里。我甚至也不知道自己是什么，在干什么，自己的存在和做这些事情的意义在哪里。本来熟悉的物件和生活，突然变得十分陌生。我不得不再一次提醒自己，要好好梳理一下紊乱的思绪，让已经涣散的理智和逻辑思维回归我的头脑并重新凝聚。

一把老锹，传说可以作为某一个巫师的坐骑，载着人类飞上天空或重返岁月深处，与那些已经逝去的灵怪们会面，并探知过去和未来的很多秘密。但我还是认定眼前这把锹并不具有那样奇异的功能。它只不过和我一样，普通而愚钝，只能看见自己的投影，而看不到把自己投射成一把锹的另一个存在。它甚至很难说清自己为什么被制造出来，为什么又会从一个地方到另一个地方，从一种状态到另一种状态，就像人类无法预测、掌控和说清楚自己的前缘和命运一样。

让我稍感慰藉的是，虽然我和锹同属三维空间里的物类，都有可能是某一隐在支配者的"工具"，但我并不是一把锹，我比它还多了一层制造者或使用者的身份，至少我是它缔造者的同类。也就是说，我有可能比锹"高"了一个层级。事实上，正是我逝去的父亲，亲自打造了这把锹。当我说我是铁锹的制造者，多少有些偏离事实和"吹牛"之嫌。但我确实是它的使用者，并且亲眼见证了它诞生和存在的全过程。无论如何，我都应该知道或预知锹的一切，包括它的过去、现在和未来。

这铁锹的标准称谓应该是"板锹"，也有称为"广锹"的。板锹的名字好理解，是因为这锹身的形状就是一个平板。"广锹"却有一点儿令人费解，大概是有"广口锹"或广泛应用的喻指吧？关于命名，就是这样一种事情，制造者说它叫什么，它就叫什么；一开始怎样称呼，以后就怎样称呼，完全可以不计较如何发音和字面的意思，因为那个称谓本身就是原初，具有一种不可质疑不可更改的规定性。

总之，这只是手工农业时代一件庸常的农具，几十年前还广泛应用于农业生产和农村日常生活之中。只经过短短的岁月变迁，它就被一些现代化程度较高的农机取而代之，变成了一种没有太大用场的老"古董"或老怪物。偶尔，还会有一些保守、怀旧的人，像舍不得丢弃自己往昔岁月一样，把它们放置在房子外边的某个角落，一任那些多余的光阴日复一日在锹面上凝结，成为一层接一层殷红色的锈斑。

想当初，父亲为了打造这把锹不知道费了多少心思和周折。

原来，它不过是从天而降的一块铁——很可能是一块没有被炸药彻底炸碎的炮弹皮，或来自更加隐秘的宇宙深处的一个什么外星装置的残片。如果所有事物的边界都可以按前生、来世划分，那便是那把锹的前世。父亲从村外的农田里把它挖出来时，意外地发现，它还是一块可用之材。虽然它浑身沾满了泥土，除去浮尘之后，却露出了平滑、完整的曲面，不过微有锈迹。父亲以手中的镐头敲击，铁竟能发出清脆悦耳的声音。如此长久的埋没都没有让它彻底朽烂，足以证明它的质地优良，按理，我们应该对它尊称为钢。

"是的，这确实是一块好钢！"父亲一边端详，一边在考虑下一步计划。他要给这块铁安排一个归宿，虽然他一时也不知道应该如何安排。

他可以在欣赏和赞叹一番之后，将它当作垃圾随手扔掉；可以通过简单的改造之后，做成一个喂猪的食槽；可以打一个孔，作为课钟用铁丝挂在某一个山村小学的树上；也可以打成一把削铁如泥的钢刀，用于拼杀、械斗或屠宰；也可以打造成一把锋利的铧犁，专门用于耕地犁田为人类造福……种种的选择和种种的物象在父亲的头脑中无规则滚动，如一只飞速旋转的骰子。最后的结果如何，要待"骰子"静止下来的瞬间才能揭晓。也许是缘于父亲深思熟虑的意愿，也许缘于纯属偶然的一念，最后，映现于父亲头脑中的影像竟然是一把锹，这个结果出乎所有人的意料。

父亲决定按照自己的心意，利用一周的时间将一块铁赋形于锹。他拎着那块来历不明的铁，去找住在村东头的张铁匠，开始描述他自己的想法。由于他的想法极其复杂，几乎无法完整表述，我只能在这里用我自己的理解和语言进行大略复述——"你要按照我心里的样子打造这把锹，在形状上要让我感到内心喜悦，既不能是人们都熟悉的模样，也不能是人们不认识的模样；大小和重量要十分应手，要和我的意念、力气、习惯十分吻合，既不能大，也不能小，既不能重，也不能轻，只要握在手中就像我自己身体的一部分，感觉不到它是一个外物……"

听惯了简捷、单纯打铁声的张铁匠，从来也没听过这么复杂的话语，简直不知道父亲到底在说什么，根本无法确定父亲所描述的物件儿究竟是一件工具还是一个可心、通灵的神物。当他终于听完父亲的表述，勉强把半张着的嘴合拢时，连一秒钟的间隙都没隔，喉咙里就发出了一串打铁般响亮的声音："那你自己打吧！"

起初，我们那个家很是贫穷，基本可以用"家徒四壁"来描述。父亲除了有一个执着的念头，几乎什么都没有，要钱没钱，要物没物，心比天高，命比纸薄。出于无奈，张铁匠只好把自己的铁匠铺借给父亲临时一用。对一个生来与土地和庄稼为伍的农民来说，打造一把锹不啻开天辟地，这是一件十分艰难的事情，并非随心所欲。我猜父亲开始挥舞大锤敲打那块烧红的铁时，内心的迷茫一定和我提着铅笔面对眼前静物时一样；而每完成一道工序的愉悦，也一定如我完成素描的一个步骤时一样。于是，他凭借着自己内心的想象和意念，一步步向前推进。他说，要有一个平面，手起锤落，那块被烧得通红的铁就开始一点点伸展、变薄，于是，就有了一个合乎他心意的平面；他说要有一个柄鞘，乒乒乓乓几声敲打，就有了一个柄鞘；他说要有两个遮拦，平面两侧就竖起了遮拦……接连数日，铁匠铺里乒乒乓乓的声音不绝于耳。

这是第六日的深夜。一把表面暗蓝，形状奇特的"板锹"终于诞生了。父亲拎着锹走在回家的路上，他明显地感到了自己身体的轻飘和手上那个物件儿的沉重，仿佛多日来自己的血气、精神和力量都通过不断的捶打和如雨的汗水转移到了铁锹之中。当墙上那架破旧的时钟，以黯哑的声音敲打出惊心动魄的一点时，父亲再也支撑不起疲惫的身体，一头倒在土炕上，沉沉睡去。

我决定先从铁锹的木柄画起。我之所以做出这样的选择，首先缘于某种思维惯性，因为木柄本身就具有一定的象征意义，它的本质就是"抓手"。只要谁把它抓在手里，这把锹便可以完全落在那人的掌控之中，包括锹的指向、去向和用途。落实到绘画上，只要木柄的方向和位置确定之后，整个画面的大致构图或格局就确定下来。另外，更主要的原因也是因为木柄的形状和它的历史一样简单，不但易于表现，而且不会过多地分散我的注意力，令我的心在历史和往事中久久盘桓。

两条平行的直线落到纸上之后，我的心稍微踏实了一些。现在，我要以我的目光为光，"照耀"那个木柄，要让它正对着我的中间部分反射出明亮的高光，而边缘部分则隐在浓重的暗影之中。一切进展顺利，可是到了表现木柄质地时，我又不得不停下画笔。眼前这个苍白、单薄的木柄显然与这把老锹的厚重不相匹配，给人的感觉就是一个威武的壮士穿了一件又瘦又小的旧衣裳，寒酸、滑稽，令人痛心。从审美的角度看，这种不匹配和不和谐的结果就很不美好；从存在的角度看，所有受造之物的形象、品质都体现了制造者的心智和心性，物的完美就是制造者的尊严。如此，在我看来，这样的木柄就多少有些暴殄天物的意味。尽管这把锹已经苍老不堪，但岁月并不能完全磨灭它往昔的伟岸，荡漾于我内心的怜悯或悲悯，让我实在不忍心看到这么一把猥琐的木柄与它相配。

现在，我所纠结的是，应不应该在我的绘画中对令人失望的现实进行一番修饰或修正。我当然可以本着"写实"的原则毫厘不差地将眼所见的墙、锹、木柄和暗影等描绘下来，但那就是真实吗？至少，那并不是我所知道的真实。更何况，当那些我看到的不完美存在于我的画作之中，我会一直感到如鲠在喉，以至于我会怀疑这幅画存在的意义——我把这样一个令人不快的东西从现实复制到纸上究竟为了什么？

挣扎到最后，我还是决定在我的图画里给这把锹配上一个质地优良、纹理细密的木柄。我可以不对眼前的实物进行虚构，但我有权利也有责任让我的创作对象在我的作品中尽量完美一些。其实，锹还是同一把锹，我所做的仅仅是在时间上加了一个位移。我只不过是没有画它一分钟之前或一个小时之前的样子，我画的是它30年前的样子。既然无论我们如何努力都只能画出一把锹的过去，那么30年之前的过去和一秒钟之前的过去又有什么本质不同呢？

木柄刚刚画出，铁锹的轮廓还没有勾勒完整，我的眼前就映现出30年前那把锹的真实模样。那时，锹握在父亲的手中或扛在他的肩上，宛若一件奇特的兵器随着骁勇善战的将军驰骋疆场。一个棕黄铮亮的黄榆柄和一个锹身乌黑、锹刃雪亮的锹头常常在众农具中独树一帜，焕发出耀眼的光彩。因为它的"刚度"好，锋利而耐磨，总是被派上重要的用场——铲平最不平的道路，切断最难切的树木根系，挖去最难挖的石头……父亲在世时，这把锹在父亲的"调教"下，历尽各种艰险，享尽器重和爱惜，日复一日地被反复擦拭和磨砺。如果万物有灵，我想那把锹在那样的年代和境遇里，一定如英雄般骄傲而自豪，日复一日地接受着同类的艳羡和敬畏。

父亲撒手人寰之后，锹无所依，沦为丧家之犬。英雄末路，生不逢时，不遇明主，一切便不似从前，所有昔日的特点都成为后来的缺点。因为它的样子怪异，重量超常，不合使用，只能被弃之如敝屣。从此，它就只好蜷缩在墙角承受着风吹雨淋，冷眼看这个世界，也被世界冷眼相看。偶尔，会有人觉得无疾无损的一把锹终日闲置属于资源浪费，太可惜，便顺手用一下那锹，铲一铲禽畜们随意排放于庭院或道路上的粪便或生活垃圾，却总因为又"笨"、又"重"难以操控，而再一次被弃之一旁。不知道锹会不会像人一样追问存在的意义或感慨于命运的无常，如果会的话，大约也会仰天长叹吧？长叹而已，因为无论锹还是人，针对自身的追问终归徒劳，永无结果，答案不在自己的心中，也不在风中，而是攥在缔造者和使用者的手中。

紧接着，机械化时代来临，一个年代取代了另一个年代；一茬人取代了另一茬人；现代化的农业机械，全面取代了旧时代的农具。我们一家的兄弟姐妹和旧有的生活以及生活中的一切，均在岁月的流程里被简化成没有类别界限的"旧物"，各奔东西，纷纷离散，有的进城务工，有的求学，有的远徙他乡，有的搁浅在时光之岸，如沉在泥土里的沙子。从此，我和那把锹音讯断绝，相忘于"江湖"，此别无聚日，存亡两不知。

30年之后，当弟弟重返故乡带回这把锈迹斑斑的铁锹，并把它放在我新家的院子里，我竟然心生惶恐，不敢面对。一时，自己也说不清不敢面对什么。是往昔的流金岁月，是后来的坎坷波折，是越来越近的某种结局，还是比这些都更加难以言表、也更加阴森可怖的隐喻？只有当我鼓起勇气与它对视的时候，才惊奇地发现，我与这把锹的重逢原来是某种不可回避的必然；突发奇想，静坐下来，以力不从心之笔对它进行倾情描画，似乎也是一个早已注定的场景。纵然绕过了千山万水，也绕过了悠悠岁月，终于还是绕不过一个无约之约。

我握笔在手，开始对纸描摹。每一笔下去，似乎都需要花去我浑身的力气；每一笔下去都如刻刀遇到了石头；每一笔下去，都像我这么多年艰难地走在跋涉的路上；可是，每一笔下去，我都感觉十分得意，似乎画出了不期而遇的某一个灵魂。然而，一笔笔粗重的笔迹堆积在纸上之后，看起来却越来越不像一张专业的素描，而像一些脚印和脚印的叠加，或影子和影子的交错、重合。

我要画的锹哪里去了？我花了整整一个下午的时间画锹，锹却不在画中，这不可能。我索性放下画笔，拿起那张纸，靠近眼前，在那些铅笔道中仔细辨认。画面上似乎有父亲的影子，但仔细端详，又不太像。俄而，就在我用力画锹的位置，我看到了自己的影像，难道我自己就是那把锹吗？或者说，那把锹就是我？

终于，我的视线重新由模糊变得清晰，焦距调定之后，我实实在在地看到了那把锹。不但看到了一把锹，而且还从这张画里看到了整个世界，看到了复杂的人生。原来，那些纷纭的影像以及纷纭的岁月都隐在这些图像的背后。那一刻，我竟然有了平生未曾有过的自鸣得意、自我膨胀，深深为自己的悟性而深感自豪，怎么刚刚入门，就能把一幅素描画得栩栩如生？

正当我得意忘形之时，手腕一转，一张生动、鲜活的图画以及它所记录的现实世界却顿然消失。那一瞬，横在我眼前的只有一条细细的线。

（原载《福建文学》2020年第5期）

随笔三题

◎ 高洪波

茶道与酒道

同样都是水，却有如此不同的效果。

茶水入口，先生喉韵。苦苦的，涩涩的，继而回甜，在唇间与舌尖荡起一缕清柔的芳香，这香气上升回旋，直透脑际，你顿时有一种步入竹林松荫间的清醒感。

茶叶带着山峦田野的问候，日精月华的嘱托，赠予你的正是这一份清醒、一份寂静。

于是，茶水之道，在于愈喝愈悠然恬然寂寂然，话音娓娓，话题纷纷，茶水润你的喉兼润你的心，"一壶挥尘，用畅清谈；半榻焚香，共期白醉"，明人张岱先生在《斗茶檄》中道出的境界，将茶道点了龙睛，尤其一个"白醉"，妙不可言。

很少见过乱哄哄闹嚷嚷的茶客。

酒就不同了。

先看嵌在"酒"前面的一系列动词：闹酒、拼酒、劝酒。大概"劝酒"最文雅，是喝酒的初级阶段；到了"拼酒"之际，显见得是酒酣耳热，豪兴大发，拿大杯来一拼一搏一斗，是为酒场如战场的你死我活般的较量，这当口儿你想企求安静的氛围，寻一个"寂"字，做白日梦去吧；到得"闹酒"，好戏出场了，不言不语变成胡言乱语，羞涩腼腆变得厚颜无耻，文静淑女变成狂言荡妇，低首敛眉的妩媚幻化作剑拔弩张的放肆——这就叫酒的魔力。

酒有魔力，在于酒精。

茶有魅力，在于茶碱。

酒精与茶碱，借助于水的调配，给予你两种截然不同的环境：清醒与沉醉的对立状态，一如李白与杜甫，以各不相同的艺术风格吸引你、诱惑你、征服你，似乎都不可或缺。

人生有醉也有醒。

如果无醉，你自然不懂得清醒的诸多益处；但若整日以酒代水，处处负醉，那是慢性酒精中毒，是酒鬼、酒徒、酒疯子，不足取，更不足道。

如果滴酒不沾唇，奉茶为上宾，永远保持一种冷静、一种清醒、一种不可企及的达观与孤傲，也不妙，冷面冷心如柳湘莲者，还知道为尤三姐而出家，何况吾辈凡夫俗子。

该醉则醉，当醒须醒。虽然更多的时间是品茶，或以茶为佳人，或将茶做酪奴，像潇洒的古人苏轼与王肃一样，不可一日无此君。但酒又何曾能被遗弃？臧克家老人有诗："狂来欲碎琉璃镜，还我青春火样红。"不是借助酒力，狂从何来？

冷静的现实主义诗人杜甫亦云："白日放歌须纵酒，青春作伴好还乡。"无酒，焉能有此佳句？

故云：贬茶褒酒者，是浪漫主义；抑酒扬茶者，为现实主义。

融茶于酒、茶酒兼具且又能悟出二者之妙趣者，是"两结合"的高手，是将浪漫主义与现实主义相结合了。

登山乐

孔子登泰山而小天下，这一典范式的登山使人类的登山行为具有了哲学意蕴，发展到今天，有了"登山族"。

"登山族"指的是专门登山的运动员，他们内部互称"山友"，一个极和谐、融洽、具共产主义原始状态的群体。换言之，大碗喝酒大块吃肉，危难时以性命互救、平日里以兄弟相称的一群站得最高的人。

我不属于"登山族"，但聆听过他们的发言，自然也被他们的英雄事迹感动过。我感动的不仅仅是登山队员们在死亡面前的大无畏精神，而是他们对山野的热爱与眷恋。

登山登山，讲究登高望远，盘山千条径，共仰一月高。面对高山，你由崇敬生出征服欲望，继而一步步踏上去。你气喘吁吁，左顾右盼，你汗流浃背，狼狈不堪，但你不悔，只把腿一下又一下机械性抬起，把身体一点又一点往高处搬移，高处自然有终极，那就是一座山的制高点，又称顶峰的地方。

云里雾里，你只管走去；风里雨里，你照常登攀。命中注定该登的山，你逃不脱，从云南哀牢山、苦聪山、基诺山直至景颇山登起，再到黄山、泰山、峨眉、青城，至于北京的景山、香山，只能算山中的小老弟，偶一登之。登山倒不重要，重要的却是郊外的景致，是登台阶后给予你的征服者的兴奋。

曾记得秋雨中登密云司马台长城，长城垒筑在群山之脊，一座连一座烽火台，仿佛搭向无尽的天际。那雨中登长城，或曰登长城式的登山，山变幻莫测，掩一袭纱巾，用酸枣的果实款待不请而至的登临者，又用潇潇秋雨一洗凡尘，每一步踏上去，都能感觉出山的陡峻、山的威严，而山的历史混合着五百年前卫国戍边的将士们久远的呼吸，带给你一团迷蒙、一种沉重。你登山兼丈量戚继光修筑的长城，你同时也在一步步用脚掌抚摩一个民族的坚硬的骨骼。山风呼啸，山魂凛冽，山的气息贮存入你的肺腑，你由此获得了新的精神之氧。

山的馈赠，无比丰厚。

更难忘烈日中走黄山的鲫鱼背，左顾是深渊，右盼为绝壁，大有一失足成千古恨的危险，壮壮胆踏过窄窄的山脊，发现大山其实很幽默，它用险与陡吓唬你，目的不过是使你加深印象。古人登山最狼狈者，当属大文豪韩愈，他登上华山之后突然被山吓住，痛哭失声而不敢下山，随从们无奈，只好将韩夫子用酒灌醉，然后用毯子一裹，扛下华山。华山我没登过，但它能让韩愈先生驻足不敢下山，可见是了不起的一座高山，有机会定登一回。

最狼狈的是登峨眉山，一日之内登顶，登金顶，一日之内下峨眉，其时年轻力壮，气吞万里如虎。待到下得山来，一觉睡过，才发现双腿竟然不属于自己，它们抬不起来，也迈不开去，浑似伤兵的假肢，举足之间是麻木，弹腿之际是教训，山用一种特殊的方式告诉你：别在我面前逞能！

登山是人类运动的方式之一，登山也是人们升华肉体与灵魂的行为之一。登山则情满于山，又是古人的一种生命状态。到得今日，登山成为奢侈的享受，豪华旅游的项目，不知是山的不幸还是人的可悲。

不管怎么说，无牵无挂、无忧无虑、无思无碍地举足登山，毕竟是人生一大乐事兼快事，故曰：登山之乐，乐在步步登高、一步一累中。当登不登谓之愚，登而不至绝顶谓之懦，登绝顶而不吟啸不高歌谓之喑，凡愚且懦、喑者，不足为外人道也。

是为登山乐。

诗的调侃

由俗人作诗想到诗人媚俗，不把诗神圣化，反倒觅到了诗的真谛。

都说诗是文学中的精华、精粹所在，故有"两句三年得，一吟双泪流"的典故。

但也不尽然。

不识字的人也可作诗。比如北齐斛律金不识字，可是他的《敕勒歌》却为一时乐府之冠，连今天的小学生都背得诵得："敕勒川，阴山下，天似穹庐，笼盖四野。天苍苍，野茫茫，风吹草低见牛羊。"袁枚的《随园诗话》还记下一位砍柴的樵夫哭母亲作的《长相思》，词云："叫一声，哭一声，儿的声音娘惯听，为何娘不应？"也是自然音节，至情之声，谁能不承认是诗？

不识字者可以吟诗，凭一种感觉和生活积累。在清人龚炜《巢林笔谈》中有一则《农妇佳句》的记载，说的是吴县有位农妇从不识字，一天看到蛛网飞花，忽然得到两句妙诗："蜘蛛也惜春归去，网着残红不放飞。"这是典型的触景生情。吴县这位不识字的农妇通过蜘蛛与飞花的关系，一下子悟到了诗的禅机，我以为她与斛律金和樵夫有异曲同工之妙。

以上说的是大俗近雅。

下面聊点大雅近俗——读清人梁绍壬《两般秋雨庵随笔》，发现内中颇多诗论，不过我更喜欢的是《索诗癖》一则笔记。顾名思义，这是鸡蛋里挑骨头，拿诗人开玩笑，不过很生动很贴切，比如著名诗僧贯休描写自己寻找诗的灵感两句"尽日觅不得，有时还自来"，人们认为是失猫诗；白居易咏杨贵妃名句"上穷碧落下黄泉，两处茫茫皆不见"，人以为是目连救母诗；骆宾王咏古诗"秦地关河一百二，汉家离宫三十六"，人以为是算博士诗；程师孟咏所筑堂诗"每日更忙须一到，夜深还自点灯来"，人们以为是半夜上厕所；顶有趣的是梁绍壬一位同时代的人咏梅花句云："三尺短墙微有月，一弯流水寂无人。"语极幽静，意境悠悠，可偏偏一位轻薄儿郎见而笑道："此一幅绝妙偷儿行乐图也。"

20世纪60年代有相声《歪批三国》，拿赵子龙"老卖年糕"当包袱，很逗人一笑。观上面一些大雅近俗之作，你不能不感到诗的幽默，或者说是读者对诗的幽默。20世纪90年代，有一位诗人以哲理入诗，同时给少男少女以诗的沐浴，我相信此举能有助于提高国民的诗的素质，但忧者是这位诗人竟形成"现象"，漂亮的废话也渐渐多了起来。我想这或许是读者对前几年诗坛纷乱现象的一种惩戒。不管怎么说，至少这位诗人的每首诗总还愿意让人读明白吧！

由俗人作诗想到诗人媚俗，看来古已有之，倒是农妇与轻薄儿郎有见地，不把诗神圣化，反倒觅到了诗的真谛。

是为诗的另一种外在功夫。

（原载《新民晚报》2020年6月20日、9月14日、7月17日）

嘟柿的记号

◎肖复兴

　　在北大荒，有一度我对嘟柿非常感兴趣。原因在于没来北大荒之前，曾经看过林予的长篇小说《雁飞塞北》，和林青的散文集《冰凌花》，两本书书写的都是北大荒，都写到了嘟柿。来到北大荒的第一年春节，在老乡家过年，他拿出一罐子酒让我喝，告诉我是他自己用嘟柿酿的酒。又提到了嘟柿，让我格外兴奋，一仰脖，喝尽满满一大盅。这种酒度数不大，微微发甜，带一点儿酸头儿，和葡萄酒比，是另一种说不出的味儿，觉得应该是属于北大荒的味儿。

　　这样两个原因，让我对嘟柿这种从未见过的野果子充满想象。都说家花没有野花香，其实，家果也没有野果味道好。在北京，常见的是苹果鸭梨葡萄之类的果子；到北大荒，常见的是沙果、苹果和冻酸梨；也在荒原上，见过野草莓和野葡萄（我们称之为"黑珍珠"）；只是从未见过嘟柿。在想象的作用力下，常见的水果，自然没有未曾见过的野果那样有诱惑力，便觉得嘟柿应该属于北大荒最富有代表性的果子了吧？

　　非常好笑，起初因为嘟柿中有个柿字，望文生义，我以为嘟柿和北京见过的柿子一样，是黄色的。老乡告诉我，嘟柿是黑紫色的，吃着并不好吃，一般都是用来酿酒；并告诉我这种野果，长在山地和老林子里。我所在的生产队在平原，是很难见到嘟柿的。这让我很有些遗憾，老乡看出我的心情，安慰我说什么时候到完达山伐木，我带你去找嘟柿，那里的嘟柿多得很。可是，一连两年都没去完达山伐木，嘟柿只在遥远的梦中，一直躺在林予的小说和林青的散文里睡大觉。

　　一直到1971年，我被借调到兵团师部宣传队写节目，秋天，宣传队被拉到完达山下的一个连队体验生活，嘟柿，一下子又活蹦乱跳地出现在我的面前，仿佛伸手可摘。

　　有一天，吃饭的时候，我说起嘟柿，问宣传队里的人谁见过？大家都摇头，队上吹小号的一个北京知青对我说：我见过，那玩意儿在完达山里多得是，不稀罕。

我和他不熟，我们俩人前后脚进的宣传队，彼此认识不久。他比我小两岁，67届老高一，从小在少年宫学吹小号，有童子功。我知道，他就是从这个连队出来的，常到完达山伐木、打猎、采蘑菇，自然对这里很熟悉，便对他说：哪天你带我去找找嘟柿怎样？我还从来没见过这玩意儿呢。

他一扬手说：那还不是手到擒来的事情！

宣传队有规定，不许大家私自进山，怕出危险，山上常有黑熊（当地人管熊叫作黑瞎子）出没。休息天，吃过午饭，悄悄地溜出队里，他带我进山。宣传队来到这里以后，进过几次完达山采风，都是大家一起，有人带队，说说笑笑的，没觉得什么。这一次，就我们两个人，虽说正是秋天树木色彩最五彩斑斓的时候，但越往里面走，越觉得完达山好大，林深草密，山风呼呼刮得林涛如啸，好风景让位给了担心。待会儿还能找回原路走回去吗？在北大荒的老林子里迷路，是常有的事，当地人称作是"鬼打墙"，就是转晕了也走不出来这一片老林子了。那将是非常可怕的事情。要是到了晚上，还走不出来，月黑风高，再碰上黑瞎子，可就更可怕了。即使没出什么危险，让大家打着手电筒，举着马灯，进山来满世界找，这个丑也出大发了。

我忍不住，将这担心对小号手说了。他一摆手，对我说：你跟着我就踏踏实实把心放进肚子里，我在这一片老林子里走的次数多了，敢跟你吹这个牛吧——脚面水，平蹚！

看他胸有成竹的样子，我的心踏实了一些，问他怎么有这么大的把握？他告诉我：你看这里的每一棵树长得都相似，其实每一棵树跟咱们人一样，长得都不一样，都有它们各自不同的记号。每条被人踩出来的小路，也有自己不同的记号。凭着这些记号，我就能找到回去的路。

我称赞他：可真了不得！

他倒是很谦虚，对我说：都是跟当地老乡学来的本事。

他说得没错，这确实是一种本事，是人们经年累月从农事稼穑伐薪猎山中积累下的本事。小号手就是凭着这些林中的记号，带我找到嘟柿的。这些记号，在他的眼睛里司空见惯，像是熟悉的接头密语，呼应着、带着他走向这一片嘟柿地，而我却不认识其中一个记号，正如他所说的，在我的眼睛里，每一棵树长得都很相似，这里的每一条小路，尽管曲曲弯弯，也都很相似。

这是一片灌木丛，旁边是一片有些干涸的沼泽，想夏天雨季的时候会有不少积水，是林子里的小鹿野兔饮水的好地方。湿润的泥土，让四周杂草丛生得格外茂密，椴树柞树白桦红松黄波椤紫叶李多种树木，高大参天，遮住烈日。翁郁的林色笼罩，有些幽暗，有从树叶间投射进来的阳光，会显得特别明亮，舞台上的追光一样，照亮在花草上，小精灵般跳跃，金光迸射。

扒拉开密密的草叶，终于看见了久违的嘟柿，一颗颗，密匝匝的，长在叶子的上面，而不像葡萄缀在叶下。叶子烘托着嘟柿个个昂头向上，很有些芙蓉出水的劲头儿。只是，嘟柿的个头儿不大，比葡萄珠儿还小，比黄豆粒大一点儿有限，它椭圆形的叶子却很大，在这样大的叶子衬托下，它显得越发的弱小。这样的不起眼，让我有些失望，觉得辜负了我多年对它倾心的想象和向往。不过，它的颜色多少给我一点儿安慰，并不像老乡说的那样，是黑紫色，而是发蓝，不少是天蓝色，很明亮，甚至有些透明，皮薄薄的，一碰就会汁水四溢。没有成熟的，还有橙黄色甚至是微微发红的，摇曳在绿色的叶间，星星般闪烁，更是格外扎眼。

小号手告诉我，这玩意儿越到秋深时候，颜色会越深，现在看颜色好看，但不好吃，经霜之后，颜色不那么明亮了，味道才酸甜可口。挂霜的嘟柿，像咱们老北京吃的红果蘸，样子和味儿都不一样呢！

我摘下几颗尝尝，果然不大好吃，有些发涩，还很酸。不过，我还是摘了好多，回去之后，学老乡也泡酒喝。不管怎么说，毕竟见到了嘟柿。北大荒的嘟柿！我想象向往多年的嘟柿！

回去的路，显得近些，走得也快些。小号手说得没错，凭着林中的记号，那些树木，那些小路，那些花花草草，甚至那些野兽的蹄印，都仿佛是他的朋友，引领着他轻车熟路带我走下山，走出老林子。只是，我始终不知道在这样一片茂密的山林中，那些记号具体是些什么，都一一标记在哪里，仿佛那是对我屏蔽而唯独对他门户大开的秘境神域，是我不可见而唯独他可见可闻的魔咒或神谕。

流年似水，我离开北大荒已经近五十年了，一切恍然如梦，但那次进完达山寻找嘟柿的情景，记忆犹新。如今，我知道嘟柿其实就是蓝莓。在北京，作为水果，蓝莓已不新奇，但我敢说，如果说这是嘟柿，不少人会莫名其妙。市场上，新鲜的蓝莓果，以至蓝莓酒和蓝莓酱，或蓝莓做的蛋糕，都司空见惯。只是，那些都是人工培植的蓝莓，野生的蓝莓，才叫嘟柿。正如农村山野里柴火妞进城，才将原来的丫蛋、虎妞，改成了丽莎或安娜。

野生的嘟柿，那些在完达山老林子里自生自灭的嘟柿，那些青春时节才会想象和向往得如梦如幻的嘟柿！如果达紫香可以作为北大荒花的代表，白桦林作为北大荒树的代表，乌拉草作为北大荒草的代表，嘟柿应该是北大荒野果当之无二的代表。

去年秋天，我在天坛，坐在双环亭的走廊里，画对面山坡上的小亭子，一个戴鸭舌帽的老头儿站在我身后看。虽然画得不怎么样，我常到这里来画画，已经练得脸皮厚了，不怕有人看，一般人看两眼，说几句客气话就转身走了。这个老头儿有点儿怪，一直看到我画完，我都合上画本，起身准备走了，他还站在那里，盯着我看，看得我有些发毛，不知道我身上有什么不对劲儿的地方，或者是他要对我讲什么。

他发话了：怎么，不认识我了？

我望着这位显得比我岁数还要大的老爷子，问道：您是……？

忘了？那年，我带你进完达山找嘟柿……

原来是小号手，我一把握住他的手。不能怪我，岁月无情，让他变得比我还显得一脸沧桑，我真的认不出来了。同样小五十年没见，我的变化一样的大，他是怎么一下子就认出我来的呢？

我把疑问告诉他，他呵呵笑道：你可真是贵人多忘事，我这个人没别的本事，就是记人记事记路记东西能耐大。是人是事是物，都有个自己的记号，你忘了在完达山，咱们是怎么进山找到嘟柿的，又是怎么出山回来的了？

我一拍脑门，连声说：没错，记号！记号！然后，我问他：那你说我的记号是什么？

他一指我的右眼角：你忘了，你这儿有一道疤？

没错，那是到北大荒第二年春天播种的时候，播种机的划印器连接的铁链突然断裂，一下子打在我的右眼角上，缝了两针，幸好没打在眼睛上。这么个小小的记号，居然当初被他发现，能一直记到五十年后，也实在属于异禀，非一般人能有。

今年初以来，闭门宅家读书，读福柯的老书《词与物》，其中他写道："必须要有某个标记，使我们注意这些事物；否则，秘密就会无限期地搁置。""没有记号，就没有相似性。相似性的世界，只能是有符号的世界……相似性知识建立在对这些记号的记录和辨认上。"福柯在说完"最接近相似性的空间变得像一大本打开着的书"这样比喻之后，引用了另一位学者克罗列斯的话："产生于大地深处的所有花草、植物、树木和其他东西，都是些魔术般的书籍和符号。"他还引用了克罗列斯的另外一句话：这些符号"它们拥有上帝的影子和形象或者它们的内在效能。这个效能是由天空作为自然嫁妆送给他们的。"魔术般的符号！自然的嫁妆！说得真是精彩，比福柯的论述还要形象生动。

读完这几段话，我立刻想起了小号手，想起五十年前他带领我进完达山寻找嘟柿的情景。我惊异于福柯和克罗列斯的话，竟然和小号手以及那天的事如此惊人的吻合，仿佛他们是特意为小号手和我所写的一样。我就是那些只看见了世界万物的相似性，却无法体认其中被搁置经年已久的秘密。小号手则记住了大自然中的那些记号，洞悉了产生于大地深处的所有花草、植物、树木和其他东西中那些魔术般的符号，进而有滋有味地阅读那一大本打开着的书。

2020年5月4日于北京

（原载《文汇报》2020年7月16日）

山行，和植物有关的一切

◎陆　梅

《照夜白》，散日余

网上订的书，韦羲的《照夜白》到了。午间休息片刻，信手翻读，谈山水画时有这么一句韦应物的诗："凄凄去亲爱，泛泛入烟霞"，韦羲的评价是，"有一种凄凉的节奏，然而美，韦应物写得惆怅，又有仙意。别离是悲伤的，然而毕竟去新的地方……"

这话刚好应和眼前同事桌上的那一抹水蓝浅紫，拿来形容香豌豆花气息相通。美好的花和有仙意的诗文一样，皆有远致，也叫人平白生出惆怅来。

读韦羲对中国古代山水诗的解读，充分调动了山水画的"看"和古琴曲的"听"：远和近，上和下，大对小，有我无我，以静写时间，以动状空间，小中见大，由此而彼……更如构图的高远、深远、平远，笔墨从实景到虚境，及至意境、风格、画品，乃至"悠悠""杳杳""浩浩""渺渺""寂寂"，真个是"澄怀观道""琴中有山水，山水有清音"。这种解读很通感很古典，萧然有远意，是美的享受。中国古典的山水诗和山水画原就是画中有诗，诗中有画，更形而上为文学和美学上的一个传统，是可以寄放我们的性情与自在的精神故乡。

所以"山水"是名词，也是动词；是地理的，也是人文的；是一种目光，也是一份观照……是太古之音，万籁俱寂，也是莽荡宇宙，人间慈悲。山水其实已内化为我们自己，部分的自己。我们借此与"自己"相对——在艺术的世界里，我们穷尽一生，不就是为着与自己对话，与自然天地、宇宙苍生对话么。扩而言之，山水寄寓了中国的精神气质。

如此贯通中国的山水和哲学，又以比较的视野借西方思维观照东方传统，以时空和诗学的方式论画，实在是有趣得很，也机杼迭出。我有点舍不得一下子读完，合上书冥想，不觉生出爬山看园和在山阴道上的感觉，眼目间绿意纷披，循环曲致徜徉。看山是山，看山不是山，看山还是山，倏尔三重境界纷至沓来。

借明代洪应明的联句还真契合这一刻我阅读的心境：

> 诗思在霸陵桥上，微吟就，林岫便已浩然。
> 野兴在镜湖曲边，独往时，山川自相映发。

韦羲是拿这联句来说明宋、元山水画的意境变化的，意谓文明与荒野的转变。

"以我所见，唐人山水画境高古明净，比之宋人，则少一段苍茫气息。北宋山水画高旷雄浑，比之唐人，则少一片清明健朗之气。……元代文人山水萧散简远，并非一味蛮山莽石，使人生畏心。仿佛因为元人的笔，中国的山水方才格外通透起来。"

他以赵孟頫、黄公望为例，"以唐人笔致改造宋人画境"，"赵孟頫最著名的《鹊华秋色图》与《水村图》，均学董源画派《夏景山口待渡图》一路，苍茫而明朗，明朗是唐人的，苍茫是宋人的。这是极深刻的变化，可怖的大自然成为文明教化的山水，由此，山水画的境界近于儒家的理想，澹泊明志，宁静致远。黄公望山水手卷一派冲淡，大山水则恢复北宋全景的宏伟气象，但北宋山水的崇高生于恐惧，而元代黄公望的高远全景山水则雄浑而斯文，《天池石壁图》的崇高乃是无恐惧之崇高。"

虽说做了一回抄书党，但是这两段画论结合唐宋元的历史大背景，很有豁然开朗的快慰，比对书中画作也更了然会心，于我这样一个门外汉竟是一种照亮，读来如沐春风。难怪给书作序的陈丹青要说："我早盼望这样的史说：它须由画家所写，否则总嫌搔不到痒处；它须写得好看，有文采，不能是庸常的中文；它该有锐度、有性情，它须能读到作者这个人。"

这段话溢出言外的，还是写作的真理。在今天，一个写字的人，若能懂得计较辞章，能在笔墨里照见自己，又有能力与古人对坐而审视今朝，是值得慎待的。这让我想起南帆谈散文之"趣"的一个说法，说相对于"情"的熟悉范畴，"趣"的衡量方式或许可以构成现代散文的另一种特殊意味。南帆所强调的

"趣"，其实是要以"雅"来托底的，甚至不惮于"迂"，但切忌"粗豪"。他一言蔽之，"所谓的'雅'背后时常隐藏了漫长的文化传统，例如来自中国古典文化的情趣、意境"。（《说散文之"趣"》）这和陈丹青说的"好看，有文采""有锐度、有性情"实在是一个意思——散文要写得趣味横生、摇曳多姿，必得有独特的体悟、奇异的感觉和杰出的语言禀赋。韦羲的《照夜白》是我的理想读本。

三月的周末，天气晴好，从二十四楼的阳台上打眼远眺，可以看到很远的高楼与云天相接。按韦羲论画的方式——当然还是郭熙的，近处的两幢"赫然当阳"，高而突兀，眼前整片铺排延绵的西郊宾馆和往纵深处的高楼、依稀的佘山剪影，大有高远、平远和深远、阔远之境。好啊，眼前所见，也是我的"千里江山图"！

如此好天，不该辜负。于是起意去看樱花。微信里查了几个去处，出门又改了主意，还是避开热闹的人群吧。穿进小区林荫道，小树林里交错着各种林木和灌丛，香樟深浓的枝叶起了新芽，"芳林新叶催陈叶"；迎春花抽出一盏盏黄金小太阳。绕步道走，临水的一面，柳条也发芽了，微风里拂过柔软的叹息。这么一路闲走闲看出了小区，坐几站公交，步入高岛屋对面的虹桥开发区公园，和一树树白玉兰隔湖相望。

立在对岸远观。此刻，白玉兰花开正满，花瓣大得仿如一只只鸽子振翅枝头，春风欲动，明灿灿一派白光，脑海里翻出辛弃疾的《青玉案·元夕》来："东风夜放花千树，更吹落，星如雨。宝马雕车香满路。凤箫声动，玉壶光转，一夜鱼龙舞……"白玉兰是上海市花，生长在繁华里，白色也可以很热闹很市井，究竟，它吸纳了世间所有的颜色。

公园的高低草坪和樱花树下铺满聚会的野营垫，有的还搭起野外帐篷，小童们追逐笑闹着，争相和爸爸、大哥哥扔飞碟，留下休憩闲坐的女士们舒心聊天刷手机。不见樱花。几株大樱花树伸展着枯褐色的枝子。凑近了瞧，花信原来躲在春阴里，鼓胀着的花苞呼之欲出。嗨，不必急，风有信，花不误。

"良好的品位更多地取决于鉴别力，而不是盲目排斥。当良好的品位被迫排除一些事物时，它带来的是遗憾而不是快乐。"

奥登的大实话，却又是有必要的提醒。要知道，人总是很容易生出傲慢与偏见的，而且还是浅薄廉价的顽症，尤其在这个匆忙喧嚷，缺乏耐心的时代。但是，话说回来，谁没有偏见呢。在盲目排斥和偏见之间，重要的是，千万不要把自己的喜恶强加给他人。

还是英国诗人奥登，在《染匠之手》里说："没有诗人或小说家希望自己是有史以来独一无二的作家，可是大部分作家都希望自己是活着的独一无二的作家，而且相当一部分作家天真地相信这一希望已经实现。"

在我刚写出一两本书的时候，我确实是这么认为的，而且当出版第五本书时，我还在简介一栏写道："这是我的第五本书，我希望我的书一本比一本好。"其实我心里还有半句话：而且每一本都独一无二。当然，是的，时隔多年后的现在已没有勇气这么不知天高地厚了。但是奥登说得对，作家们都天真，——天真总比世故好。一个认真又默默写作着的人，需要以天真之心善待自己的文字。脆弱和天真永远是一个作家与命运同行的隐身衣。

然而才华是命定的，创作力也要等待时间来验收。写作日久，最先安慰你的，肯定不是这个"独一无二"，而是，你依然还有能够（还在）爬坡的耐力和耐心。这是我自己的一个感受，读者诸君无妨一晒置之。

地上捡了一片金黄的广玉兰叶，革质手掌一样大的老叶片，雨中闪着湿亮的金属光泽，太醒目太鲜亮了！于是停下脚步，倒退回去，撑着伞把它捡起。

原来是一个提醒啊——今日春分！"春分雨处行"，难怪林荫道上、小区里起了一地的落叶，黄澄澄的是广玉兰叶和枇杷叶，深红赭黄的是香樟叶，鼻翼间满是湿漉漉香樟叶发散的清香气，脑海里跳出一个想法，二十四节气里，春天的几个节气，立春、雨水、惊蛰、春分、清明，还有谷雨，最有生机和警惕心。和草木的郁绿芬芳比起来，其实它的萌发期更能惊醒生命的生机。人也是一样的吧，大自然的春天对应人的青少年期，也正是身体拔节的时候，小兽一样的机敏青涩和不可控。多么向往这样的一个时期啊，而今的我，已然跋涉逶迤巡至半山，眼目所及，那些毛茸茸青翠欲滴的苔藓地衣和蕨类植物不见了，随海拔高度变换生长的是茂密深阔的大树和附生其上的藤蔓，枝叶重重复重重，打眼望不到边，人在山中走，退又不得，只能负重徐行了。

"画树当觉其生"，这是石涛的"画语录"，用在文章上也贯通，生就是生命、生机、生长的痕迹，也就是像真的存在过一样，是活的，有生气的，哪怕是静止在一方宣纸上，当你驻足凝定的瞬间，你能够感受到时间的流动。一片叶子，夏绿秋枯冬凋零的生命盛衰的体验；一只飞鸟，云天里广阔绵延无穷无尽的幽远，真真"野旷天低树，江清月近人"。韦羲在《照夜白》里论及"空隙之美"时说，"文心画境，何其相通，无所谓具象或抽象"。

"五斗米不是一次装成的。"行至终南山的三圣殿，先生走不动路，选择在半山腰的小庙里休息等我，得了这样一句话。他和庙里唯一的和尚喝茶聊天时，我踏上了南五台陡峭的台阶继续往上走。一径低头弓腰地爬着，猛抬头，看到大片黄金色撒落在高树满坡的斜面上，单瓣、纯金，花瓣秀雅且美。原是蔷薇科的垂枝灌木棣棠花，开在四月芳菲尽的暮春。众色凋谢，山谷滴翠，这个时候点点金黄色的棣棠花简直是一幕奢华的盛放。棣棠花有个好听的别名：山吹——风吹山谷的生动，想想金子般的亮片，照亮了满山谷的绿，"却似簇金千万点"，写瘦金体的宋徽宗也是喜欢棣棠花惊艳众芳的纯金色的。此刻，风静树深天空湛蓝，山区景色真美啊！

所谓山行，原来是一批人，后来是二三人，最后就只剩下了自己。你就和自己同行，喘息声，山鸟声，你一个人的脚步声。立定在一棵老树下歇息，乌鸦在头顶的呱呱声，小翠鸟的啁啾声，啄木鸟的笃笃声，蜜蜂的嗡嗡声……有两只体型超大的长尾鸟突然超低空滑翔，飞出哗啦啦的动静，以为身后有人，侧身回看，大鸟一前一后蹿上天，冷不丁吓你一个激灵。

终于登上了山顶。八百里秦川壮阔深远。远近群山水墨丹青般层层铺展在你面前，眼目所及，远山云雾黛影，近山浩渺深邃，万楞山脊苍翠尖新……这是我第一次见秦岭。群山面前，灵魂出窍般，我的脑袋一清如洗，仿佛真有这样的一股神力把我的身心涤荡。此刻，立在山巅的我只是一具空壳，而那个丰满的真身去了莽荡辽远的苍山间……

你得确信，信仰是美的。比如凝神群山的那一刻，猛抬头照见山吹色的惊异，滞留僻野小庙时师父脱口而出的一句话……

"这个神圣的时刻，完全合理，/……世界就在周遭与目前，/我知道，此刻我并非孤独一人，/……"（奥登《晨祷》）

《无尽夏》和花草精神

这个夏天，因为出了本叫《无尽夏》的儿童小说，整个世界的绣球花仿佛都开在了我眼里。"无尽夏"是绣球花的别名。它漫长的花期，从白色绿色粉色到浅紫苍蓝，愈开愈烈的恣意，似乎都在诠释着独特的花语：希望、圣洁、天真、光明、神秘、永恒和团聚。我把所有美好的感情都托付给了无声的花草精神。这本书，献给我的爷爷和永远的女孩们。时间循环往复，过去也不会真正离去，他们在生命的某个段落有了呼应。

常有小读者问我：写作对你来说意味着什么？书面一点的说法，写作于我，就是一种寻找和指认，寻找指认生活中那些被忽略的、被遮蔽的、不被善待的、被遗忘和过滤了的种种，和灵魂有关，和精神的浩渺有关，和自由、尊严乃至内心的安宁有关。我写下它，感觉那道光影线就会往明亮处挪一挪。这么想来，我是多么乐意做一个捕光者。

然而我写得并不快，自认为是一个慢写者。慢的好和局限我也一概领受。

《无尽夏》里有一个作家妈妈，我借她之口说了这么一段话："一直以来，她自认为是在给孩子写作，可当她写着的时候，从来就没有把自己当作一个纯粹的'儿童文学作家'。她很喜欢在文字里思考——思考生和死，信仰和尊严，战争，灾难，美，自由，清洁，爱，唤醒……简直像在走迷宫，兜兜转转，寻寻觅觅，可总也走不出——也许，这就是所谓的文学里的人生吧。放开了想，难道我们每个人的现实不也如此么？只是在时间的长河里，对一个孩子来讲，一切都还刚开始。她想不好在慨叹生命的时候，怎样让今天的孩子获得美的能力，怎样不以偏概全地面对（看待）一场战争、一个灾难，又怎样让孩子设身处地为他人的生命着想？当你在时间里走着的时候，怎样不因为恨而消磨掉爱的能力、唤醒自己的能力，怎样再累再忙还能始终保持内心清朗，正直善良，怀有理想……"

　　诸如此类的思考，大抵也是我本人的写照。每个作家都有自己的写作领地，自己的声音、气息、风格、表情，乃至命运、经历、一路走来的坚守和探索……一个只属于他自己的文学世界。那么给孩子写作之于我的动力在哪里？我曾在一个研讨场合表达过我的观点："儿童文学作家和成人文学作家一样，也需要知道自己的来处，需要了解那些先行者筚路蓝缕蹚过的足迹，而后，你才可能看清来路，才可能建立起自己的坐标——你为孩子写作，你同时也在为辽阔的心灵世界写作，那些成长中的孩子，随着这指引，看得到远方、有信、有爱、有觉醒和悲悯的能力，用美的心唤醒人的心，进而真正地完成人们的生活。大抵，这才是有筋骨、有道德、有温度的写作。"

　　基于这样一层思考，我在《无尽夏》的"姊妹小说"《像蝴蝶一样自由》里虚构了一场以二战为背景，十岁中国女孩老圣恩和二战中被纳粹毒气室毒死的十三岁女孩安妮的相遇。穿越生死和时光，两个异国女孩会怎样对话？我希图借助一个"非现实"（和不可能），传达一份信仰与信念，和生命有关，和尊严有关。日本作家大江健三郎有一句我很认同的话："我无法从头再活一遍，可是我们却能够从头再活一遍。"

　　虽说作家们都是孤军奋战，写作在本质上是孤独的，但是我的这些想法还是有着不少的同盟。比如我很敬重的老作家金波说："凡是为儿童写作的作家，在写作的实践中，不但创作着全新的作品，也在发现着全新的自我。当自己的生命和儿童的生命相融合时，便是走进了一种新的境界。"这话深得我心！所有的写作，最终都会照亮自己——这个"自己"，已然是惊醒了生命的生机的自己。

　　所以我想，选择什么样的文体不重要，重要的是听从自己的内心。内心深处，需要积存大的东西。一个作家最重要的生活是他的内心。如果有一种写作，能够让还在童年中走着的孩子既能感受日常微物之美，又能贴近天地自然；有能力静下来内观，学会和自己相处；能亲近善知识，看得见生命中的光和亮，那么这就是我心目中的"真文学"。

　　我手机里还保存着2017年去越南时拍下的一树树鸡蛋花，椰子壳碗，大集市里铺排壮观的绚丽蔬果，小巷深处热闹又寂寞的鲜花，十字路口轰然炸响的摩托车声，表情生动很会做生意的越南女子……那也是我脑海里东南亚热带岛屿的气息。小说《无尽夏》的部分文字还要拜此行所赐。第一次，我惊异地发现，原来我所倾心的草木世界，那些朴素和光亮，早就在生命里了。我以为，那也是文学的底色。

鸡蛋花

从无尽夏说到了鸡蛋花，一种热带的花，那么就从鸡蛋花说开去吧。

——所有的写作还都是一种纪念，我手机相册里存了大量没舍得删去的照片，竟然都和花和树有关，大多是行游中的惊鸿一瞥。2018年11月在海南博鳌看到的一树树鸡蛋花，开得静美清雅，暮霭细雨中，悄立在围绕海边宾馆蜿蜒开去的草坡上，雨滴落在粉红鹅黄和白净的花瓣上，少女般楚楚惹人爱。我从地上捡起一朵落花，又一朵，和在枝头上一样的洁净幽香。雨越发地密起来了，一抹抹鹅黄花心里蓄满了晶亮水钻，我确然转身……我知道，我和她，早已心意相通。

也是在11月，2017年越南胡志明市，统一宫侧殿的墙外，我遇见了两棵修长端方的鸡蛋花树。第一次邂逅这么秀美这么舒展的花树，我呆立树前仰看，天空湛蓝，高墙白净，鸡蛋花树无论哪个角度看都美得舍生忘死。虬结的枝干弯折着，叶子快要落尽，一朵一朵的鸡蛋花停在枝头，竟然纯洁天真！明明虬枝沧桑，却映出少女一样的袅袅婷婷——胡志明市街头穿白纱长裙的美少女也这表情。

在两棵花树下站久了，同行的友人觉得不可思议——竟然、竟然你无视更该知晓的他乡历史，却对花啊树的这般上心，可见你多没出息！唉，朋友可没这么说，只是我自己忍不住腹诽。实在，我对花树的喜欢也太缺少植物学家的博闻通识了，甚至还总记不住它们的科属学名。比如眼前的鸡蛋花树，我其实知道的并不比花下走过的旅人多，可是站在它面前，我忍不住要蹲下身，捡起一抹明黄色，脑海里翻出高更在大溪地岛爱过的那些女子，耳边总漫不经心插着这样的一朵朵鸡蛋花，很风情很热带，却又如少女般明媚鲜亮——我兀自过滤了热带岛屿那铺天盖地的丰沛葱茏和暑热难当。

有个诗人说："每座城市都有自己的气味。她嗅得出哪一个是刚进来的陌生人。"这个"她"，说的是城市吧？而我如果是那个陌生人，那一刻，站在花树前，我也嗅得出这座城市的气味。

那天深夜从北京启程，六小时二十分钟后抵达胡志明市，当然我更愿意叫它西贡。机场出来，整座城市还在湿雾笼罩的晦暗里。我们就在机场外的廊道椅上稍坐，成排的椰子树姿影憧憧，感觉跟南宁民族大道和香港西贡街巷很相像，热雾的气息裹挟着东南亚的濡湿和植物葱郁的绿扑面而来。没有鸡蛋花迎候，却有好大一捧斑斓夺目的热带兰。散文家刘亮程眼尖心密，说有六种颜色，正好对应我们此行的六人。入住西贡胜利酒店后，小说家葛水平将这大捧兰花分成六份。我手机里还能翻出我那一份插在玻璃水杯里的鲜嫩黄璨和朱红天青雪白，跟鸡蛋花一样的明亮。

顺手微信拍照识花，原来这大捧花是七彩洋兰，竟也是"安静美少女"，花语为欢迎、祝福、吉祥和纯洁，是热带和亚热带花园里的精灵——嘿，说的不就是鸡蛋花吗？我莫名对一座城市的感应，竟在一朵花面前"昭然若揭"。手机里刚巧读到一句话："城市空间里的两个基本地理坐标，除了树，就是路。一个用于经过，另一个也用于经过。路有多老，树就有多深。"能出此言者，是深度爱树人无疑了。可是，很叫人无奈的是，多少城市恐怕很少有树的身影了。树在城市里已是很瘦小很微弱很象征，庞大坚硬密集的建筑群却雨后春笋般拔地而起，呼应这建筑群的，是浩浩荡荡新架设的通衢大道，城市天际线苍茫成了挤挤挨挨的楼盘丛林。没有了树，路宽阔敞亮却也孤单寂寞，每一天的经过，等同于每一年的经过，路看着车来人往，兀自老去。

然而2017年在西贡和河内的街头，我切切实实感受到了风吹草木动的怡人景象，手机翻出拍下的越南行草木世界：

罗勒，九层塔，青木瓜，番石榴，百香果，鳄梨，木薯，兰撒果，莲雾，青柠檬，朝鲜蓟——宝塔状莲花瓣的一个个堆叠在集贸市场的塑料桶内，起初以为是释迦，不知是怎么个吃法；一种虾球穿在香茅尖梗上，虾球肉有了草叶的清香；红曲米伴花生碎粒吃；木薯、番石榴和削成一条条脆青的芒果，酸中带甜；清汤牛肉米粉加香料自己调味，不知深浅添了两勺子辣酱，那股麻和辣直冲头顶，眼泪鼻涕瞬间奔涌，头皮都要炸开了……

街上到处是摩托车大军，密密匝匝，水泄不通，小汽车和行人只能小心翼翼夹在其中穿行，绿灯亮起，轰鸣般的呼啸声带起团团焦烟弥散在路旁芒果树椰子树鸡蛋花树的绿荫里。一场暴雨说来就来，急促又盛大，摩托车风一样飘过，燠热昏沉的气息很快被大雨浇个透，雨水洗刷过的路面大开大合，仿佛重生。眼前一切水亮生动，让人对前一刻的暑热难当既往不咎。

樱花树

浙江龙泉的女孩金芷同看过我的书，还曾为我的散文集《辛夷花在摇晃》写过一个长长的读后感和"续集"，这是很多年前的事了。当年她父亲通过博客找到我，发来女儿的作品。几年间，女孩跟着爸妈来上海看病拜访我，不记得在那幢延安中路老大楼我们文学报的寒舍见过几回了。这一次，女孩爸爸又带了女儿来上海六院复查，约了中午到我报社一见。我们已搬了新家，威海路报业集团的41楼，女孩突然地出现在我面前，父亲相伴其后宽然而笑。

忽而少女初长成，我眼前一亮，女孩个子拔高了变漂亮了，一袭粉色针织长衫套在粉色系花叶长裙外，简直就像一棵初开的樱花树，文文静静的月长脸，低眉颔首，依旧怯怯地喊我一声"陆老师"，但这小声音里有了亲切可信赖的表情——连声音也似樱花一样淡淡的轻轻的，一丝微风拂面的柔软和清甜。樱花也是少女树，晕染着梦幻般的表情。

我带她在编辑部各处看，门墙上的作家题词、文学长廊，透过宽展敞亮玻璃窗看到的成片老洋房醒目屋瓦顶，难得一见晴朗日，眼前东方明珠和金茂大厦、上海环球金融中心、上海中心大厦直插云霄。女孩在我的书架前驻足，我们聊起天来，感觉这个樱花一样的女孩真是长大了，才念高一，却看过不少书，很多的作家她都会心。于是随她自己看，一盏茶的时间，她挑了迟子建的《北方的盐》，北岛的《青灯》，村上春树的我还没拆封的一本新小说。我又送她我们的作家周历和文创日记本子，她很悦然地接下。女孩爸爸说："同同读书成绩很好，学校也是重点高中，只是现在学业太紧了，连看书时间都没有，同同很想课间看看，老师都急……"女孩听着，定然无谓的表情，像是在说别人的故事。这表情也是樱花一样的。

这天是三月八日，"女孩节"才过，"女神节"又热热闹闹地在手机里刷屏，而我却当真逢着了一个樱花一样的女孩。此刻她静立书架前，跟我说她其实更喜欢"社科"——我以为她会说"文学"或者"艺术"，问她为什么，她惜字如金并不多说……心里翻腾起一个念头，假以时日，这个樱花一样的女孩会长成什么样子呢？祝福她孱弱的身体尽快好起来，向着蓬勃郁绿、刷着阳光的夏天走去。

香豌豆和葡萄风信子

同事办公桌上每日有鲜花。这一周是日本豌豆花和雀梅。浅紫皱瓣的豌豆花鲜嫩得可以直接入水粉画框，波浪形花瓣轻盈似蝴蝶，也像维多利亚时代女孩们的衣裙花边，我觉得它的花语就该是"少女的梦"。刹那照见，那感觉心仪已久的柔软。

网上查了下，完全呼应我的感觉——豌豆花早就在欧洲有三百多年的栽培历史，很多古老的花卉图谱和经典画作里都有香豌豆的身影，而且总和女孩儿一起出现，当真是花仙子。香豌豆原产意大利，来自美丽的西西里岛，到了日本，也成了宫崎骏工作室中的花。在《千与千寻》里，少女千寻手中握的就是一束香豌豆花，成为离别和回忆的象征。香豌豆花虽纤细娇柔，却也要承受永远的别离。它的花语就是"永远的离别"。人生如果拉长了看，我们每一次的成长不就是一次次的别离，一次次和时间的告别吗？

还有一种水蓝色的葡萄风信子，也是少女花。小小的花穗头，开出的风信子迷你得很，一串串葡萄籽粒大小的铃铛花，像是给拇指姑娘住的花房子。

好看又清雅的花，都是童话里的美少女，梦幻般的表情，我见犹怜。所有和美有关的事物，都叫人一见倾心。因这一刹那的照见，会给我们美的一击，就像是唤醒和棒喝，接近于禅和哲学。精灵一样的葡萄风信子，是池塘的涟漪。这种水蓝色小铃铛，还有个有趣的名字，叫亚美尼亚蓝壶花，天门冬科下的一个属，广泛分布于欧洲、北美、西亚，早春开。

（原载《西部》2020年第1期）

到狮泉河

◎ 简　默

狮泉河是一条河流。

大河向东流。与版图上大多数河流自西向东流入大海不同的是，狮泉河从东向西流，流着流着，就流出了国境线，被叫作印度河。在我眼里，狮泉河实在算不上大河，但这不妨碍它向西流去，仿佛一路陪伴着唐僧去取经。

狮泉河也是一个镇。

以一条河流来命名一个镇，这个镇便水光潋滟了，水迹淋漓了，水波荡漾了，水袖飘拂了，便与四面的山相映出河光山色，只是山呈红褐色，看不见青葱草木。越过这些身量不高、体态迥异的山，在它们的背后，是那些更高的山，它们幸运地嗅得到神的呼吸，身上的雪花是神的口谕和启示。

我们追赶着狮泉河，正在去狮泉河镇的路上。

这儿是阿里高原，平均海拔4500米，空气中含氧量比海平面低57%，紫外线辐射强度却比海平面高50%。从10月到次年5月，这片高原像一个嗜睡的婴儿，头枕冰雪，身盖冰雪，一直沉睡在襁褓中，直至被萌芽、鸟鸣和河流解冻唤醒，我们幸运地赶上了这个5月。

随着海拔越来越高，同行的大刘高原反应加重了。他是第一次进藏，我们仨这次进藏能够成行，完全是他积极撺掇和张罗的结果，为此他做了精心准备，反复设计了路线图，不断地在电话中与我沟通和交流。他说，我们仨沿川藏线进藏，从青藏线出藏，走一走阿里大环线。说到这里，他有意顿了顿，拉长了声调，又说了一遍，走一走阿里大环线，像是在强调。隔着电波，我听得出他掩饰不住的兴奋、骄傲和期待，我甚至想象得出他满脸通红，一只手攥着手机，另一只手捻着衣角的样子。我有同样的心情。能够走一遭318国道川藏线，是我许久以来的夙愿。3、1、8——当这三个普通而平淡的阿拉伯数字，亲密无间地站到一起，自东向西，连接起作为起点的上海人民广场和作为终点的西藏樟木中尼友谊桥时，便意味着漫长、惊险、磅礴、诗意、浪漫，成为无数人的憧憬、牵挂和梦想。我们就要踏上它，一路沿着北纬30度线逶迤前行，它剥茧抽丝般的长长一生，遍布平原、丘陵、盆地、山地、高原高低起伏的记忆，是深深扎根于中国人心灵的景观大道。

初到拉萨，坐在酒店大堂等待着入住，大刘的高原反应便开始了。其实在进入拉萨前，经过海拔5013米的米拉山口时，甚至更早在折多山、稻城亚丁、理塘等地时，他的高原反应就已经开始了，只是他固执地认为，四川境内的高原反应是对他强壮身体的一次次小测验，只有进入西藏所经历的高原反应才是真正的高原反应，是一次次期中和期末考试。此刻，他发起了低烧，他的身体在试探着背叛和出卖他。看到他面红耳赤、嘴唇发紫、眼神迷离、精神萎靡，我对他说，你可能是心理压力有点大，别紧张，放松就好了。他有些机械地点点头。之前两次入藏，我看见和听到了一些与高原反应有关的事儿，比如说有人被它吓着或吓倒了，到拉萨一下飞机，反应立刻上身了，没出机场，随后就乘飞机返回了；又比如说有人开始有反应，但他满不在乎，越走海拔越高，反应却越来越轻。我认为就像人人都会发烧一样，来到青藏高原这样高海拔的地理环境中，人人也都会产生高原反应，这本是稀松平常的事，只是每个人反应的程度不同，更重要的是对待反应的态度不同。第二天早晨见到大刘，他似乎好多了，看来他的身体镇压和抵抗住了低烧试图带来的背叛和出卖。到了日喀则，发烧纠聚起潜伏在他体内的残部，乘虚发动了新一轮哗变和袭击，这一次，他没能扛住，到医院输液了。

游完景点，继续赶路，颠簸在一段又一段沙石搓板路上，待上到阿里高原，他的反应愈来愈重了。他吐出了吃下去的早点，吐得翻江倒海、一干二净，我怀疑他吐出了胆汁，直到肚中空空如也，没啥可吐了。他额头冒汗，脸色苍白，颓丧地坐在副驾驶座上，我关切地俯身探头凑近他耳边，任我怎样跟他说话，他都不回应我。这样的体验我在过米拉山口和那根拉山口时有过，是他的耳朵暂时丧失了听力，他就像被扔进了一个巨大噪音的集散地，我看见他左侧太阳穴一条条青筋凸露，可怕地突突跳动，像擂响了战鼓……

大刘这样，车内谁都不说话，空气有些凝重。我将目光投向景色飞快后退的窗外，陡峭的山坡下，一位身穿天蓝色藏袍的藏族妇女，背着一个小女孩，正朝自己家走去，小女孩穿着一件红上衣，像一小团火焰，紧紧地趴伏在她肩头。她家依山而建，就是那种最普通的藏式平顶民居。右边挨着两间房子，四面墙体挺立，有门也有窗，却无房顶，是盖房子时钱不凑手了，留下了这半拉子工程，还是本就没打算长期居住才这样的？我一时也说不清。房前停着两辆皮卡，一个穿军大衣戴头盔的男人，站在一辆红色摩托车旁，大概是她的丈夫或亲朋，正在等候她。我想她应该是户牧民，自己家的牧场就在附近，否则谁会在这前不着村、后不着店的地方住呢？这只是我站在自己的生活立场上，从我自己的现实追求出发，所做出的判断和涌出的感受，她和她的亲人们却不一定有我这样的感受，我永远活不成他们那样，他们也永远不会接受我的生存方式。

　　路上不断有一顶顶黑帐篷、白帐篷闯入我眼帘，旁边扯着经幡，这些确定都是放牧点无疑。牧民走到哪儿，就将信仰打包随身带到哪儿。在这经幡下，羊、牦牛与狗和睦相处，一律平等。细长的河流躺在草地上，伸胳膊蜷腿地画着"之"字，水波不惊地潺潺淌过，恰是枯水期，水浅了许多，两岸露出了散落的鹅卵石，遍地枯黄的衰草，一丛丛红柳一叶不挂，枝条凌乱地向四下挣扎，羊群埋头觅着啃着瘠薄的日子，一条藏狗立在最外围，神气地扬着头，翘着尾巴，听见停车声和咔嚓咔嚓的摁动快门声，转头瞅着我们，既不扑上前，又不狂吠，安静得像它脚下这片了无绿色的草地，也总有一个牧民在一边安静地站着，守着自己的羊群。牧民们的心和脚步都习惯了流浪，不是他们喜欢流浪，而是牛羊需要流浪，它们要迈开或稳健或轻盈的步子，嗅着水和草的气息走，牧民收拢帐篷，跟在它们后面走，一户一户像星星散落在草地上。顶多待上两三个月，他们又收拢帐篷，跟在它们后面走了。他们不像他们那些耕种收获着青稞的同类，那些人开垦土地，种下青稞，围绕着一片一片青稞地，聚成一个一个村庄。他们跑单流动放牧惯了，心和脚步仿佛一直在路上，头脑中几乎没有村庄的概念，他们相信牛羊的直觉和方向，放心地将自己的家和生活系在它们的蹄上，追随它们到处流浪。行走在阿里高原，我们无比依赖的是电子导航，但它也有消极怠工的时候，不是一脸茫然、一无所知，就是恶作剧似的导错了方向（我们的土话是导到了茄窠里）。这时我们像大海捞针似的，总算捞到了一个打此经过的藏族同胞，只是语言不通，他（她）听不懂我们讲的普通话，我们也听不懂他（她）说的藏语，就是他（她）指了大致方向，我们想问得更清楚、更细致些，比如驾车要多久才能到，费了半天口舌，他（她）也明白我们的意思了，要命的是他（她）却没驾车去过，只走路到过，而他（她）报出的那个时间却足以让我们哭笑不得。

一个藏族青年，戴着墨镜，驾着摩托车，迎面向我们飞驰而来，远远地，我们就听见摩托车上挂着的音响破空传来的歌声，却不是嘹亮而欢快的藏歌，而是一首我说不出名字的摇滚歌曲。他将音量开到了最大限度，人和车未到，歌声先行冲到了，仿佛在替他跟这个世界打着招呼：嘿，我来了！他目不斜视，一直向前，即使与我们的车子擦肩而过，也没看我们一眼，只顾沉浸在自己的世界中。我们向前，他也向前，各赶各的路，只是方向不同。我们记住了他，他却没注意到我们，谁的悲欢都不逆流成河。在这片苍茫荒凉的高原上，人脆弱如瓷器，也最微不足道，一次在平原上司空见惯的小小感冒，都可能打倒你，割断你靠呼吸与这片高原建立的联系。从此意义上说，你甚至活得不如这片高原上的一头驴，它自由自在，爱恨情仇，快意任性。

想到驴，我就看见了藏野驴。不是一头，而是成群结队十几二十几头，队列却不混乱，由一头公驴率领，幼驴居中，母驴殿后，鱼贯前行。在它们头顶，一只雄鹰盘旋低飞，身旁几头家牦牛或立或卧，这些都打扰不了它们，它们之间已经习惯和平同处，相安无事。这不，它们勇敢地往前走了几步，就与牦牛们混杂在了一起。它们天性胆小，像绅士，四平八稳地迈着细碎步子昂首走过，走着走着就上了公路，到了人的领地，其实哪儿有人的领地，都是它们的领地。我们看见它们，停车下车，端起相机拍摄，它们听到快门响，静静地扭头看着我们。我们得寸进尺地慢慢走近它们，从一开始，它们便盯着我们，根据经验判断我们有无恶意。待我们越走越近，它们中的警觉者扬头伸脖仰天鸣叫，像是发出警告并召集大家跑，这叫声短促而嘶哑，远不及家驴叫得响亮。一眨眼的工夫，它们横排成一条线，奋蹄冲下了公路。跑出一段距离后，它们大概觉得安全了，停下步子继续看着我们。我们却不理会它们了，上车赶路，当车子行驶到与它们在同一个起点时，它们身上潜伏的驴脾气迸发了，撒开四蹄与车子赛跑，有的竟然跑到了车子前面，停下来回头望着车子，像是求表扬似的，不等我们表扬它们，又奋蹄奔跑；就这样跑跑停停，直到玩够了才撇下我们，仰天吼上几嗓子，转身趓入草地。更多的时候，它们五六头一小群，十几二十几头一大群地站在草地上，头一律朝外，组成伞状圈形，似乎只为了悠闲地听风过耳，却时刻保持着警惕，这是它们的本能，也是求生的技巧或方式。

汽车已经连续行驶了几个小时，窗外的景色仍然没有多大变化。阿里高原的春天总是姗姗来迟，就像野公驴的尾巴那样短，刚刚感觉到就过去了，偶见田野里稀稀拉拉几个男女，准备开始春耕了。河边泛出稀薄绿意的草地上，一家六口人面朝河流，背靠群山，席地盘腿坐在一起聚餐，他们有说有笑，听见我们的车响，两个男人和一个小女孩转头目送着我们，三个女人飞快地瞟了一眼，继续低头各忙各的，藏族同胞就是这样，啥时骨子里都不乏浪漫和悠闲。

到晚上七点钟了，太阳仍高悬在空中，仿佛不准备落山似的，阿里高原的太阳就是这么任性，要是在内地平原地区，此时已经日落西山，天色渐黑。来到狮泉河镇，已经九点多钟了，太阳像一个不知疲倦的歌者，热情四溢地引吭高歌，直到十点多钟才没了声息。黑夜彻底降临了，高原万籁俱寂了。

早晨七点钟天渐渐地亮了，于狮泉河我们是匆匆过客，它只是我们在路上安妥身体、饲养睡眠的许多地方之一，但我从内心里就想利用有限如氧气的时间，好好地看看它，这与我们一路历尽艰辛来到这儿无关，也许还有许多说不清道不明的情愫在强烈地驱使着我。我出酒店向左走，头顶半个月亮皎洁干净，这真是一个有意思的小城，太阳迟迟不落山，月亮也迟迟不打烊，日月星同辉在同一片天空是一件平常不过的事情。这是一个崭新明亮的小城，我看见的所有建筑都是新的，很少有高楼大厦，它们以白色为主色调，加以藏民族建筑元素，比如勾以绛红边装饰，那些藏式平顶民居，白色、红色和黄色交织的墙体，衬托以一蓝到底的天空，整体色彩明朗轻快。门前道路宽阔，一些地方正在施工建设，脚手架林立，围起了绿色防护网。抬头看到十字路口的天蓝色指示牌上，以汉藏两种文字写着"繁森路""滨河南路"。"繁森"自然是孔繁森了，他当然是一座精神高地，代表着一种没有海拔的高度。在这样的地方和高度，没有谁能够像他一样，以自己的血肉之躯和铁骨柔情，将汉字与藏文紧密联系在一起，更将汉族与藏族水乳交融到一起。路上我遇见一位藏族年轻人，问他，你知道孔繁森吗？他答当然知道，这儿还有孔繁森小学呢。末了又补充道，我就是一名教师。时光转眼已经过去二十多年，但孔繁森从未被遗忘，他就是阿里高原稀薄如真丝的空气、湛蓝如大海的天空、纯洁如哈达的白云，他的身影定格在了高原的角角落落。

狮泉河镇隶属噶尔县管辖，是阿里地区的首府，也是地区行署所在地。狮泉河水穿镇向西流，当地人习惯将我此刻站的河北叫作"地区"，将河南称为"噶尔县"，它们在行政区划上都属于噶尔县的地盘。有人说狮泉河镇很少有陌生人来，一旦有人来待上三天，整个狮泉河镇的人就都知道了。这儿新建的房屋很多都被辟为商铺和饭馆了，还有一些录像厅、台球厅和夜总会等娱乐场所，仿佛这儿有多么旺盛的消费力和胃口，海拔再高、空气再稀薄也不能没有精神生活。其实这儿就那么两条主要街道，纵横交会成十字。寒冬来临前，许多开商铺和饭馆的商人，像候鸟一样回到老家或相对温暖的拉萨、日喀则过冬，商铺和饭馆大门紧闭，天气稍稍转暖时他们又回来了。我向右转到河边，红柳粗粗细细的枝条一律向上，像一柄柄弹弓，弹出一树树雀舌似的绿芽，在蓝天下，在阳光照耀下，闪着油亮的光。宽广的河面上经幡从这头到那头，一气纵横到头，这些经幡大概是今年藏历新年挂的，至多不过数月，仍鲜明如新，倒映在水中，清晰如刻，恍若前生，真实与虚构、现实主义与浪漫主义，只是一枚硬币的两面。各种鸥鸟在水上游弋和振翅翩飞，搅乱了倒影，扩开一圈圈涟漪，很快便复原如初了。有些河床水落鹅卵石出，水中央也扯着经幡，鲜艳活泼，吸引风蜂拥吹来，经幡迎风哗哗飘舞，像自水中亭亭生长出的植物。

一个藏族妇女身穿藏袍，面戴口罩，左手撵一串佛珠，身边是一个小女孩，她正送她去上学。她们迎面向我走来。擦肩那一刻，我清楚地看见小女孩没戴口罩，脸上结了痂，厚厚的，像时光的铠甲，如果大着胆子应该能够一片一片地揭下来，这是强烈的阳光将皮肤晒死了，时间长了，越来越厚，越来越硬，是固化的高原红。在我前面，左边一个穿皮夹克的藏族同胞，右边一个上了年纪的喇嘛，身披绛红色袈裟，两个人边走边小声地交谈，一僧一俗，并肩走在这样安静的早晨，是一件多么平常而美好的事情啊，我油然涌起了感动。两个藏族妇女，正弯腰手持铁锹，在红柳身边挖坑，撒下向日葵籽，这同样是一件多么不起眼但无比美好的事情啊。不出八月，向日葵会垂下花朵的头颅，金黄灿烂，追撵得太阳无处藏身，这片高原在太阳和向日葵的照耀下，金光闪闪，像一个硕大的转经筒，一瞬间掏出了自己内心的黄金，称出了自己沉甸甸的重量⋯⋯

（原载《雨花》2020年第5期）

平房年代的非虚构典藏

◎祁建青

水桶扁担

静物一组，水得以小憩之所。敲击桶壁，水拥着水的声纹如旧。总共盛过多少水？水桶不大不小，扁担不长不短，水源源不断担回家不多不少——那该是一条河，还是一座湖？这就是静物一生的经历与内容。

一张张面孔依稀浮现，父母亲、兄弟姐妹，都是年轻时。晨起净水泼地洒扫庭院，爷孙几代人丁兴旺空前。水桶两只雪花铁皮新制作，扁担一根木竹质地老式样。人生使命无论多少，担水劈柴有个轻重缓急。担水装备已至极简，老话有道："这只桶里有黄金"，"那只桶里有白银"。扁担因此是个宝。其实我们自娘胎时就随着担水了，一身基因注定，一场势不可挡的担水高峰期，到来了。

桶、扁担与人搭配，即最初的象形"大"字。腰杆挺而不塌，不然扁担会掉落；两臂绷直拉稳钩索，桶才不至胡乱晃荡。该"大"字呈侧向型，目视前方小步快跑，如一干人马穿梭，奔水而去夺水而归！扁担非翅，亦坚挺亦舒展；水桶无脚，也细碎也大步流星。过滤掉水的奔腾或浑浊，清冽四溢是满满的少年至青年的光影温度。

那时居家就好似一直在河边岸畔，裤腿常湿，鞋儿费。每家屋里头都少不了有个担水黄金组合，人数不缺强弱搭配。桶的容量可满可浅，少年身手初试半桶小半桶，亦步亦趋循序渐进。水桶扁担更不止一副，轮替交换，方以为继。空荡的水桶和闲置的扁担，表明水缸已满，预示担水不久在即。正是水须臾难离，一条供水通道连绵接续。于是乎，水桶扁担，形形色色，一溜排列，走出家门咣咣咚咚，通向河边影影绰绰。

桶，只不过是放大了的杯子。两桶水，对等分开，相当于被聚捧作两大杯。担水就生怕碰撞摔打，务必要保险顺当。水，在运行的颠簸里尤显清澈、沉静而荡漾。记得您一路还不忘打着招呼？嗯，每一次担水至家都有一个小小的成就感。为水欢乐为水愁，愁的是，担水距离咋总那么远？"要是不用担水就好了"，水不用人担，顺顺利利就能得到，那就先得把水担个够。而一切在不知情未挑明的情况下进行：孩儿们天天长身体，用水量与担水频率悄悄俱增，大伙儿在一条跑道上奔忙正自顾不暇。求的就是这个效果：把水取回家，日子就成功了一半。

耳提面命的担水神器，承蒙了天地的旨意：水须以一种竭诚谦恭的方式领取。水站或井台，桶空净其身虚位以待，担水者深藏求水祈水的表情。属于苍生万物的水，我们仅领取那一份、那一小份。但桶实在是不算小了，一只桶，就是成千上万无数只桶，这不是神话。经扛耐用的扁担，意味着担水的行程，亦在向千万里追寻。有时，抢起扁担，恍若某类重拾之棍矛兵器，架势拉开可见，好汉一条立其侧，功底招式遮半边。你怎么这么厉害，愈来愈能挑水了。桶与水持续抱团定力，扁担掌握方向节奏，一时加快又陡然变缓。在家人喝到水之前，你的角色分工，是定量的取水外卖，是定时的担水快递。

说来道去桶乃一切之始，从锅到壶，到碗到杯，等分配送而至精密入微。人体呼吸、心血、消化、生殖诸器官，渗滤与分泌，营养与发育，隐私里的隐私，在水的移行始末——皆来自同一对桶，此水已非彼水，它可真就是人体生命的金子银子。口渴或尿憋，那是水在隔空叫喊。而体内，水的动静与器官的知觉，种种轰鸣交汇和舒适相安，探耳水桶，悉数可听。

被水滋润被水穿透，似乎桶里还养有鱼，扁担还会生出绿叶……

其实有个心结至今人们都没说出来：烧开的滚沸的水，还是不是水？无人理会。只管担水、喝水。赌气撂挑，常为空桶。落地"哐当"作响，破败的心情，难堪的面孔，充分的理由，是不小心跌倒了，或连续数日一个人担水无人替换。某日，"咔嚓"一声扁担折了！扁担它管你，它们忍耐已久。三两下修复，操心起扁担，这趟水，水桶担忧，扁担惭愧，水浑然不觉……不就是个水吗？哦，可别这么说。让人甘做仆人的，首先就是这水。一瓢一羹，心照不宣的节制，见不得稀里哗啦大肆用水，还生怕弄脏一滴。想一想，一个能够一直好好担水的人，该是多么完美。

现在，依仗城市储水、净水、供水以及排水系统的完备，水随高楼轻轻松松到家，平房低矮的怀念即有些虚伪地浮出来。本该摆进博物馆的诸物已无踪影，说终被抛弃怪绝情，说终于歇息了也矫情。有一个认知叫万变不离其宗，说来就是：水，也只不过是换了一种流法抵达着我们。具象的水桶扁担没了，抽象的水桶扁担何曾离开过所有人双肩。

挑水记忆：扁担上肩掂量两下，找好平衡点；步伐随之变换，负重的行走有些轻快，是奔越，是跃行；水桶的重力在扁担的忽闪间形成虚实起伏，感觉压力在肩头得以巧取其轻。

挑水人儿的过往留影：单手拎半桶水，到二人抬一桶，到一人肩挑两桶，此处掌声响起来——你达到了居家过日子的标准身型。这档子力气活很阳光，体现姑娘小伙体形美。这姿势方言称"走手"。一说"走手"就有由衷称赞之意，就是耐看、好看。

自行车，或曰脚踏单车

三角、圆周与杠杆原理相遇完美，毂、辐、辋同心轮轴。为人量身定制，合金钢梁，橡胶内外胎，正所谓骨肉齐全。无需加油，势能满满，脚踏单车，抬腿一蹬就走——刚骑上自行车的感觉为何好生带劲舒爽？有幸早早尝到的甜头却在：运动神经被激活打开，体能潜质在唤醒释放。

从此爱上自行车，形影不离哪儿哪儿都有。像你牵着的一匹马，一片你的野花点缀的草场，一展你的青春你的自由。驾驭的情调与鞭策的浪漫，一阵阵骄傲忘乎所以。一款紧俏领潮的中国制造，装饰刷新着城乡早晚的街路。犹如有一首《自行车圆舞曲》，伴陪回旋而蓬勃飘逸，自行车大军洪流滚滚。凭此单车，一闯天下的拼搏生涯，挡也挡不住。

自行车抢手，家里过几年得购新的，弟妹大了，他们要。朋友说自己记不清以前丢过几辆车子，一聊该经历多人亦有。车轮飞驰贼去也，瞬间易主车助贼，捶胸顿足没有用。幸甚只在，没干过这事儿，甚或未动过此念之君子十有八九。自行车，小物件大财产，国家替你想到了：正儿八经须办执照，一样正儿八经须挂牌照。

出示证件，检查牌照，不能捎人，铃闸须齐，等等规矩煞费周章。警察叔叔说过，一切为了您和您家人的安全。警察叔叔当然来去也骑辆自行车，但他的自行车属于"公车"。

有个逻辑，驾技熟练车子易坏。掉链子、跑气或断辐条、没闸，一再考验人、反复折腾车。别说什么修不了，说什么找不着扳手或无润滑油之类。小院里，大卸八块的自行车，散落的零部件，浮动的汽油味——"嘿嘿"的敲砸拧紧，"唰唰"的清洗擦净，"嗤嗤"的充气立起。蓝天下铮铮屹立的自行车，拍一把座子，感觉那是憋足了气力劲道，窗台上红绿掩映的盆花，仰头"咕嘟咕嘟"喝水的你，一幕练摊儿般的修车小景，你绘声绘色打理出了滋味浓浓的活法和手艺。

少时的忠实玩伴，长大必成铁杆儿弟兄。自行车高低扛得住？自行车，堪当大任风光无限，全都捎上了"在路上"：迎娶新媳妇成亲，驮孕妇上医院临盆，送孩子去学校读书，锣鼓红花与平淡无奇，没耽误不遗憾。一大段人生，行云流水精彩纷呈。若无自行车，有劲使不上，不知去何方。一天到晚，人儿愈显匆匆，胆儿愈显增大，诸事愈显有效。底气从何而来？灵便可靠的行脚工具，你就是那一时代打发来排忧解难的贵人使者，陪着爷们脚踏实地痛痛快快走一遭。回头看，一代人上演的，竟是一场自行车追赶汽车的全民接力大赛。论及今儿个老少们的购车、开车、坐车瘾，不是从骑自行车得来，就是由坐自行车养成。

"除了铃不响其他都响"。一语戏谑风风火火的放浪阔绰。飞身上车，飞身下车，多少个阳光普照和阴雨连绵，无数次风雪凛冽和百花盛开，人车化为一体，身在平衡中、心在匀速里，无比的全神贯注，始终的争时间抢速度，就是一次次标准的亮相作秀。

车把子电镀耀眼，一串儿铃声清脆。莫问，眼前准是个礼貌勤快利索人儿。单车分明难能站立，一前一后俩单轮，安能随心所欲游走不倒？爱因斯坦老翁曾言："要想保持平衡就得往前走。"看似简单的驾技，不比摆弄汽车容易，开初都一样狼狈，反复摔倒、爬起，这"学费"，得缴够。摔倒、爬起，扭头来你还是个笑脸。跌倒的自行车轮刺啦啦飞转，辐条一圈一圈闪耀金属光，疼痛里再次得以确认：每一根辐条之前都被认真反复擦亮。

几十年没再摸过自行车，对不住啊老伙计。谁会相信，我们进入了一个不骑自行车的城市和年代。人们驾私家车、打的，或乘公交、步行，就是不骑自行车。车辆拥堵挤兑，有时寸步难行，自行车何其便利？第一好是省资源，更大好是零排放，还称得上现代健美器械的鼻祖与集大成，兜风、健体、养心兼具。很完美，很完美就很麻烦。因为还是太费劲，太费劲便难长久。所以，它越发如一个濒危物种，让人依稀看见而今中国这个汽车王国曾经的森林；又好像渐渐成了一项人体行为艺术，兴许会愈行愈远。

眼前有数亿以上机动车风驰电掣于天地间，有一辆锰钢"永久"①在你我心中闭目养神。

打煤砖

八九月，日头毒。年年偏挑此时打煤砖，盖因上年也就这个时候打的数吨煤砖，快将告罄，周期逼人。天爷儿烘热，煤易速干，正该抓紧。院里院外大片空地，家人拉开架势可大干一场。再就是暑期放假了，劳力个个腾出了手，这该是顶主要的。

黑色的煤，拌了水越发黑亮。铁锹翻拌，之后还要加双脚踩踹。毒日头炙烤着父亲和儿子们，女儿偶尔打个下手，她会跟母亲把饭做得更香一些。干沫煤里颗粒大小不一，需统统过筛。讨借煤筛子就很闹心。近乎一人高的破旧煤筛，不知道今天在附近哪家流转。父亲打发一个儿子去借，他空手回来；又打发一个儿子去借，还是没借得。父亲摇了摇头，自己去了。父亲咋一去就借得来，且还不振振有词责备孩儿们？这使孩儿有一点点羞愧。"姜还是老的辣"，这话当时还不会说，便是知道也不会说，不能说，说了有什么用吗？

之前费劲吃力地运煤、卸煤被忽略不计。头道工序筛煤才是一个下马威。一锹一锹，一锹都不能少，齐齐将煤过一遍，汗水止不住，擦去又冒出。妹妹给每人递上一支冰棍儿，她说，妈妈明天还要给你们买雪糕。是一个好消息。冰棍四分钱一支，雪糕八分钱一支，冰棍是透明的，雪糕奶白，煤砖黑乎乎。

---

① 国产自行车。同样备受青睐的还有"飞鸽""凤凰"等名牌。

连日来的院子里，模子倒出的煤砖，四四方方，又黑又沉。是了，是该吃了冰棍再吃雪糕。

筛下的一部分粗渣块，厨房灶火用；大堆的均匀细沫，拌入相当比例黏土以增黏性。黏土也可燃烧，是一种书本没有的知识。至此，除却水分，煤总量又有一定增加，赚了又赚。

给人的时间其实有限，坚持一下，就一周十天左右。小山般的煤堆和作煤泥，拓打成片片砖坯子，湿煤砖坯要等待晾干，这事儿随后交给了老天。说时迟那时快，瓢泼的雨，起先狂风大作，人便疯了般举着塑料单、篷布或油毛毡去。煤砖，看家的宝贝，叫雨淋泡全玩完。煤砖啊煤砖，因为刚出生落地，它还没来得及穿衣裳。

毒日头，这下专注对煤砖了。就希望这样，及早干透就好整齐码垛。整理着煤砖辞别着夏天，全家又一次这样齐心协力。煤砖，凝固的火，吸足夏天烈焰般的日光能——怎么来抗拒严寒打发漫长的冬季？答案就是：盛夏合力打煤砖。父子们加油干，暑期的家庭作业，加深理解和增强记忆，繁重过后是一片轻松，我们的煤砖，我们过冬的另一份干粮。

加油干啊加油干，煤砖筑起来的原来就是一座坚固堡垒。一家人得以坐享其成，厚棉袄厚棉鞋厚棉手套，冬天它一定会让所有人全副武装。那就好了，爷爷总是要提醒父亲小心煤烟，"不要把娃娃们打下"。母亲哼一支歌曲，或讲一个故事。那故事无疑是一个老故事，可在一个新的冬天，故事娓娓道来，就全然是新的。如果气候老是干冷干冷只刮风，他们就会如此很有把握地说：该下点雪了吧？打过煤砖了，发自内心盼雪，一点不发愁而是希望赶紧下雪。仿佛雪也听话，某天很快就下了。可以理解拥有足够煤砖的他们的心情，纯白的雪与纯黑的煤，专属冬天的颜色情绪搭配。春天回归前的平房小院，不惧怕气温急遽下降，甚至有些懂得，该如何善待，该如何喜欢外面的严寒与酷冷。

原煤必须二度加工成型，中规中矩的生活无非是种种经验使然：世间未经制作的东西不好使，不曾费力也就无从消受。打毕了煤砖最后又晓得，临了还要将煤砖砸烂成块，还要焚烧殆尽。出大力流大汗的大制作，粗粝、笨重、黢黑，燃烧后的灰烬，那么轻，那么白。煤砖的沉甸重量，一来二去化作了轻而又轻的热能，由外屋到里屋又由里屋到外屋，均匀、慢悠而稳定地循环漫游。

冬天的家，真的就像是童话传说里的家，一个久违了的家。谁不想着早点回家去。哦，把门关紧，把窗户关紧。煤砖在燃烧，持久温暖着每个人的身体，再不想出去，就这样弥漫铭记在我们的骨头与灵魂深处……

现在烧水做饭取暖用气用电，你的力气是被节约，还是被浪费，过剩还是归零？不打煤砖了，谁说不舒服得要命。

（原载2020年《瀚海潮》芒种卷）

最后的罕达犴

◎王征雁

　　罕达犴是蒙古语的音译，汉语学名驼鹿，因两肩高耸而得名，属鹿科动物，俗称"四不像"，意指"头似鹿而非鹿，尾似驴而非驴，背似驼而非驼，蹄似牛而非牛"。其实，它还有个鄂伦春名字叫"悲运"（音）。原本觉得这两个谐音汉字颇有意涵，便想以此做题，以引发读者对驼鹿命运的联想与担忧；同时，避熟就生，也图个耳目新鲜。但这难免就有做作卖弄之嫌，几经思量，还是用了惯常名称。

　　我从未见过罕达犴。第一次见到，是在一位老猎手家里，但也只是挂在墙壁上的一架犴角。它像两只肥大的仙人掌，掌沿上各有六根锥体角叉，向上刺举着，如美丽的珊瑚，又如死而不朽的胡杨，精致而窈窕，刚硬而苍劲，就像一顶华贵的皇冠，展示着往昔的荣耀与威武，只是没有了成群的嫔妃和臣民，更没了风光无限的河山。挂在墙上，只是一件饰品，一个象征，一句谶语，一架对生命的迢迢忆念，叫人不能不兴起一种迷幻幽忧的遐想。

　　老猎手布满疤痕的脸，像一堵历经沧桑的土墙，墙皮脱落，鄙陋斑驳。浓密的胡须，像结满霜挂的丛林，没有了野兽的出没，显得苍白、枯索和冷寂。他一直戴着一副墨镜，两枚镜片分明是两个漆黑的井盖，刻意遮蔽着早已沉陷的时光。说起话来，嗓音显然被磨砂过、冷藏过、荒芜过，一如黑暗峡谷里吹来的山风，低沉而苍凉……

　　他曾是一个特种兵，特等射手，1963年的大比武练就了他一身好功夫。他有一双铁脚板，昼夜强行军能跑二百多公里。自转业来到小兴安岭脚下，没多久便成了远近闻名的好猎手。他打猎从不带狗，不骑马，全凭一杆猎枪和一双铁脚板。最多一天打了五头野猪，两头罕达犴，他说他这辈子打死的大兽得用火车拉。

　　有一次，他码着蹄印追赶一头孤猪，白天不停脚，夜里用手电照着追，就是不让野猪休息。一撵就是一天一宿。后来，他发现有了野猪趴过的窝痕，开始几里地一个，后来几百米一个，野猪明显体力不支了。再后来，蹄印有些散乱，雪窝子间隔也越来越小，仅有二百来米，说明它四腿已经发软，身体开始打晃，走一会儿趴一会儿，已是精疲力竭。他并不急于追上前去。从前，就有好多猎手上当受骗，尤其是受伤的猪，更具欺骗性。它们被紧追一段时间后，就故意走出东倒西歪的散步，速度也明显缓慢下来，等你走近，突然180°转身，向你猛扑上来。有的发现被跟踪后，还会耍"看印"把戏，也就是突然向一侧拐出去，然后再反向折回，找到隐蔽处藏起来，近距离盯着自己来时的蹄印，待你跟着它的蹄印走近，突然从一侧发起攻击。如此等等，轻者受伤，重者丧命。现在，孤猪已出现在眼前，而且几十米就要趴一趴。他并不轻易开枪，如果不能一枪毙命，反倒激活了野猪与你一决生死的意志。他只是朝天放了一枪，逼迫着它爬起再跑，跟它玩起了猫捉老鼠的游戏，这是他一贯的狩猎风格，也是他乐在其中的狩猎情趣。最后，他竟发现猪印上哩哩啦啦地有尿痕。野猪平日绝不边走边尿，而是驻足在雪地上滋出一个发黄的小雪洞，留下自己的气味，既是一个地理标识，也是一根庄严的界桩。可现在，它分明是连累带吓小便失禁了。它已不是在跑，而像个醉汉摇摇晃晃地向前挪移着，最后，竟一下子卧倒再也爬不起来了。这种状态，猪是绝对装不出来的。他不再担忧，向孤猪径直走了过去，一边走一边模拟着日本电影《追捕》中的口吻说："多么白的雪呀，跑过去，你可以融化在那雪野里，一直跑，不要朝两边看，明白吗？傻猪。""罕达犴跑过去了，黑熊也跑过去了，所以请你也跑过去吧！你倒是跑啊！""砰——"一声枪响，子弹从猪的耳郭里射了进去。

后来，也许因为一头犴能顶三四头猪，也许是雄犴那顶"皇冠"叫老猎手格外迷情，也许这是他与罕达犴的今世孽缘，他渐渐厌倦了撵猪追狍，心中起魔，一心迷上了罕达犴，大有"曾经沧海难为水，除却巫山不是云"的意味。犴是温良动物，对人毫无攻击性，一旦发现跟踪只是撒腿就跑，速度能达五六十迈，且一跑就是六七个小时。这一跑，即便你再撵一整天，也休想搭上它影子。那天下午，他终于找到了犴印，用手轻触，雪很松软，又见两瓣蹄丫分开着，断定是头公犴，且走过并不多时。他撵得很快，但时间更快，转眼已是黄昏。当追过逊比拉河又爬上东山坡时，蹄印突然呈现奔跑状，并进入更加稠密的林木中。自己分明暴露了。又继续跟踪一会儿，心想，这一宿也别想追上它了。正想找个避风处或野猪窝休息过夜，突然发现犴印和一大群猪印混杂在一起。再向前竟又发现了一个熊洞，从洞口爬出的熊迹也加入其中，向黑暗的密林深处奔去。他明白了，先是惊慌的罕达犴惊跑猪群，然后又是野猪的成建制喧腾过境，惊醒了蹲仓的黑熊；或者是它们信息共享，信号一旦发出，半个山林都风声鹤唳，鹿跳狍窜，仓皇逃逸。他犹豫片刻，还是决定进洞过夜。洞口不大，刚好能钻进人去，斜下爬入三四米后，再水平向里一折，里面竟别有洞天，一下子宽敞起来，可以直腰展臂坐立。地面铺着厚厚的柞叶椴叶和茅草，足有一尺多厚，躺在上面，暄软舒适，暖意融融。凌晨时分，洞口外忽然传来黑熊的脚步声，他立即抄枪并瞄向洞口。他诧异着。一般来说，在洞的周围附近，黑熊一旦发现人的踪迹，这洞就永久性废弃了。可今晚它怎就回来了呢？脚步在洞口停住了，片刻之后，又咯吱咯吱地远去了。原来，这黑熊是回来确认自己的判断，见果有来客，才愤愤离去。毕竟天寒地冻，这个冬天，它不可能再有这样的窝室了。

天刚放亮，他就出发了。跟着犴印，整整一上午，竟没看到它趴下休息过的痕迹。犴一会儿"甩味"，一会儿兜圈，所跑路程是不能用速度和时间去计算的。根据地形和犴的习性，他尽量抄近追踪。快到正午时，才发现蹄印迈幅渐小，现疲惫状。他判断，那犴跑了一宿，应该觉得已经把危险甩在了遥远的地方，又困又累，该找个避风朝阳的隐蔽处睡觉了。他测准风向，离开犴印，蹑着猫足，悄无声息地与其并行着行进，极尽所能地收隐着自己的气息和声响。终于看到它了，一百米，五十米，二十米，十米！这犴睡得好香呀，枪口几乎顶在了脑门子上，它却仍然沉睡在梦境里，或许正吃着那嫩得流汁的杨树叶、桦树叶和柳条枝；或许站在河畔，一边喝水一边照镜子，正沉醉于自己身躯的雄健与伟岸，以及犴角所赞举着的骄傲与荣耀，那副恬然的幸福憨态，呆萌可掬，可笑可爱。那一刻，他心里忽然柔软起来，甚至不忍扣动扳机。罕达犴突然睁开双眼，正要爬起，枪响了，刚要抬起的头颅，又重新倒在雪地上。

罕达犴越来越少了。他连续几年无所斩获，但他知道，这方圆几百里大山里，至少还有一头雄犴出没着。它的蹄印超大，雪迹踩得坚实，至少有一千三四百斤。他已连续跟踪了三个冬天，使尽浑身解数，全无收效。它一定有着特异超群的听觉、嗅觉和智商，当你还在远处，它的大脑神经已向四蹄发去了逃离指令。难怪只见蹄印，不见身影。但有一次，他终于捕捉到了它的背影，既惊喜，又惋惜，因为它远在猎枪射程之外，只能望影兴叹。

夏天，漫山遍野已被绿色淹没。以往，他只在冬天狩猎，现在不同了，那巨犴已成了他心头病。那犴就像孤独的流浪者，在深山老林里游荡，有踪无影，独来独往，简直就是对他猎技的亵渎和嘲弄。他从春天就开始蹲坑，一直守在东西两山夹着的逊比拉河附近。今天，他还是把蹲坑点选在了河西柳丛中。这样，他正好处在下风头，防止犴嗅到他的气息；夏天气温炎热，犴大多是在山的背阴坡采食，西山陡峭，它在东山采食的可能性更大些，这也便于饮水。这是他早已设定并一直渴望着出现的场景。昨晚，就要睡下时，他忽然想到一个问题：从他蹲坑点到对岸水边，直线距离最少有七八十米，当然，这是猎手的最佳射程；可犴从左右前方下山呢？通过移动位置来缩小距离，那不是纯属给这头机警超凡的巨犴发信号吗？他立即取出弹壳、枪药、压炮机等，为它量身定制几枚特别独弹，药量比平时多出了两成，枪药上面的纸垫也捶得更紧些。一切收拾停当，脸上掠过一丝志在必得的笑意：看你还往哪儿跑！半夜时分，他便匆匆出发了。罕达犴一般在凌晨饮水，他必须早早赶去那里埋伏。

太阳落山了，山林里暗淡下来，河面上漂着红艳的绸缎。他在柳丛里隐蔽了整整一天，却没等到犴的光临。正为这空等心生怨怼时，眼前突然一亮，右前方一百多米处，那庞然大物竟然真的出现了！它从树林里缓步走出，目不斜视地越过河滩，涉入河水。这家伙怎么打破常规改为夜前饮水了呢？而且，全没了以往的机警和谨慎，俨然一副从容不迫、大义凛然的气派，沉重的步履，似乎步步都踩踏着赴死的艰难与决绝。

巨犴的躯体比黄牛还要硕壮，如同河水里陡然崛起的一座山包，苍劲的线条经夕晖的渲染越发刚健，在多维度上描写着生命的力量与宏丽，同时又隐隐滋漫着一种暗淡的悲怆与恐惧，以及对命运的无奈与毁灭感；头上的犴角仿佛缩简后的森林，以颇具象征意义的肢体性语言，表达着对山的眷恋和对阳光与水的渴望；河面上，夕晖里，它伫立成了一首经典恢宏的赞美诗，以无声的旋律抒发着对神的称颂与祈求；它一定深刻领悟了慎独的精髓，不再殷殷呼唤，它知道这空寂的大山里，不再有情侣，不再有伙伴，族群生存的消息已弥散在汗漫的时空里；它肃立于逊比拉河的中央，静穆得大山一般，给人一种宗教感和遗世感，让人顿生幽心和禅意。它低头喝水，抬头看天，在这一低一抬之间，它身后的山峦也随之起伏着。其实，它原本就是大山的一部分，是山魂树魄的承载者，它前肩高高耸起的驼峰，不就是小兴安岭峻峰的模型吗？（作者注：以上文字，不过是行文至此油然而生的矫情，只是一厢情愿、悲天悯人的形而上臆想罢了，与猎手何干，与罕达犴何干？你听——）

"砰——"他扣动了扳机。巨犴头颅猛然晃动了一下。几乎未做停顿，再扣扳机，"嘣——"刹那，这爆裂巨响一下子将他掀翻在地，带着浓艳的血色鼓塞了他的耳郭，蒙盖了双眼。这时，远处传来"哗——"的一声，就像突然坍塌的山体倾倒在逊比拉河上。他眼前什么也没有了，只有一片红色。这红色越来越深，越来越暗，很快变成了一片黑暗。

到今天，他依然深埋在那个漆黑而漫长的夜里。

（原载《海外文摘》2020年第3期）

瓦楞花

◎蒋　殊

　　总是相信，有味的风情在山里，深山。

　　上个夏季的一天，明明知道有雨，还是与朋友入得太岳山中。地貌是绿的，山路是蜿蜒的，心情是与世隔绝的。隔绝了尘嚣，心就安放在山里，如同少时，与调皮的玩伴游荡在野樱桃树下，耽搁到天黑前行将迷路的日子。

　　那时候不打伞，裹一个雨披，闻着远处隐约呼儿唤女的声音一路跌撞着向前。等我的那盏灯光，在山中一个小村庄的窑洞里。小小的院子，小小的窑洞，充满天堂般的暖意。推门，爷爷奶奶在，叔叔婶婶在，待嫁的姑姑在。经常是，堂弟堂妹们挤在炕上，闹成一锅粥。他们最愉悦的事，就是期待着哪个孩子挨训，继而挨打。一个哭了，一群笑了。这一天，便欢笑着结束了。

　　想着，雨便来了，瞬间大起来。泥泞的山路，车子无法前行，停在一户人家门口。

　　没有院门，三眼窑洞敞在雨中。一个六十多岁的男人闻声，站在门边笑。他不知道，此刻的他站成一道风景，雨帘倾泻而下，朦胧了他憨笑的一张脸。那是少时村中长者的笑，是看到淘气孙儿归家的笑。

　　不必客套，他闪身，我们冲进屋。

　　雨落一地，伞在门边，让这个静谧的院子有了声音与颜色。 才知道，整个院子只他一人。周边看不到院落，他似这山中唯一的主人。灶台上干干净净，炉火中明明灭灭。

　　他的妻子不幸因病去了，儿女到县上工作了。他一个人守在这院中，将一应生活用品打理成妻子生前的明净。孩子们会交替回来，吃顿饭；或者像陌生人一样路过，仅仅喝杯茶。

　　快速喝下他沏好的热茶，身上有了热气。顿顿，他又说：喝杯酒吧，太冷。

　　几只小小的粗瓷酒杯摆在灶台上，让若隐若现的火苗烘出温度。旧时的暖瓶，旧时的烧水壶，旧时的灶口铁盖……我们，也成了旧时的人。一杯酒入口，暖意热辣辣升腾。

雨在敞开的门外，在隔着玻璃的窗外，由大转小。

此行的目标地，是池上。朋友说，池上是一个村，一个无比美好的村，如今只生活着一位老人。只一位老人的村庄，是什么模样？

作别他的茶酒，作别他，向另一位老人行进。

路途比想象的艰难。车子行走很短一段后就无法前行，地面大小石块刺啦啦划动底盘的声音让司机异常心疼。起先还坚持人车并行，走一段，推一段，后来终于与一块石头相遇。

那块石头霸道地横在本就只能容一辆车通过的路中，不偏不倚。或许是曾经山石滑坡时它被甩在这里，便一天天一年年深深在这道坡上扎了根。人踩过，牛羊踏过，毛驴车压过，然而到今天，汽车却通不过。

凝视良久，对视无语。马达终于在古老的山石前败下阵来，车子缓缓退后，慢慢转身。步行吧。这样的村庄，只有用双腿送上敬仰。

山路泥泞，幸而有碎石防滑。没了车子的拖累，才有心情细细看景。路边，布满层出不穷的野花野草，有些识得，大多陌生。它们自古就默默生长在这山中，无需有人给它们取一个名。

一路上坡。朋友也说不清有几公里路，只说印象很远。后来算算，最多四五公里，但因视线内一路是望不到尽头的坡，便觉漫长。

三只蝴蝶从身边翩然飞过，落在一朵紫色花瓣上。

闻不到花朵的味道，也听不到蝴蝶的心跳，更不知这山中，有多少这样花与蝶的热烈拥抱。

这场景并不陌生，是少时去亲戚家常会遇到的情景。那时候没有地标村标，顺着花，沿着草，从一个村庄走向另一个村庄，靠的完全是大人的引导。只是，走着走着，大人便不在了；走着走着，孩子便走成大人。姨姨家，姑姑家，远房舅舅家，一个个近的远的亲戚，一条条弯的曲的山路，走满少年记忆。

如今，我要以少年的脚步，少年的心情，去探访一位陌生的老人。一位陌生的老人，安然生活在山中。她不知道自己活成风景，吸引着陌生人走近。

大约一个小时后，被花朵与蝴蝶引上一处山顶。视野终于开阔起来。参差不齐的房舍在远处呈现，朋友一指：就是那里！

那是一片花坡，是一片豁然开朗的绿。山坡上，小径上，散落着成片成片的花儿、草儿。房舍连着一处矮矮的山头，上面布满密密的树。

一群羊，散落在树的更远处。

进村的一条路面上，零零乱乱生长着泥泞的苦菜、车前草、毛毛狗草。村庄依傍的山上流动着雨后的云雾，与天相连。望过去，那片房舍有十多个院子，均为土坯。青色的瓦因年久，已经幻化为沧桑的黑。

一处处房舍，依然坚强依偎，坚守着村庄曾经的样子。

越走近，越清晰。一代代人踩出的如水泥般坚硬的那条土路，已经抵不过柔嫩青草的力量。老人的足迹，早已延伸不到这里。那是她从少妇时代走进的村庄，曾走遍角角落落，走过沟沟坎坎，最终却只能止步在老掉的新房里。

新房变老房，少女变老妪。依如旧时的是天空，以及经过村庄的风。朋友的心情比我急切，他匆匆的脚步只向着老人的房舍，边走近边嘀咕：老人家，还在吧？

几处房屋过后，他惊喜地看到老人的居所。果然，院中的房屋尽管也很残破，屋顶却是与别家不一样的红瓦，看得出近年有过修补。粗粗细细长长短短的木材围成院墙，大门是两扇历经风雨且不到一人高的旧门板。院中屋檐下，放置着大大小小的水桶、锅、盆。不必问，那是用来接雨水的，像极了少时院中的风情。

"老人家——，在吗？"跟着声音，我们走向中间唯一有人迹的房屋。透过窗玻璃，一位老人在炕上侧身而睡。听到声音，她翻身招呼："快进来！"

灰色上衣，淡青色头巾，灰色中隐约透出一丝格纹的裤子，腰间一条灰围裙。一个灰色调的老人家，定格在灰色的屋子中。她的领子、袖口、围裙，凌乱着三餐的痕迹。炕上是被褥，枕头，衣物，还有伸手可触的碗筷。地面有限的空间里，挤放着凳子椅子、米面土豆、灶台，以及一口大大的水缸。

"心想事成"几个字，以及四世同堂的儿孙，满满挂在老人的墙上。想给她把东西挪挪，腾出点地方，她却拍着让我们上炕："不用动，没人来。"曾经就是这样的炕头，围坐着像她一样的爷爷奶奶和成群的儿孙。炕上是吵闹的，灶台边是吵闹的，院外是吵闹的，远处的村庄是吵闹的。

那是奶奶极嫌弃的吵啊，她常常举着那把捅火的铁花筷说，快都长大飞走吧。她未料到，儿孙们飞走，是很快的速度。很多年，我家的老院子只剩了奶奶一个人。那一个个无人的白天和漫漫的长夜，她是不是一次次怀念曾经的吵闹？

曾经想问奶奶的话，今天又想问问这位老人家。可是，未及开口，她倒拉了我们的手一遍遍问，从哪里来，到哪里去？多大了，孩子几个？90岁的老人家像极了那几年的奶奶，紧紧挨着好不容易盼回的孙儿，问长，问短。琐琐碎碎的声音，让沉寂的屋子变得生动。

老人也曾跟着儿女，到热闹的村庄生活。可是，孩子们再不是当年炕上围着她不肯散去的孩子们。孩子们各自忙碌，孩子们早出晚归。在热闹中孤独的老人，于是宁愿回来，固守一个人的时光，以及她爱过的村庄。

这是一个安宁静谧的村庄，纯净，明媚；这是一个美好无比的村庄，静美，纯粹。这个村庄之所以让人挂念，是因为还有一个人的烟火。老人用白天的一缕细软炊烟，夜晚的一束暗淡灯光，光明了这个被人遗弃的世外桃源。

离开时，腿脚不灵便的老人执意下炕，拄一根木棍送我们出门。隔着矮矮的院门，老人依依挥手："说了好多话，高兴。"老人的笑容，凝固在风中。

出村时，才细细关注村中风景。凌乱的木材，几乎不再完整的房舍，坍塌的猪圈厕所，残破的平车，曾经欢愉此刻静寂的电线杆，便是这个村庄的全部。那些无人居住的屋顶，瓦楞间，竟生出一丛一丛绚丽的花。

那便是瓦楞花吗？只在孤独中隐秘绽放的花。

这是光阴的结晶，是岁月的沉淀。无人的院落，无人的屋顶，它们在瓦楞间安然生，安然长，安然绽放。这些特别的花有红有白有紫，与花下的藻、斑驳的瓦、瓦楞下依旧在剥落的墙皮，合围成一幅绝美的油画。

这并非为主人盛开的花，绽放出神秘的光芒。回身，老人在远处。我指指屋顶，在空中比画出一捧花。我想，让她来看瓦楞花。

不知道她是不是懂了，看不到她是不是笑了，却看到她的手在空中摆动了。我知道，她走不过来了。

出村，迎面遇到一个牧羊人。羊不在，他拖一把羊铲从小路蹒跚而来。

我知道他是常给予老人帮助的人。他会偶尔从山下老人的儿女手中接过半袋面，或一捆葱，送进老人家门。拦住他的去路，很想聊点什么。他的一双眼竟有些警觉。避不开，便低了头不说话，只将羊铲在泥泞里扭转。

"那是你的羊吗?"

他将目光放到远处树后一群涌动的白里，终于开了口，然而不知是因寂寞的大山中长久无人，还是别的原因，一句两句后便不再吭声。侧身让过，他拖着羊铲走了。远处，老人的身影模糊成一个小黑影，像极了曾经的奶奶。

村庄又裹进绿和雾中，恢复了无声的寂静，那么盈润。

淡出视线的瓦楞花，隐隐约约，安安静静。

（原载《散文百家》2020年第3期）

那年落脚荷花地

◎赖赛飞

崇尚海纳百川的乌塘人往安身立命的"海塘"这个名词里灌注了三种以上的含义：海堤之内的围垦土地、海堤之内的海水养殖塘、海堤本身……这里暂取第一种。

曾经用鸡蛋壳之类形容海塘的质地，意思它为溏心。不相信，现场往下挖，不多久就是万丈稀泥。这感觉怪就怪在既意料之中又意料之外——海涂在薄壳下面保持了原味，仅仅是不再生产跳跳鱼、泥螺、蛏子、红钳蟹之类。

也知道自己的认知严重缺乏想象力，还缺乏起码的安全感，甚至必要的自强，当与祖辈的浪漫、镇静及高级感相比——作为百多年前的移民，逃荒到这个曾被封禁五百年的荒岛，一路艰险窘迫，却统一认定落脚之处为荷花地。仿佛人人驾着七色祥云而来，比神还要神，且美。

类似传奇在岛上比比皆是。

当时，他们的建筑物也跟柔软温润的荷花地很相配：四脚落地的茅屋，如蜻蜓轻轻地停上荷花或荷叶。接下来无论风把它吹飞、地震将它震倒，压死人的概率都很低。现在不同了，一幢幢高大的混凝土建筑，荷花荷叶显然顶不住，只能在塘里楔进一根根巨桩直抵坚硬夹层托住。也有穿透这一层硬夹，下面还是淤泥层。听上去像块夹沙糕。

底部钉进海塘深处的房屋，连同内部的人，再置身上述灾害，会轻轻摇晃，恍如荷的摇曳。荷花地虽然破了功，却因此跟这种水生植物真正的相通：不再完全漂泊水面，通过牢固的根茎，能从地腹中汲取稳定的养分。

一只风暴眼形成在千里之外的太平洋深处，它惦记着乌塘岛，朝它旋转而来，熟门熟路。显示台风会刮得疯起来的时候，岛上先刮起了另一股台风，所有的日常便变了形。回回如此，所有领域如此。

这种变形不分内外，涉及全部细节，使得原先存在感微弱得看起来无比重要——比如老幼病残的安置问题。乡村干部组织人挨家挨户动员到高处安全的地方躲避，生怕海塘连人家一块沉沦于洪水合并潮水，简称"洪潮"。祖母这些老人不肯走，皆曰，此为荷花地，既不溶于水，水还淹它不得。来人身强力壮，不由分说把她们撮走了。听得年轻洪亮的声音在风雨中破空而来：阿婆，不要再说住在荷花上还是荷叶上，住莲心里都没用，这回台风只怕莲藕都能拔光。

祖母她们说对了一半事实：岛上的海塘会被淡水淹，也会被海水淹，多半是合伙来淹，又称"没洪潮"——淹了之后，各种水会迅速因落潮退却。唯有这一点上像荷，只要看结在它上面的露珠，风一吹，花叶一倾，仅为又一轮冲洗。

更小的时候，很多年，睡在祖母的脚头。夏季，享受祖母的芭蕉扇，一上一下，凉风习习。一到冬天，祖母却说那头塞了个小火炉进来，她就热乎了，冷得缩成一团的腿脚也能伸得直。我一边听，一边想象一棵古老藤蔓卷曲的触须终因我的到来而打开。

忽然听得碗橱摇响。记忆中以冬季为多，很可能是冬季的寒湿空气加剧了记忆。

我才从棉花被构筑的工事里探出上半个身子，祖母在那头伸手捉住脚丫又拖了回去：别冻着！地动了，我们住的是荷花地，浮在水面……不会……语声模糊下去最后成为均匀的呼吸。虽然人在被窝，我的耳朵却不由自主地伸出去，采集各种异响，放置心头。此后，我的心思蜿蜒出洞府般的温暖严密，游走在广大而冰凉的外界，一一感受其中的漏洞百出。

我没能继承优良传统，注意力全放在与先辈大相径庭的地方，以至关于海塘的认知主要局限在村庄连同小岛泡在海水里沉浮的事实。偶然有海塘（此指海堤）出现险情，证实我的忧虑：小岛最终被泡得疏松不堪。气候变暖，海平面上升，更给了我庸人忧地的正当性……从晓事起，这份事实就被耳提面命。提醒的方法多种多样，仿佛所有事物都对人负有该项使命。

海上日出，海上生明月，海岸线、海啸、海潮、海盐、海军码头、海港、海螺号、海鲜、跨海大桥、海鸥、海米草、海鸭蛋……

做过的梦里，唯一目睹自己死亡的就是掉进从前的海港。从翻转或断裂的桥上缓慢掉落，有时间清醒地问自己：这是梦还是现实？也听见自己冷漠的回复：现实。没办法，我叹了口气，觉得所有已交还人间，向上呼救状的四肢笔直垂下，一根针似的插进水里。

掉落演习过程中——这种演习更多以他人的沉没来完成：每隔一段时间，媒体信息闪过，某经纬度，某号船，沉没，救起几人，失踪几人……熟悉到能背诵的字眼。渐渐意识到，泡在海水里的不仅是岛。

我喜欢用"我的乌塘"来表达对它的某种情感——有很多爱但不全是。

我是乌塘村人，岛上自认正宗的群体成员之一。住在岛中央的好处是，看见台风来时边沿低塘上的人如蚂蚁受惊，急匆匆翻箱倒柜，叠床架屋，生怕水灌了他们的蚁巢——这种情景一再成为对他们荷花地说法的碾压，摆明了是种严重警告：人类说的根本不算。

我家地势高，大部分时间淹不着，除非风暴潮来临的紧急警报，我们才会跟在别家后面成群结队向山地运动。所以在我家，荷花地的说法延续到母亲辈，依然有市场，甚至加以完善，表现为母亲在当中嵌入了"宝"字一跃而成荷花宝地，范围也缩小至自家地基。

我掌握的深层次原因是：母亲向来出手大方。春节前后挨家挨户来打卦的人，一路凭空捏造，句句承载着泼天富贵。保持着先声夺人，他大步穿过院子到达不高的门槛前，任性地将手中的占具———整个小竹根剖开的两半掷向人家的堂前，掉在闻声出来的主人脚边。不管小竹根是仰是伏，是阳是阴，他口中含着的奉承话缠绕成的大线团，继续往外扯，只有母亲用双手奉献出来的实物才能终止掉。有感于此，打卦人在我家的地基上私自加封了"宝"字标签，而母亲亦受之无愧。反正他不是皇上圣旨，无须张榜结彩，极有可能一路封过去而仅限于你知我知。

直到我出生才沦落为鸡蛋壳的——从坚信荷花地到确认鸡蛋壳，硬化脆化的过程，失去了生机的同时，我从祖辈的祥云里摔落地面，结结实实拍成肝肠寸断。这不能说是质疑的副作用，但的确是诗意的丧失。

直到上大学，第一次离开岛出远门，随身带着户口，像一棵长了近二十年的植物，从此被拔离了这个岛上湿润的壤土和四周翻滚的大海。

在当时，很高兴被拔离，以为从此广阔天地大有作为。

不出意料，作而不为，只好回来了。我是这么想的，岛也是世界的一部分，如果时代足够精彩，它迟早会轮到。为了不致错过最后的可能，打算先去岛上候着。

天气转暖留在岛上的日子更多。棉麻料作的中式衣物重新流行也有多年了，料作稀拉，宽袍大袖，搭配平底鞋，一身自在，自认价廉物美。不料得罪了岛上的一些长者，刚来的时候，她们在我后面迫不及待地嘀咕：粗头乱服，哪里会是有钱人！

我什么时候说过有钱了？没钱不能回么。后一句已经走得她们听不见。

连父亲也听到了关于我的风评，深受打击：何至于更难看了！在父母眼里，孩子一定会长大，却永远不会长过头。末了要求我换件卖相好点的。他不放心拉过我的衣袖一捻，检测出是当年祖母所穿的料作，连整体式样亦无甚改观。

任凭说法有几种，真相从来只有一个。我也明白，粗头乱服其罪一，一脸沧桑其罪二。穷在原地可以谅解，偏偏外头捣腾多年，收获的同样是一把年纪。这好比动手撕去了画皮，出来的仍非妖精，而是隔壁二大娘，败兴。

听懂了潜台词，也就理解了这份失望。还乡，旁的全无，一身衣锦依然不可少。

衣锦的时候，乡村存在感在行程中凸显，虽然再次作为背景存在，起到衬托作用。这也罢了，不当它是垃圾回收站就好，我继续为自己也为可能的后来者开脱——看上去很多人都有一副果真到那地步，大不了——随时把走投无路的自己指给故乡。

还有人面目全非地从外头回来，一看故乡不是以前的样子，立刻不依。自我一走，身后停格，一沾故土就放下偶像包袱现出原形，依然是当年那个任性孩子。

不过，要你一副旧皮囊有多大意义。故乡，它越来越新了。

我还知道，少安毋躁，就会被人丢开手。

因为户口早迁出了村，如果不是父母留给我栖身之所，回到村里，某种程度上像被销去国籍的人重新迈进国门，有似曾相识的亲昵感，又似是而非的距离感。年青及年少一代与我对面不相认，只有正在消失的老辈人，他们残存的记忆像一条日渐干涸的河流，我是里面的鱼。遇见水面消失的地方，不得不像泥鳅钻进河床的泥土里吸取潮气维生。那种时候，觉得自己正潜入村庄幽深的过去，置身孤独的热闹，被关于村庄的回忆围困。

房子是父母亲手造的，强调这一点是从来没机会说自己住的任何一处房子是亲手造的，顶多是合同上的字是亲手签的。可以很骄傲或很难堪地说，拖着一长串彩色方格编织袋，我每隔一段时间跑得像古老的蒸汽火车头。

从材料采购到工程监理到封顶验收，每一环节双亲都亲力亲为，房子没几年还是漏了。主要是我的卧室顶上是露台，平的，雨水积存、下渗。特别是台风季一到，天花板中心就现出一片黑黄青紫的东西，像一个脸面雪白的人烂了一块肉，十分刺眼。这是里面的情形。论外观，大露台带着疏朗有致的灰色栏杆，看上去洋里洋气，给整座建筑增色不少。

直到现在，漏水的问题一到夏天就任其发作。发作完后再去刮擦粉饰一遍，遍数多了，好像这房子始终没有完工。就来一遍悔之晚矣！不得不承认雨量充沛风暴多的南方海塘平原，配传统坡屋顶合适。露台在此出现已不少年头，但它的防渗漏以及实际利用仍未被充分考虑，依旧存有水土不服的一面。

奇妙的是，村里新造房子不设露台已经讲不过去。不过他们吸取了我家的教训，不仅将面积缩小了很多，还用上了各种防水新材料。这应该就是适应性发展，需要相当一段时间。我家的房子造早了，当然造得迟的也不见得全部炉火纯青：有些外来房地产商不信邪，不肯在根基上头做足功夫，结果新海塘上造好的房子成批开裂甚至断裂。上几天我去一个新小区访友，还看见人在重新开挖，露出了本应埋没地下的基础。有些未开挖，同样不该露的也露了。

人身上背负的东西越来越重，而大地尤其是海塘依旧那么柔软多汁。

当我最终受不了那块漏，又在紧挨海边处租了幢离海最近的坡顶小屋。

房子的门牌号不见了，一个月后才发现掉地上被落叶遮掩。擦干净一看：十六。我得以再次住在数字里，就像活在年龄上。

这房子如此破败，需要很多天打扫。扫地时一再遇见蟛子，将它打翻后，以为这颗灰尘好大，还是活的，原来它在努力翻身。

接着，我用坚硬重构部分房子。用石块砌墙，用瓦片盖顶，用铝合金和玻璃做门窗。柔软的只有门外两棵老树，别处移植而来，这是目前为止唯一后悔的事。

整个春天，等待被砍的老树醒来，它的身体里暂定了流动。一念之贪——有时候想，为了残忍的对等，我最好是将自己也砍了，与它一起等待苏醒。

看起来，破败了多年，它慢慢变回人类宜居场所。屋内，机器仆人常在劳作。院子里，野草与家花，雨水自动浇灌，泥土直接把它们养大。院门洞开，不曾加以锁美。

我还买来了贵妃榻，左贵妃和右贵妃，将它俩面对面而不是背靠背合在一起是张不错的大床。

躺在上面，起过一些奇怪的念头。

比如，榻很矮，感觉自己重新生活得离地面那么近，双手摊开，十枚指尖即刻接通大地。

房子离海太近，潮声涨上来的时候冲击波直抵身心。就这样消灭了距离，整颗星球是完整的爱人，盛大的呼吸包围了我一生。

听见潮声间隙的风声，就一遍遍想起了台风，不管曾经汇聚了多少人力、物力，它伸过来一勺子舀走。有时候人们仅仅在积攒承受力，比积攒财帛更昂贵。

又想起，海岸线是实的，地平线反倒是虚的。前者确切地到达，后者永远遥望。而海完全寂静，洪大的潮声滤掉了人间的嘈切，只留下泡在海水里的命运跌宕起伏。

……

住在里面的某个深夜，无意中将《海上钢琴师》又看了一遍。故事主角住在船上更住在琴声里，任凭旅客大水潮似的涌过面前。远大理想装了一船又一船，连带红男绿女，都是去见世面闯世界的。

除了琴声、琴键、手指，群演，某些台词也在眼前跳荡：跳舞时你才不会死去！

以此类推：弹奏时你才不会死去，行走时你才不会死去，种菜时你才不会死去，码字时你才不会死去……

海上钢琴师不愿下船——我不去见世界的面了——一直是世界来见我。

春天又来到岛上。海中的鱼虾都大腹便便，怀了不可计数的籽儿，乡野同样孕育出了无边新芽，蒙茸滴翠，世界一片鲜美。我挺感动的，认真收拾了一下自己。紧身的T恤衫，松花地绿条纹，配翠绿贴边侉裤，脚上是苍绿色高跟皮鞋。

当第二只脚伸进高跟鞋，有过一瞬间恍惚——这来来回回，爬高跌低。在岛上穿平底鞋长大，离岛进城才换上了高跟鞋。后来又穿平底，直到回村再换上高跟鞋。及地陡感颤巍巍，亏得眼下村里的路比城里的还要宽广平顺，而且干净美丽。这并非城里人懒，主要是在乡下，自然界的鲜活衬托着人类新颖的建筑物看起来非常精彩。

在此，没忍住的时候会感叹：村庄那么青春貌美，里面的人却集体老迈——不相配套。相比之下，当年的村庄远无精彩可言，人却又多又年轻，被统一系足于脚下的土地——也是一种不相配套。

以后不会了。

（原载《散文》2020 第 11 期）

小街景

◎吴佳骏

巷

这是一条悠长的、冷清的、寂寞的小巷。它的路面全都铺满了过去年代的石板——或许是以前走动的人太多，有的石板出现了深浅不一的凹槽。即使没有出现凹槽的地方，也被往来的人的脚步、马的脚步、骡子的脚步给踏磨光滑了。逢到天下雨，凹槽里积满了水，整条小巷都像镶嵌了无数面镜子。透过这镜子，可以看见深蓝色或乳白色的天，天上流动的或停滞的云朵；还可以看见远去的故事和走丢的光阴，以及昔日的繁华和眼下的衰颓……

我是一个不喜欢下雨天的人。我选择了一个我喜欢的阳光稀薄的日子来到这条小巷，我想沿着这条简陋的、熟悉的、陌生的小巷再重新走一遍，就像沿着我记忆的小巷重新将我的人生走一遍。这是一条不长的小巷，但我不知道何时才能从小巷的起点走到终点——也许一天，也许一个月，也许一年，也许一生……我走得很是缓慢，迟重的双脚踩在路上面，仿佛能听到岁月的回声和时间的呻吟。

小巷里安静极了，安静得只剩下安静本身。巷子两边的漆了红色、黄色、绿色的木门都关闭着，门上的油漆也都斑驳了，像木头的年轮上掉下来的一层又一层的皮。我一扇门一扇门地抚摸，幻想用我的手的温度将这些翻卷的漆皮给粘上去。可只要我轻轻一碰，它们反而掉落得更快——我再一次催生和加速了它们的死亡。

这些门里的住户我原本都是认识的——我熟悉他们的声音、对话、脾气、笑容和梦想。我知道他们是如何生活的，也知道他们的每一个白天和夜晚，春夏和秋冬。我希望他们能从关闭着的门里走出来，朝我点点头，握握手；或者坐在墙根下彼此谈论着旧年的雨水，夜晚的繁星，风中的院门，树上的鸟雀，流水的回头，赶路人的倒影和铁匠铺里的叮当声。但我几乎敲遍了所有人家的门，都没有一个人从里面走出来。我不清楚他们去了哪里。我将脸紧贴在门上和窗上，眯起一只眼睛，透过黝黑的破洞或蒙尘的玻璃朝里窥视——我渴望看到我想看到的东西—— 一盏亮着的灯泡，一只装满清水的木桶，一条浸透汗液的毛巾，一个干净的饭碗……可我到底还是失望了——屋里什么都看不清，从墙缝和窗棂里钻进去的微弱的光不但没有将漆黑照亮丝毫，反倒增添了一道暗影和荒凉。我不情愿长时间盯着那漆黑看，我要让我的眼睛尽可能地寻找光明——我相信这光明就藏在这条小巷的深处。

我迟缓地踏着一块一块的石板往前走。我走过了多年前那个小姑娘用割草刀刻下她的童谣和呼喊的那块石板；也走过了多年前那个小男孩用弯镰刻下他的远方和歌唱的那块石板；还走过了多年前人们集体用鲜血描红后，再用怒火雕凿出一幅革命标语的那块石板……每一块石板都是一道滚烫的记忆。我试图让这记忆的温度冷却下来，便故意顺着小巷被房檐遮住的边沿走——我也不想将我的影子留在小巷里——它总是从我的身体里跑出来，借助阳光在小巷里东游西荡。对这条小巷的历史，我的影子似乎比我还要好奇——我不想它知道得更多，只好强行把它带到阴凉处，让阳光来屏蔽和冷淡它，就像小巷不想我知道得太多，就用空寂和萧条来屏蔽和冷淡我。我和我的影子，都是这条小巷的追忆者和凭吊者。

甩掉了影子的尾随，我走得更加的从容。我不需要它来打扰我。我依旧在寻找一些我想看到的东西——我想看到从前那间窄小的、陈旧的、墙壁上贴满了时髦男女青年画报的理发店，以及理发店里那位戴着茶色眼镜的、不苟言笑的、年过半百的理发师傅，还有那些坐在屋内的暗褐色长木椅上排队理发的、各怀心事的老少顾客。即使我找不到那间理发店，我也渴望找到理发师傅手中的那把剪刀——用它来剪一剪我的长发和胡须，剪一剪我的愁绪和执念。我还想看到藏在小巷拐角处的那家魅惑的、神秘的照相馆。照相馆里的摄影师是一个打扮新潮的、长发飘飘的中年女人——挂在她耳垂上的那对月牙形的耳环和她那薄薄的嘴唇上涂抹的朱砂色的口红，曾使小巷里住着的男人们发生了多场械斗，所幸并未有人员伤亡。我每次见到她，都会想到一个成熟已久的秋天。最让我痴迷的，是照相馆门楣上终年都在闪烁的彩灯和屋内终年都弥漫着的那片柔和的、朦胧的、暗淡的光线。我曾数次走进照相馆，想请她给我拍一张照片来纪念我渐行渐远的青春。可我那时一无所有，根本没有资格求人。就算人家同意免费给我拍照，那照片上的我肯定也是一副穷相。我还曾建议让她将这条小巷拍下来，但她没有采纳我的建议——她不愿意为不挣钱的东西浪费胶卷和才华。

我要寻找的东西、想看到的东西实在是太多了，这些东西常常使我痛苦和焦灼。我沿着小巷一步一步地走着，我不知道该到哪里去找我记忆中的这些场景和画面。这条小巷如今呈现给我的，只有它的寂寞和冷清。我跪在小巷的沧桑的石板上，泪水模糊了我的视线。

窗

小街上有各种不同形状、不同颜色、不同方位的窗。从各种不同的窗里，可以看到各种不同的风景和人事。我曾在一个无所事事的下午，从每一扇或关闭或开启的窗前经过。那些宽窄不一的窗台上，有的落满了烟灰和浮土，有的落满了黄叶和泥丸，有的落满了鸟粪和虫卵，有的落满了绒毛和草籽……

我用心数了一下，在那天下午的三点钟至六点钟这段时间里，我一共观察过十八扇窗子。每一扇窗子都是这条小街的一个取景框，一个后视镜，一个瞭望口。当我从这十八扇窗子前走过时，我等于是穿越了十八段光阴。每一段光阴都让我驻足、痴迷、流连和遐想。我在窗外徘徊又徘徊，蹲下又站起——我时而是一束光，照在窗子蒙尘的木条或铁条上；时而是一场雨，洒在腐朽或生锈的窗框上；时而是一阵风，吹在遮挡住窗子的玻璃或胶纸上；时而是一个梦或一个影，在窗子的条缝间钻进钻出。

窗子给了我一个安静的、多思的下午。现在我要用我的不多的笔墨，记录下给我的心灵带来触动和灵魂带来震荡的几扇窗——我第一眼看到它们的时候，就意识到它们必定是在墙上等我——如同这条年代久远的小街在等着我那样。

我首先要记录的，是一扇木窗。这扇窗有八根木条，其中的两根已经不知道是被黑夜的手还是被黎明的手给折断了，抑或被黄昏偷去做了火把或燃料。

我望着这个少了两根肋骨的窗棂，像望着上帝打开的一扇窄门。我不清楚有谁需要从这道窄门里进出，是天使还是窗户里住着的主人？也许都不是，唯一从这道窄门里进出的，只有时间和被时间带走的一切——包括那些静止的、动态的孤独和苦闷，不幸和慈悲，诞生和死亡。我想找两根木棒，去将断掉的木条重新接上，可找了几根都不合适。我只好无望地、悻悻地站在那里，叹了一口气。

我要记录的第二扇窗，也是一扇木窗。与第一扇不同的是，它只有五根木条，三根粗的，两根细的。在三根粗的当中，有一根木条是弯曲的。我不明白木匠在做这扇窗的时候，是有意保持了木材生长的样貌，还是另有寓意，抑或是这家房屋的主人要求木匠这么做——他想让早晨的第一缕阳光照进窗户和傍晚的最后一缕阳光撤出窗户时，看到这根弯曲的木条，都有一种疼痛感。同时他也想让路过这扇窗的所有人知晓，一扇窗也是会疼的，那根木条就是窗子的疼在痉挛、在扭曲、在挣扎、在对抗。

我要记录的第三扇窗，是一扇铁窗。锈迹斑斑的铁条刺进窗框的肉里，好似谁强行用钢筋在墙壁上撑开了一个方形的口子。这是一扇没有安装玻璃的裸窗。它不需要再遮挡什么，那一根一根的铁条已经够牢固、够坚硬了。它使窗外的喧嚣跑不进去，窗内的睡眠跑不出来。我猜想，这家房屋的主人一定是胆小的，不然他不会用铁条来做窗子。只有把自己死死地关起来，他才是安全的、吉祥的、无咎的。在这条小街上，也唯有铁窗才能保护那些胆小者和弱小者不受伤害。

我要记录的第四扇窗，要比前面的三扇窗都开得高，但却比前面的三扇窗都要小。我即使踮起脚尖，也无法看到窗子里面的岁月。我能够看到的，是挂在窗条上的那面大大的镜子——它几乎挡住了小窗的半边脸。那镜面上用鸡血画着一道符，符上粘着一片公鸡的羽毛。每次看到这样挂着圆镜的窗，我知道房屋中必定又有人病重了，他们以这种方式来驱邪避灾，来给病重的人祈福。我凝望着那面镜子，也凝望着那扇小窗，我仿佛看见有一个脸色蜡黄的小孩在镜子里咳嗽，看见一个白发苍苍的老人在镜子里梳妆，看见一个蓬头垢面的妇女在镜子里落泪，看见一个驼着背的男人在镜子里哀叹。

我要记录的第五扇窗，开在一座房屋的侧面。我如果不走进那条肮脏的陋巷去，就注定会错过它。那扇窗的光线很好，窗檐的左侧，还筑着一个燕巢。只是我在窗下等待了许久，都没有看到有飞来飞去的燕子的身影，也没有听到有叽叽喳喳的燕子的叫声。这扇窗大概是一个小姑娘的窗——窗上挂着一块蓝颜色的、印有两只喜鹊图案的窗帘。窗台上还放着一本包了皮的书——我怀疑一定是这本书替窗子迎来了更多的光，也一定是这本书放飞了巢里的燕子和放飞了那个坐在窗前的、迎着光线读书的人。

我要记录的最后一扇窗，也是最令我感到震撼的一扇窗。它既不是木条做的，也不是铁条做的。它被人用粉笔画在一堵废弃的土墙上，很原始、很古朴、很简洁。我不能根据线条的轻重推断出画成这扇窗的确切的时间，也不能根据线条的明暗推断出画这扇窗的确切的人。我唯一可以确切地告知读者的是——在这扇窗的左边，用红色的粉笔写着一个偌大的"囍"字；在这扇窗的右边，用白色的粉笔写着一个偌大的"丧"字。

门

在小街的数以百计的木门中，有一道门是与众不同的——这不同就在于当其余的门或爬满了藤蔓、或拆卸了门框、或新上了锁、或永久地闭合了的时候，唯独这道门还在常开着，还在迎送着晨曦和落日，还在守候着曙光和晚霞，还在见证着日月和季候。

无论天晴还是下雨，这道门都会在每天早晨的七点钟准时开启——门开启时那熟悉的吱嘎声，很像忠于职守的、绝不言放弃的门神发出的一声叹息，划过小街空寂而灰澹的上空。

门开启后，会先从里面飘出一股呛人的蓝色烟雾，继而将飘出一阵明显听得出带着血丝的咳嗽声，接着便会走出来一个面容清癯、头发花白的，长着一双炯炯有神的眼睛和一双罗圈腿的矮小的老人。他的左手拿着一根长长的烟杆，右手拿着一把断柄的铁锤，朝小街尽头有着一座坍塌了的戏台的地方走去。他摇摇摆摆地走几步，就要拿起烟杆抽一口烟。每抽一口烟，都会发出长久的带血的咳嗽。但他早已经习惯了。自从他年轻时担任小街上的敲钟人那天起，他的咳嗽声和他敲出的钟声就没有止歇过——大家都知道，他的咳嗽是挂在他身体内的另一口钟——那口钟不用敲，它自己就会响——响声远远超过了他平时敲的那口用铁管做的挂在戏台旁的洋槐树上的钟。

——那个时候，小街上还很热闹。人们只要听见他敲的铁钟一响，不管是在吃饭、洗衣、睡觉，还是在乘凉、搓澡，都会急匆匆地赶到戏台前的平坝上去集中——学习文件、布置春耕、接受凌辱、观看批斗、犒赏劳模、欣赏歌舞……他敲的钟声是春汛也是激流，是长歌也是短歌，是福音也是噩耗……因此住在小街上的人都在他敲的钟声里活着。有的人爱他，有的人恨他——他也在人们的爱恨之间感受着光阴的流逝、祸福的轮转、命运的吉凶。

有一日，天色晦暗而澄明，他带着一夜没睡好的浮肿的眼睛，踱步到戏台旁去敲响了铁钟。在敲钟之前，他在洋槐树下走来走去，站立不安。他几次举起手中的锤子，欲向铁钟砸去，又几次放下锤子，望着铁钟发呆——那是他敲钟以来心情最犹豫、最沉重、最糟糕的一次。他深深地明白，假使他那重重的一锤子砸下去，铁钟就会像往常一样惊醒小街上所有的人。这些人将会像蜂群或蝶群般涌向戏台，观看一出对他来说或许会痛苦终生、遗憾终生、忏悔终生的好戏——他要亲自用钟声将他迟暮的、有罪的父亲押上戏台——让台下的人指指点点，骂骂咧咧，掷石子、泼凉水、扔烂菜叶。他不愿意敲响那口钟，可他又不得不敲响那口钟。就这么挣扎和徘徊了好一阵之后，他还是决然地、坚定地、猛力地将那口钟敲响了——他第一次从那低沉的钟声里听出了死亡的气息。他没有在戏台前久留。他神色慌张地挤过如水般涌向戏台的人群，摇晃着身子快速地朝自己家里走。他走得越快，身子就晃荡得越厉害。他在摇晃中看到他的父亲被人绑了双手，低着头与他擦肩而过。他们彼此都没有说一句话，他也不敢正视他的父亲，他的目光是躲闪的、游离的。他像一个因做了亏心事而逃窜的犯人样跑回家，将门死死地关住，放声痛哭了起来。足足有一个星期的时间，他都没有走出过那扇房门。他发誓永不再去敲那口铁钟——他怕钟声一响，他父亲的魂魄就会喊疼。

然而，历史和记忆都是极易被忘却的。没过多久，他就从关闭着的门里走了出来，像一个囚徒从监狱里走了出来，或一个赎罪的人从忏悔室里走了出来。他走出来后，手里依然紧紧地握着那把锤子——他热爱上了敲钟，也迷恋上了敲钟。要是隔几天钟声不响，他就会生病——吃不下饭，喝不下水，睡不着觉。小街上的耄耋老人和三岁小孩都知道，当他用钟声送走了他的父亲，他就已经对任何事都不再感到内疚和惶恐，对生死也已经麻木了。

后来，时代变化了，年岁也不同了，小街上的人们再也不需要听他敲出的钟声。有好心人建议将那挂在洋槐树上的生锈的铁钟取下来，可他死活不让取。谁若是敢去碰那口钟，他就用锤子砸谁的脑袋。小街上的人看到他那疯狂的、病态的模样，都忍不住摇头和叹气。

渐渐地，没有人乐意再去关心这个过时的敲钟人。大家唯一感兴趣的事情，是如何从这条居住了几十年的小街搬出去——他们不想再继续住在这个破败的、潮湿的、阴暗的街巷里。短短的三年或五年时间不到，这条小街就空了。每一户从这条小街撤离的人都曾奉劝过敲钟人，让他也赶紧搬走，连同他敲了一辈子的那口铁钟一道。可他对别人的劝告置若罔闻——他仍是每天早晚都要去敲响那口钟。他已经很老很老了，又咳嗽着，举锤子的手笨拙而吃力。他也知道再没有人听见他敲出的钟声了，他现在只敲给树听，敲给鸟听，敲给自己听。他在每一次敲钟的时候，表情都是肃穆的、惋惜的——他把每一次的钟声都视为一次绝响。

——他跟他敲过的那口铁钟一样，成为小街上的光阴的遗物。

（原载《天涯》2020 年 4 期）

定格窗口的妈妈

◎周云戈

　　闲来整理一下我家的老照片，可妈妈趴在我家窗口的那张照片却不见了。事儿不大，可真让我心急如焚。我和爱人便翻箱倒柜折腾了两天，影集里、底片袋里、书刊的夹页里，始终未见踪影，一个"悔"字如鲠在喉。说实话，我会使用相机的年头不少，可亲自为妈妈拍照却是有数的。而丢失的这张，则是妈妈主动要我为她拍的。记忆里，仅那一次！我清楚地记得，那张照片拍摄于1989年夏天。

　　——单位家属楼的一层，一个敞开的窗子里，妈妈右手托着下巴，左手平放窗台，面带微笑，上半身紧巴巴地挤在一扇敞开的窗口。窗前还有几个跳皮筋的孩子……

　　回想起来，都三十多年了。可那张照片在我的记忆里，清晰如昨。那是个星期天的下午，我拎着一架"海鸥120"相机从外面回来，一进院子，便看见妈妈趴在窗口。她笑吟吟地对我说："老儿子，你今儿个就给妈在这儿照张相片呗！"听到妈妈的话我稍怔了一下，心里想："不爱照相的妈，今天怎么有了照相的心情？"我满口答应了下来。心里却不由地想起了妈妈照相的两桩往事。记得五岁那年夏天，一大早从县城来了一位摄影师，他是专门给乡下人照相的，记得两次都在大舅家的窗前。哥哥一听说这事儿，立马让妈妈带着我照一张，可她说什么也不肯，急得哥哥在屋里直转圈儿。这时在屋里的大姐看出了大哥的心思，也来劝妈妈。没办法，妈妈只得顺从，她从柜子里找出了那件平常日子从来不穿的蓝士林布衫，用木梳蘸了蘸脸盆里的水拢了拢头发，然后，又给我换了件新衣裳，便带着哥哥和我去大舅家窗前照相。大哥把五毛钱塞给了妈妈后，没多大一会儿他就出去巡诊了。妈妈看着还得排一会儿号，站了一会儿便拽着我出了人群，回家脱下那件衣服，挎着筐，领着我径直向庄稼地走去。说真的，那时我是满怀期待要照相的。可妈妈拽我走，也只能随从，路上问妈妈："咋不照啦？"她长叹了一口气说："五毛钱花不值得啊！"那天，她割了一筐猪菜回来已晌午了，站在院外看看大舅家院子里照相的人都散去了，这才领我进了院。妈妈第一次照相，应是1982年的春节。一天早饭后，爱人的三妹曼茹来为父母拜年，因这三妹性格开朗，也灵巧能干，在我们的婚前婚后常常来帮我家干些活，于是她便和我的父母混熟了，不时还开点儿玩笑。那次她为父母拜年，不光是带些拜年的礼品，还特意带来一架"海鸥120"相机。三妹坐在炕边暖和了一会儿，把照相机拿出来时，妈妈问："三姑娘你拿的这是个啥？"曼茹半开玩笑地说："这是照相机。""给谁照相？"妈妈又问了一句。"你不是说过你没有订婚照吗？今天我就先给你和大爷补拍一张'订婚照'再给你们照个全家福。"

说照相，妈妈便惊慌起来。本来在炕沿边儿的她，一听说拍"订婚照全家福"什么的，便嗖地向炕里面挪，直到窗台才停了下来。身子也好像有些发抖，满脸的不自然。我和爱人让她整理一下衣服照张相，可她就是不肯。在我的一再劝说下，她才从炕里下来，勉强地拍了一张我们四个人的全家福。要说逗人的，就数那张她和爸爸的"订婚照"了。爸爸可能因妈妈的那番"谦虚"，满脸的不高兴，而妈妈则噘着嘴，眼睛斜视着爸爸。说来那次照相确实让人捧腹的。可我总以为那才是真实的表达，还保留着呢！也因有了那一回经历，每逢过年过节、家庭聚会啥的，这三妹妹总要到场为我们拍照存念。每一次，她都先为两位老人合个影，再分别单照一张。后来不但适应，可以说习以为常了。应该说拍照，还真的成了妈妈晚年的生活记录。去年，有一次与原来家属大院的几位老邻居相聚的机会，见面时还问我："大婶儿身体还挺好吗？"不容我回答，他们便夸起妈妈来。应该说，在那段和暖的日子里，妈妈和我们那个楼的左邻右舍，楼上楼下，大人和孩子们相处都非常融洽。这些老感情都是真的，没有半点玄乎的。她的信条：远亲不如近邻——居家过日子，总要有个相互照应才是。妈妈这一生最喜欢的就是孩子。女孩男孩她都喜欢。自家的儿孙喜欢，外人的她也喜欢。那时，她无事便坐在楼下晒太阳。一见到谁抱个孩子过来，她都要站起来去看一看，不是用嘴亲亲脸蛋儿，就是用手指点点小嘴，然后再夸两句。她见谁都这样，一来二去不要说这些年轻的妈妈愿意跟她说话，就连那些一点点长大的孩子，也都跟周奶奶有了感情。特别是和我女儿一样大的小朋友，晚上一放学，我家就变成了"学后托"。女儿和小伙伴儿围着妈妈在院子里玩耍，有时天黑了，有的孩子爸妈还没回来，她便把孩子领进屋里。若赶上个逢年过节，她的果匣里要有什么点心、糖果之类的，便拿出来给孩子吃。一年暑假，几个女儿的同龄玩伴相聚，见面就是"奶奶挺好的？""她在那边挺好的。"这时小姐妹们都是相对无语……

妈妈一辈子热心肠，在农村时是，在城里时也是，最大特点是愿意替人家操心。在我们住的那个大院里，天黑了，要是谁家的仓子门没关，谁家的自行车没推进仓子里，她就要站在院子里提名道姓地喊。妈妈这么一喊，我和爱人就感觉不好意思。我耐着性子跟她说："妈，不关咱家的闲事儿就少管吧！"她虽满口答应了，可若遇到了这事儿，她虽不喊了，可又改变了法子，居然背着我们来了个"上门服务"。趁我俩不注意时，她悄悄地从楼梯爬上去敲开人家的门，这个那个地去告诉人家。记得一年夏天的一个午后，人们都上班去了，天突然刮起了风，西北天的云黑压压地涌来。那时，趴在窗口的她，亲眼见一阵风过竟把邻居张师傅家的酱缸布帘子掀上了天。这可把妈妈急坏了，急中生智的她一转身走到厨房便把做饭的锅端了下来，蹀躞着小脚便把锅扣在了酱缸上。刚转身回屋，一场大雨瓢泼而下。雨过天晴，爱人下班回来进厨房准备做饭时，顿时蒙了。转身问妈妈："咱家的锅咋没了？"这时，她不好意思地说："刚才下雨时，我看张师傅家的酱缸布帘刮丢了，我就把咱家的锅搬出去给盖上了。"爱人听了婆婆一番话，笑着开玩笑说："妈，您可真是活雷锋啊！"后来张师傅夫妇知道了，还亲自登门感谢。妈妈从不会表现自己，帮谁做什么也没啥目的，总觉得都是她该做的。也缘于她的为人做事，从农村搬到城里，无论是平常日子，还是逢年过节，总有那么多亲朋好友和乡里乡亲来看望她。如今她都离开我们三十多年了，偶遇熟悉她的，见面还都要提及她。说真的，每次心里都酸酸的，想念之情也油然而生。妈妈那张照片确实没再找到，可她慈祥的面容连同那个窗口久久地定格我心。——是家训，也是家风……

（原载《吉林日报》2020年9月8日）

八月的父亲

◎孙小宁

2020年疫情反复，上半年基本都在惶然与期盼中度过。居家多了就能精准地接听到老妈的电话。从来只拨打座机的她，尤其关心北京的疫情，散步时一听说些风吹草动，就电话我来求证。疫情紧时她心情也紧，并进一步推想：今年中间，你怕是回不来了。年初的春节回家，我是大年三十起程，初二即回返，等于做了一次惊悸的折返跑。我想她可能希望，年中间我再回家一趟。但眼见得疫情拖延反复太无常，渐渐也就不提这事了。但有些事虽然没提，我们都不会忘，那就是父亲忌日快到了。

父亲的忌日最好记：八月八日。五年前的这一天，立秋。早先，这日子出现在妈妈的话头里，是因为父亲住院，病情不见缓，天热难耐，妈妈就劝，磨一磨，磨过立秋，天一凉，人就好受了。自此这个节令，就在家人心头落了颗种子，即使最后将父亲接回家，我们也做如是想。因为，眼见得，在医院被各种病症折腾得奄奄一息的父亲，回家之后腹泻止了，神志也清明了，各方面都是好转的迹象。

这是八月，我还在他身边的时候。此前，父亲七月初入院时，我并没有回家，是当时尚在人世的姐姐不让回。"你什么都干不了。回来还得让人分心照顾。"这是她对我的判断。但也出于好意。每到家中这种时刻，她的体内常生出某种想要一肩扛的孤勇，全然不顾自己也是有病之身。她或也觉得，哥也请假了，加上家中保姆，三人轮替，再难的事儿总能搞定。但七月下旬，她再电话我，说到父亲，语气就有些慌，这让我预感很不好，自此，我想的是，无论如何，我都必须回家了。

月底前赶回来，奔到医院，见到了病床上的父亲。他脸颊凹陷，整个人都像被缚在病床那一团乱麻的治疗管线当中。饶是如此，见到我，虚散的眼神中仍闪出一丝光亮：咋把娃也折腾回来了。他开口就是歉意。这让我判断出，他还清醒。这种时候的他，是不麻烦人的。这多少也是他一直未送医院的原因。

晚年，他整个人都陷入沉默，身体也在这无边虚空中一天天弱下去，但也可以理解成衰老的常态。直至咳嗽，昼夜不停地咳时，才觉出事态严重。但即使是这样入的院，他也一百个不情愿。医生例行查房，他一律三个字：好着呢。语气平静而淡漠，看不出心绪起伏。只有从那堆治疗管线中挪动身子时，他会眉头一皱，显出隐忍中的不耐。但此刻的肉身，已经完全不听他使唤，咳嗽伴着腹泻，一路摧枯拉朽。一次腹泻后，我帮他做清理，他突然开口说：让你大伯做。我能觉出他内心的难堪，但我没告诉他：他口中的我大伯，他的兄长，早几年就已离开人世了。

哥哥守夜，我和姐姐白天轮换。但深更半夜间，在家的我们也会被紧急召回，医生的话一次比一次直白：到最后时候，要不要进ICU？姐姐脱口而出要，我和哥哥，则想了又想……

挨到八月，是探望父亲的堂哥替我们拿了主意。长我们几岁，又经历过大伯之死，出于乡下的阅历与经验，他说得直截了当：这种时候，还是拉回家好。最主要，听听老人意见。

没想到父亲听后，欢喜得如获大赦一般。而当嫂子好不容易协调好一辆转运病人的车，我们才知道，更大的考验是在路上。

动身时其实已过了正午，但天气仍像个火爆浪子。滚烫的阳光透过车玻璃，直射进车中，父亲的脸上。要命的又是，司机座后有个围挡，前座的冷气根本无法传到后面。我们下意识伸出手掌，帮父亲遮挡太阳，但是自己却闷得快透不过气来。二十分钟车程不长，但每一分每一秒都可以折算成年，我们不敢想，要是父亲扛不过，可怎么办？

但是父亲愣是扛过。将身体挨上熟悉的床，瞬间，那个从前在家的父亲又回来了。依旧衰弱，却安稳踏实。"磨个儿，立秋了，就好了。"妈又把这句话说了一遍，他转世婴儿一般听着，还是医院那个侧卧的一边倒。

那个姿势并不让他舒服，反而是分分钟的受难。不能倒换是因为，一个肺病灶严重，换个方向就不能呼吸。而老一个姿势躺着，全身重量就压在同侧的大腿胯骨上。皮骨相磨，不是有淤青就是生褥疮……对于这些，久病成医的姐姐，自有她一套配方经验，但是上药，就必须大家一起将他的腿抬起，身体微侧，这时候，他马上就又呼吸困难……

——佛问沙门：人命在几间？对曰：数日间。佛言：子未知道。复问一沙门：人命在几间？对曰：饭食间。佛言：子未知道。复问一沙门：人命在几间？对曰：呼吸间。佛言：善哉，子知道矣。

《佛说四十二章经》这一处，我就是在此领会的。还好，我们买到了气垫床，给他铺在身下，到网上再寻，发现一些大小不一的护具，可以垫在腿以及脚腕各处，也赶紧下单。父亲对我们所做，均表默许。样子既淡漠，又坦然。

这或许是因为，那种我们平常所认为的人在垂危之际总要面对的激烈状态，他在医院中，已经经受过了。我甚至不确定，死神是否也抻拽着他，到了某个临界点。因为他迷迷糊糊曾说：都是大雾，白茫茫，看不清。胡话中也加着清醒之言，我记下了三句：一、还把娃折腾回来。辛苦你了。（这是对我）二、要照顾好你妈。（这是嘱咐大家）三、宴客。我渐渐意识到，这已经是在交代后事。

在独自完成一轮与死亡的交战之后，回到家里的父亲，呈现的是交战后的缓息。这时的他，皮肤像蛇一般清凉。皮下的多余物似被荡涤一空，说是肉身，更像一棵中空的老树。

一棵这样的老树，也不一定说倒就倒吧？怀着这样的错觉，我决定返京。临行前，对他说，您好好养，过段时间我再回来。而没过三天，我就又返回，来参加他的葬礼。

立秋，远行。妈妈口中期待的日子，果真成为属于他的日子。人都有自己的生命刻度，活着时自认生日重要，身后被郑重对待的，却是死日——这是多数普通人的情形。老人更深谙这一点。为父亲忌日而回的某一天，我陪老妈散步，楼下的老人碰到我就问，一年回来几次呀？我说：春节肯定回，中间争取机会回。妈便补充说：现在她爸老了，周年也回。其中一个便说：是呀，人老了就有日子了。

所谓的周年，祭到第三年就是尾声。那一次启程去墓园之前，妈又一次叮嘱：你们去时穿孝衫，回来就脱了，这叫换服。脱了的孝服她再次收好，然后总结一句：你爸这事就算毕了。毕是完毕的省略，如同老是老死的简称一样。都知道，各方亲戚不再为着这个日子来了。

此后的父亲，便是一种日常，化在我和妈的电话聊天当中。

最近一次是今年端午。外甥带着刚订婚的准媳妇来看她，带了好多礼物。妈一一向我描述。有一盒巧克力，个数不多，但觉得好，她便分装成两小碟，一碟献给父亲，一碟献给她的大女，我姐。

父亲的离世，对于我这样出门在外的人来说，真是一次次礼俗的普及，比如这个"献"字。正式仪式里有"献饭"一说，不同身份有不同的讲究。这一点，有妈把关，不会让我糊里糊涂乱献。但在平常，我妈对此的态度，经常是既当真，又不当真。逢年过节，正吃着团圆饭，半道有人想起，还有人饿着呢。我妈就说：去，盛几个饺子、抓点瓜子花生给你爸放跟前。若我们把碟子碗装得太满，她又说：放一些就行了，这就是个意思……又比如清明、寒衣节（农历十月初一）烧纸钱，晚辈自都记得，但买来的纸钱票面越印越大，妈就说：这也哄人呀？咋花得完呢。你爸能写，实在不够了就在那边打工赚去。我们都笑，我那好脾气而又寡言的爸呀。妈再怎么对他，他也不会怪罪的。

记得的事终究记得，但一个人身后的遗物，还是一年年少下去。父亲的遗物更是。每年回家，都有一些交我判断去留。而我拣来拣去，于我有意义的仍不多，倒是一本他晚年写的回忆录，他参与编采的一本县志，以及随手记事的笔记本，我想留着。满打满算，也就一书包。背着它们离家，我心里在叹：这就是活了一辈子的父亲。

人只有走了，才知道什么叫身外之物。所幸父亲还有这些，能让我感受到与他的精神牵连。这可能是因为，我也是读书人之故。是被父亲熏陶培养出的读书写作的人。而仅就在心中认可这一点，我也经历了好长岁月。年轻时心气盛，总觉得后浪总比前浪强，到中年有了阅历，会知道一代人有一代人的遭际与梦想。父亲是在前面，为我开路的人。

说到写作，以前我老觉得他写东西有框框，工作上的框框，以及他那一代人的思维框框，没有细节，或者本能地回避。但在他身后，翻他随手所记，我突然觉得，很多生命中重要的东西，他其实都在记，只是从没想过，将这些写进公开的文章。更令我意外的是，他竟然有一份文字记录，如纪录片镜头一般，刻下奶奶在老家的最后十日：奶奶翻了个身；奶奶又喝了一口橘子汁；亲戚××来看望她了；她对谁又说了什么。中间还不忘对父亲说，别让我回来，娃路远（那时我在远方上大学）……巴掌大一个小本子，父亲来回跳跃地记、补记，我边读边顺，不禁潸然。

"你当这是享福呢，这是受罪。""不要经管我，让我安安宁宁地走。"这确实很像奶奶平常说话的风格，可以想见，人到最后，虽然有亲人的悉心照顾，但那种再怎么也无法分担的艰难，还是让她对这些照顾有微微的抗拒。这让我想到，八月的父亲，看着我们兄妹三个，在他身边忙前忙后，他是不是也早都意识到，这一切的徒劳？但是，"人的一生中再也没有比临终时更庄严，你好生地守着他吧。"三船敏郎演的红胡子医生，这句话可是厉声对身边人说的。亲历没亲历过，对生命的理解不一样。深夜苦守父亲的哥哥，父亲百日后也离世的姐姐，肯定比我更懂这一点。

当妈妈说，你爸的事就算毕了，她同时也是在说：你姐的事也一样。但我们都知道，所有外在的仪式结束之后，才是漫长岁月里属于自己怀念的开始。

这可能也是我到现在才写八月的父亲的缘由。三年应尽的礼俗，两地间的往返，那像风一样散去的遗物，以及并不轻易触碰的笔记本，好像隔着岁月才能看清其中的意味。

还有那张年头日久早已失去弹性的旧床。硬而窄，中间还高低不平。每次回家，我都是在这张床上和妈夜谈中睡去。于我，每睡一夜都像爬一夜坡，妈却坚持说：我睡正合适，美着呢。

正是这张床，曾有一家人围聚的时刻。为了父亲，我们有过分工、协作，也有过争吵、埋怨。但这一切都过去了。生死离别立秋日，这日子属于父亲，也属于我们。

（原载《文汇报》2020 年 8 月 7 日）

敬　告

　　辽宁人民出版社"太阳鸟文学年选"系列已经出版了二十二辑，从第二十三辑开始，书名中的"最佳"字样正式改为"精选"，但内容的品质不变，希望读者朋友们一如既往地支持我们。

　　由于编选时间仓促、工作量大，未能及时与所选作者一一取得联系，请见谅。现仍有部分作者地址不详，为及时奉上稿酬和样书，请有关作者与责任编辑高丹联系，我们将尽快为您办理，谢谢您的理解和支持。

联系方式：

电话：024—23284306

E-mail：12274210@qq.com

微信号：15640369577

辽宁人民出版社

2021年1月